30년 차 법원공무원이 말하는 법정이야기

자네 언제 판사 되나?

자넨 언제 판사 되나?

−30년 차 법원 공무원이 쓰는 법정 이야기

박희우 지음

도서출판

1부 가족 이야기 _ 13

2부 재판 이야기 __ 123

3부 법원 사람들 _ 211

30년 만에 이룬 작가의 꿈

'법원을 소재로 글을 쓰는 법원 공무원.'

저를 한마디로 설명하라면 이렇게 얘기하고 싶습니다. 저는 법원 공무원으로 30년을 살아왔습니다. 본업인 재판 업무를 마치고 저녁이나 새벽이면 어김없이 책상에 앉아서 글을 쓰기 시작했습니다. 별다른 취미가 없고 잡기에도 관심이 없는 저로서는 글을 쓰면서 행복을 느낍니다. 그렇게 쓰기 시작한 지가 15년, 써놓은 글만 천 편이 넘습니다. 제 글의 단골 소재는 법원과 가족입니다. 법과 현실 사이에서 고뇌하는 판사, 이혼으로 가정에 위기가 찾아온 부부, 빚에서 해방되려는 채무자, 격무와 민원에 바쁜 일상을 보내는 법원 직원. 그리고 저희 어머니와 형제, 아내와 딸을 비롯한 사랑하는 가족들이 제 글에 등장하는 주요 인물입니다.

거의 매일 법원 내부통신망에 글 올려

이 책은 한마디로 법원 공무원들의 이야기입니다. 법원에 들어올 때 서른 살의 열혈청년이었던 제가 퇴직을 앞두고 있습니다. 저는 법원에 근무하면서 경험했던 법원 사람들과 법원 이야기를 이 책에 담았습니다.

사실 저는 글쓰기나 문학과는 별반 관계없는 길을 걸어왔습니다. 공업고등학교를 졸업한데다 대학에서도 법학을 공부했으니까요. 그런데 대학 다닐 때 연습 삼아 써본 글들이 운 좋게도 상을 타게 되었습니다. 그때부터 글쓰기가 즐거워지고 나름대로 실력도 느는 것 같았습니다. 조금만 더 노력하면 작가가 될 수 있겠다는 생각까지 들었습니다.

하지만 법원에 들어온 뒤의 글쓰기는 녹록치 않았습니다. 처음에는 법원에 들어오면서 3년만 근무하고 그만두겠다는 다소 황당한 계획을 세웠습니다. 3년만 돈을 모으면 적어도 마음 놓고 글을 쓸 수 있을 것 같다는 판단 때문이었습니다. 그러나 약속은 지켜지지 않았습니다. 이 런저런 이유로 한해 두해 퇴직 시점이 미뤄지다가 급기야 결혼까지 하게 되니 더 이상 직장을 그만둘 용기가 나지 않았습니다.

그렇다고 작가가 되기를 포기한 건 아니었습니다. 2002년 6월부터 법원 내부통신망에 승진시험 기간을 빼고는 거의 매일이다시피 글을 올렸습니다. 그러나 일과 글쓰기를 병행하다보니 발전이 더뎠습니다. 글쓰기에 조금 탄력이 붙을라치면 주사보 승진시험을 몇 년간 준비해야 했고, 다시 힘을 내어 도전해볼라치면 사무관 승진 공부가 가로막 있습니다.

그렇게 저는 정년퇴직을 맞이하는 듯했습니다. 작가에 대한 미련도 그렇게 떠나보내는 듯했습니다. 그런데 퇴직을 6개월 앞둔 작년 12월, 뜻밖의 일이 벌어졌습니다. 여러 법원 선후배들이 그동안 제가 쓴 글을 모아서 책으로 만든다는 것이었습니다. 저는 처음에 반대했지만 선후배들의 간곡한 요청에 못 이겨 승낙하고 말았습니다. 기쁨보다는 두려움이 앞섰던 게 사실입니다. 한편으론 젊은 시절 꿈꿨던 소설책은 아니지만 에세이집을 펴내고, 작가가 될 수 있다는 사실에 저는 행복감을 느꼈습니다. 어찌 보면 동료 직원들 덕분에 30년 만에 꿈을 이룬 셈입니다.

30년간의 가족, 재판, 법원 이야기

이 책은 가족 이야기, 재판 이야기, 법원 사람들, 이렇게 3부로 구성되어 있습니다. '가족 이야기'에서 저는 힘들게 살았던 어머니와 형제들의 이야기를 그렸습니다. 가족들의 아픈 삶을 글로 옮기면서 속으로 울기도 많이 했습니다. 추억은 아름다울 법도 하건만 어쩐 일인지 제게는 슬픔으로만 남아 있습니다. 그런 슬픔을 아내가 거두어주었습니다. 아내는 쾌활하고 친절한 사람입니다. 아내의 이야기를 쓰면서 저는 웃는 남자가 될 수 있었습니다.

'재판 이야기'는 판사와 재판부 직원과 사건 당사자들의 이야기입니다. 민사와 형사 재판부에 근무할 때는 법과 현실 사이에서 고뇌하는 판사들의 이야기를, 가정법원에 근무할 때는 이혼으로 가정의 해체에 직면한 사람들의 사연을 담았습니다. 회생재판부에서 일할 때는 빚으로부터 해방되고 싶어 하는 이들의 속내를 들여다봤습니다. 법은 어렵고 멀리 떨어져 있다는 고정 관념을 재판 이야기를 통해 해소하고 싶었습니다.

'법원 사람들'은 사법부 구성원들의 이야기입니다. 저는 그분들의 삶과 애환을 기록으로 남기고 싶었습니다. 사건기록에 치이고 민원인들에게 시달리면서 때로는 박봉에, 때로는 승진 때문에 고뇌하는 판사와 직원들의 일상을 수필로 남기고 싶었습니다. 냇물이 모여 강에서 만나고 강물이 모여서 바다에서 만나듯 제가 쓴 글들이 모여서 훗날 대하소설에서 만난다는 심정으로 법원 사람들의 일상을 이야기로 남겼습니다.

법은 멀고 주먹은 가깝다는 말이 있습니다. 법이 제 역할을 다하지 못해서 생겨난 말이 아닐까 합니다. 이래서는 안 됩니다. 오히려 법은 가깝고 주먹은 멀어야 합니다. 법은 억울한 사람들과 가까이에 있어야 하고 법원은 소중한 이웃이 되어야 합니다. 소외된 사람들의 쉼터가 되고 억울한 사람들을 위로해줄 수 있는 따뜻한 법원이 되어야 합니다. 사람들은 법원을 무서운 곳으로, 판사와 법원 직원을 특별한 존재로 생각하는 경향이 있습니다. 하지만 이 책을 읽고 난 뒤, 법원도 따뜻한 사람들이 사람 냄새 풍겨가며 살아가는 곳임을 알게 되었으면 좋겠습니다.

출간 비용 후원해 준 법원 가족에게 감사

이 책은 법원 가족들의 정성이 없었다면 세상에 나올 수 없었습니다. 출간에 드는 비용을 후원하기 위해 대법관에서 일반 직원에 이르기까지 많은 법원 가족들이 십시일반 마음을 모아주셨습니다. 진심으로 고맙다는 말씀 올립니다. 출간 추진위원으로 참여해주신 곽승주, 이강천, 이중한, 김대열, 권기우, 최송립, 유기돈, 김명수, 이상원, 서영국, 김용국, 김영각 님께도 감사한 마음을 전합니다. 특히 출간 계획을 처음 구상하고 사전 구매에서부터 편집, 출판, 배송에 이르기까지 모든 작업을 총괄하신 김용국 님에게 깊이 감사드립니다. 지금 이 시간에도 좋은 법원을 만들기 위해 법정에서, 사무실에서, 민원실에서 맑고 고운 땀방울을 흘리고 있을 사법부 구성원 모두에게도 고맙다는 마음 전합니다.

끝으로 이 책이 아내와 두 딸에게 작은 행복이라도 가져다 줄 수 있다면 저로서는 더 할 수 없는 기쁨이 되겠습니다.

2018년 2월

박 희 우

11

1부   가족 이야기

나는 오늘 매일 쓰는 일기장에 두 줄짜리 소설을 남긴다.
세상에서 가장 짧은 소설 즉 '여섯 단어 소설'로 잘 알려진 헤밍웨이의
"팝니다. 아기 신발. 한 번도 신지 않음(For sale: Baby shoes, Never worn)"을
읽으면서 느낀 아픔 때문일 수도 있겠지만 그보다는 평생을 가난 속에서 살다가
여든세 살 생신기념으로 자식들이 마련해준 연분홍 치마저고리를
한 번도 입어보지 못하고 세상을 떠난 우리 어머니가
자꾸만 눈에 어른거리기 때문이다.

"팝니다.
한 번도 사용하지 않은 어머니의 연분홍 치마저고리."

법원 다니는 내 동생, 언제 판사 되나?

오늘은 둘째 조카딸 결혼식이다. 하객들이 예식장에 들어서고 있다. 신랑 쪽 하객들이 훨씬 많아 보인다. 하긴 그럴 만도 할 것이다. 우리는 변변치 못한 집안이다. 일곱 형제 중 대학을 나온 사람은 나하고 넷째 형님, 이렇게 둘뿐이다. 나와 넷째 형님이 대학을 졸업할 수 있었던 건 순전히 어머니와 형제들의 도움이 있었기에 가능했다. 특히 큰형님의 영향이 컸다.

1991년 2월이었다. 달콤한 설날 연휴가 끝났다. 나는 근무지인 J시로 떠나야 했다. 그런데 가기가 싫었다. 나는 떨어지지 않는 발걸음을 억지로 옮겼다. 이유는 다른 데 있는 게 아니었다. 모두 과중한 업무 때문이었다. 나는 연휴 동안 계속해서 악몽만 꾸었다. 꿈속에서조차 정리하지 못한 항소기록이 나를 괴롭혔다. 사건번호까지 눈에 어른거렸다. 설상가상으로 송부만료일마저 얼마 남지 않았다.

나는 당시 업무에 지칠 대로 지쳐있었다. 매일 밤 10시까지 일을 해도 사건이 줄어들지 않았다. 코피를 쏟았던 적도 여러 번 있었다. 모두 불합리한 업무분담 때문이었다. 민·형사단독이 3계까지 있다가 판사 한 명이 해외연수 가는 바람에 2계로 축소되었다. 사무과장은

민·형사단독을 민사단독과 형사단독으로 나눴다. 민사단독은 형사단독에 비해 업무가 훨씬 많았다.

내가 힘들어하고 있다는 걸 큰형님도 알아채신 모양이다. 내 뒤를 졸졸 따라왔다. 나는 그만 들어가라고 했다. 그러나 몇 걸음 아니 가서 돌아보면 큰형님은 여전히 내 뒤를 밟고 있었다. 나는 더 이상 참을 수 없었다. 단걸음에 뛰어가서 큰형님을 와락 껴안았다. 큰형님이 기다렸다는 듯 내 등을 다독거렸다.

"희우야, 힘들지?"

"······."

"나는 네가 자랑스럽다. 어디를 가든 나는 네 자랑을 한단다. 못 배우고 무식한 내게도 법원에 다니는 동생이 있다고 말이야. 오래 근무하면 판사로도 승진한다며 어깨를 으쓱해 보이곤 한단다. 그럼 사람들이 내게 뭐라고 하는 줄 아니? 훌륭한 동생 두었다며 내 두 손을 꼭 잡곤 한단다. 그런데 오늘따라 네가 무척 힘들어 보이는구나."

"형님, 죄송합니다. 제 걱정은 하지 마세요. 이제 괜찮아요. 열심히 근무하겠습니다."

"그래. 고맙다."

큰형님은 스무 살 남짓 되어 군대에 갔다. 어느 날 밤이었다. 아버지와 어머니가 소리 없이 울고 있었다. 큰형님이 월남에 자원했다는 것이다. 그때는 월남파병 초기라서 살아서 돌아오기가 힘들다고 했다. 큰형님은 자신의 생명을 담보로 한 월급을 보내주었다.

나는 지금도 그때를 생생하게 기억한다. 눈이 펄펄 내리는 깊은 밤이었다. 뚜벅, 뚜벅. 발소리가 멀리서 들렸다. 처음에는 희미하게 들리다가 차츰 또렷하게 들렸다. 그러다 어느 순간 뜀박질로 바뀌는 것이었다. 어머니도 느낌이 이상했던 모양이다. 옷을 주섬주섬 챙겨 입으며 혼잣소리로 "귀한 손님이 오려나?" 하는 것이었다. 그때였다.

"어머니!"

어머니가 몸을 벌떡 일으켰다. 문을 박차고 나가며 "야, 야, 이게 누구여, 큰애 아녀!"하는 어머니의 목소리가 들렸다. 동시에 "예, 어머니, 저 돌아왔어요."라는 큰형님의 목소리도 들렸다. 그날 큰형님이 월남에서 돌아온 것이다. 그러나 나는 이불만 푹 뒤집어쓰고 모르는 척했다. 언제 보아도 어려운 큰형님이었다. 큰형님과 나는 열다섯 살의 나이 차이가 난다. 큰형님이 어머니에게 물었다.

"어머니, 희우는 잘 크지요?"

큰형님이 내가 덮고 있는 이불을 살짝 들췄다. 그러고는 내 얼굴을 두 손으로 감쌌다. 잠이 확 깰 정도로 큰형님 손은 차가웠다. 나는 그렇게 차가운 손을 지금까지 느껴본 적이 없었다. 오직 큰형님에게만 느꼈다. 그것도 두 번씩이나. 큰형님이 어머니에게 자신있게 말했다.

"어머니, 희우만은 대학까지 꼭 보낼 겁니다."

나는 큰형님 바람대로 법과대학을 졸업했다. 그리고 법원에 들어왔다. 큰형님은 누구에게든 나를 소개할 때 '법원에 다니는 내 동생'이라고 했다. 나는 쑥스러웠지만 큰형님은 얼굴에 함박웃음을 짓곤 했었다. 그런 내가 법원에 다니기를 싫어한다? 큰형님으로서는 분명 커다란 충격이었을 것이다.

그날 큰형님은 D시까지 나를 따라왔다. 내 고향에서 D시까지는 40분 남짓 걸린다. 그곳까지 가면서 큰형님은 별말을 하지 않았다. 단지 힘들더라도 참으라는 말만 했다. 그래도 힘들면 고향으로 내려오라고 했다. 큰형님은 J시행 고속버스가 터미널을 벗어날 때까지 꼼짝 않고 그 자리에 서 있었다. 작은 키가 그날따라 더욱 작아보였다.

아, 나는 이 글을 쓰면서도 쓰린 가슴을 움켜쥔다. 내가 왜 그때 큰형님에게 좀 더 따뜻한 말을 해주지 못했을까? 왜 큰형님에게 고통만 남기고 J시로 떠났을까? 아, 괴롭다. 그날이 큰형님과의 마지막 만남이 될 줄이야. 큰형님은 그로부터 며칠 후에 교통사고로 돌아가셨다.

내가 D시에 있는 C대학 병원을 찾았을 때 큰형님 몸은 이미 처참하게 망가져 있었다. 나는 비통한 마음으로 큰형님 손을 잡았다. 얼음장처럼 찼다. 월남에서 돌아온 날, 큰형님이 내 얼굴을 쓰다듬던 바로 그 손이었다. 그러나 같은 손인데도 느낌은 전혀 달랐다. 하나는 희망의 손이었지만 다른 하나는 절망의 손이었다. 나는 절망 앞에 오열을 터트리고 말았다.

둘째 형님이 조카딸 손을 잡고 예식장에 들어서고 있다. 은은하게 음악이 울려 퍼지고 하객들이 박수로 맞이했다. 둘째 형님이 신랑에게 조카딸을 인계하고 큰형수님 옆자리에 앉았다. 그때 나는 보았다. 큰형수님의 눈물을. 큰형수님은 그때나 지금이나 식당에서 허드렛일을 하고 있다.

그때 열네 살이던 조카딸이 결혼을 한다. 돌아보면 아득한 세월이다. 그 오랜 기간 큰형수님과 조카들은 되돌아보고 싶지 않을 정도로 고생을 많이 했다. 하지만 나는 작은아버지로서 그들에게 변변한 도움도 주지 못했다. 부끄럽다. 큰형님의 각별한 보살핌을 받아온 나다. 큰형님이 없었다면 지금의 내가 어찌 존재하겠는가. 나는 큰형님에게 나지막이 말했다.

'큰형님, 당신의 딸이 저렇게 훌륭한 남자와 결혼을 합니다. 저는 여전히 큰형님에게 빚진 동생으로 남아 있습니다.'

하객의 박수 소리가 들린다. 나도 마땅히 기뻐하고 축하해주어야 한다. 그런데 왜 이렇게 눈물만 흐르는가. 나만 흘리는 눈물이 아니다. 팔순이신 어머니도, 큰형수님도, 둘째 형님도, 누님도, 셋째 형님도…… 모두들 하나 가득 눈물을 머금고 있다. 평생을 힘들게 살아온 나의 가족이다.

큰형님은 내가 판사로 승진하는 것을 무척 보고 싶어 했다. 그러나 사법시험을 통과하지 않는 한 그것은 불가능한 일이었다. 나는 아직도 6급이다. 머리가 허연 '늙은 주사'로 남아 있을 뿐이다.

(2006. 4. 26.)

"가면 뭐해? 눈이 멀어 볼 수가 없는데"

아버지는 일제강점기 때 흥남에 있는 비행기 만드는 공장에 다니셨다. 당시 흥남은 공업도시였다. 흥남에는 질소비료공장과 다른 공장들이 많았다. 어머니는 그때를 이렇게 회상했다.

"흥남에는 노동자들이 참 많았어. 노동자들이 사는 사택도 많았지. 사택이 모두 코딱지만 했어. 너희 아버지도 사택에 살고 있었어. 여덟 호를 한 반으로 묶었어. 우리는 43호에 살았어. 너희 아버지 월급이 얼마였는지 아니? 백 원이었어. 다른 노동자들은 60원밖에 받지를 못했어. 당시 백 원은 큰돈이었어."

어머니는 백 원이 얼마나 큰돈이었는지를 애써 강조했다. 아버지는 어머니와 결혼하기 위해 고향에 내려왔다. 그런데 문제가 생겼다. 고향에서는 백 원짜리 지폐를 바꿀 곳이 없었다. 할 수 없이 아버지는 인근 도시까지 나가서 백 원짜리 지폐를 잔돈으로 바꿨다. 그 돈으로 혼수를 치르고도 남았다는 것이다.

"내 나이 그때 열일곱 살이었어. 너희 아버지는 스물아홉 살이었지. 나는 1년여간을 시댁에서 살았어. 네 큰형을 낳고서야 흥남으로 갈 수 있었어. 흥남에 가보니 너희 아버지께서 쓰신 일기장이 한 궤짝인 거야. 너희 아버지는 공장의 하루하루를 글로 남겨놓았던 것이야."

어머니는 흥남 생활이 그렇게 좋았던 모양이다. 흥남 얘기만 나오면 목소리부터 달라졌다. 목소리에 힘이 넘쳐흘렀다. 나도 덩달아 신이 났다. 재미있는 대목에서는 손뼉도 쳤다. 그러다가 문득 녹음기 생각이 났다. 나는 어머니 말씀을 녹음하기 위해 특별히 녹음기를 준비했다. 나는 녹음기를 확인했다. 다행히 녹음이 잘 되고 있었다.

"흥남에는 생선이 그렇게 흔하더구먼. 특히 명태가 좋았어. 그곳 사람들은 명태를 토막 내지 않고 한 마리를 통째로 끓이는 거야. 얼마나 맛이 좋던지……. 가을이면 명태의 배를 따서 말리는 거야. 사방에 널려 있는 게 온통 명태뿐이었어."

어머니는 큰형을 들쳐 업고 흥남 질소비료공장을 찾아갔다고 했다. 한 푼이라도 벌기 위해서였다. 어머니만 공장을 찾은 게 아니었다. 많은 여성들이 공장 앞에 줄을 섰다. 어머니는 면접에서 떨어졌다. 젖먹이가 있는 여자는 안 된다는 것이었다.

"비료공장이 그렇게 클 수가 없었어. 비료를 공장 빈터에 쌓아놨는데 마치 큰 산 같았어. 하얀 눈이 수북하게 쌓인 큰 산 말이야. 눈이 다 부실 정도였다니까."

해방을 목전에 둔 어느 날이었다. 아버지가 말했다. 세상이 어떻게 변할지 모르니 먼저 고향으로 내려가라는 것이었다. 어머니가 보기에도 그랬다. 분위기가 어수선했다. 사람들이 삼삼오오 모여 수군거렸다. 하늘에는 비행기가 붕붕 떠다녔다. 일본사람들도 하나둘 흥남을 떠났다. 어머니는 아버지 말씀대로 먼저 고향에 내려왔다. 1945년 7월 말이었다.

두 달 가까이 지나서 흥남에서 내려온 아버지는 그곳에서 많은 시달림을 당했다고 한다. 매일같이 크고 작은 행사에 동원되었다. 인민군에 들어오도록 강요를 당하기도 했다. 더 좋은 대우를 해줄 테니 공장에 남아 있으라는 회유도 받았다. 결국 아버지는 모든 걸 뿌리치고 남쪽으로 내려왔다.

"고향에 돌아오니 집안 형편이 말이 아니었어. 한 끼 해결하기도 힘들었지. 고생, 참 지긋지긋하게 했어. 아이고, 불쌍한 우리 새끼들."

어머니가 내 얼굴을 쓸어내렸다. 앞을 제대로 보지 못하는 어머니다. 병으로 시력을 잃은 지 벌써 1년째다. 어머니의 삶은 척박했다. 아버지 때문이다. 아버지는 해방되고 나서 제대로 된 직장 한 번 잡아보지 못했다. 어쩌면 아버지로서는 흥남에 있을 때가 가장 화려했었는지도 몰랐다.

어머니는 팔십 평생을 가난과 싸웠다. 병석에 누워 있는 남편과 일곱 자식을 책임져야 했다. 어머니는 열일곱 살에 시집 와서 열여덟 살에 흥남에 갔다. 스무 살에 시댁으로 돌아왔다. 서른 살의 젊은 나이에 머리에 보따리를 이고 전국 방방곡곡 장삿길에 나서야 했다. 어머니의 삶은 이랬다.

나는 이쯤 해서 녹음기를 껐다. 카메라로 어머니의 옆모습을 찍었다. 나는 차마 어머니의 앞모습을 찍을 수가 없었다. 당뇨로 눈이 먼 어머니의 모습이 너무도 아팠기 때문이다. 어머니가 나를 보며 말했다.

"지금도 흥남에 가라면 금방 찾아갈 수 있을 것 같아. 다닥다닥 붙은 사택이 눈에 선해. 흥남 사람들, 참 친절했어. 지금은 대부분 죽었을 거야. 바다도 참 맑았어. 그런데 가면 뭐해? 눈이 멀어 볼 수가 없는데."

나는 목이 메어 옴을 애써 참았다. 어머니에게 가장 행복했던 때가 언제였냐고 물으면 이렇게 말 할 지도 모르겠다.

"너희 아버지와 흥남에서 살 때였어."

(2005. 8. 11.)

'똥장군'을 짊어진 둘째 형님

"형님, 우리가 그렇게 가난했어요?"

"암, 가난했다마다. 얼마나 가난했냐 하면……."

둘째 형님이 말을 하다말고 주전자를 들었다. 손수 잔에 막걸리를 따를 모양이다. 김해에 사시는 넷째 형님이 황급히 주전자를 빼앗았다. 둘째 형님 잔에 술을 따랐다. 뽀얀 게, 영락없는 우유 색깔이다. 둘째 형님이 김치 조각을 입에 물었다. 오른쪽 이빨이 좋지 않은지 왼쪽으로만 씹는다. 그러고 보니 오른쪽 어금니가 모두 빠져버렸다.

그래, 둘째 형님은 고생을 해서 그렇다 치자. 그런데 나는 뭐냔 말이다. 고생다운 고생 한번 해본 기억이 없는데 왼쪽 어금니가 모두 빠져버렸다. 우리는 5남 2녀다. 형님 네 분에 누님이 한 분, 여동생이 한 명이다.

"자네도 한잔 하게?"

둘째 형님이 넷째 형님의 잔에 술을 따른다. 넷째 형님이 공손히 잔을 받았다. 다시 내게도 잔을 권한다. 나는 안주로 떡을 먹었다. 노란 시루떡이다. 둘째 형님이 조기를 뜯다 말고 말한다.

"오죽 가난했으면 큰형님이 열일곱 살 때부터 머슴살이를 했을까.

그때는 1년 머슴 살면 쌀 세 가마를 주었어. 우리 식구가 얼마나 많은데. 그까짓 쌀 세 가마는 금방 거덜 나지. 큰형님은 군대 갈 때까지 동네 여러 집에서 머슴을 살았어."

나는 큰형님의 그런 행적을 기억하지 못한다. 나와 큰형님은 열다섯 살의 나이 차이가 난다. 큰형님이 남의 집 머슴살이를 할 때 나는 고작해야 서너 살밖에 되지 않았다. 내가 큰형님의 모든 걸 기억하기 시작한 건 큰형님이 월남에서 돌아왔을 바로 그 무렵부터였다.

"넷째야, 큰형님이 월남에 갔을 때 자네 나이가 몇 살이었지?"

"초등학교 5학년이었습니다."

"희우, 자네는?"

"초등학교 2학년이었습니다."

"큰형님이 월남 가실 때 뭐라고 했는지 알아. 너희 둘만은 중학교 보내야 된다고 하셨어. 그땐 월남 가면 다 죽는다고 했거든."

둘째 형님이 다시 잔을 든다. 양 볼이 홀쭉하게 패였다. 얼굴에 주름이 가득하다. 나도 잔을 들었다. 벌써 넉 잔째다. 음복치고는 과하다. 나는 얼굴이 붉어오는 것을 느낀다. 그래, 필시 그럴 것이다. 술기운 탓만은 아닐 것이다. 나는 언제나 형님들 앞에 있을 때는 얼굴이 붉어지는 것을 느꼈다. 때로는 죄지은 사람처럼 묵연히 앉아있어야만 했다. 나는 지금껏 형님들에게서 도움만 받았다.

물론 큰형님만 그렇게 고생을 하신 건 아니다. 둘째 형님도 그에 못지않게 고생을 하셨다. 큰형님이 남의 집 머슴살이를 하고 월남에서 전투를 하고 있을 때 그 빈 공간을 고스란히 둘째 형님이 떠맡으셨다. 둘째 형님은 열대여섯의 나이에 삼십 리가 넘는 큰 산까지 동네 어른들을 따라 나무를 하러 다녔다.

둘째 형님은 남의 집 '똥장군'도 수없이 지었다. 겨울에 둘째 형님이 할 수 있는 일이란 다들 싫어하는 인분이 들어있는 '똥장군'을 지는 일뿐이었다. 당시에는 '똥장군'이 지금처럼 플라스틱으로 만들어진 게 아니었다. 사기로 만들었기 때문에 자칫 넘어지기라도 하면 '똥장군'이 여지없이 깨지고 말았다.

'똥장군'을 질 때는 요령도 피울 수 없었다. 조금 가볍게 진다고 '똥장군'을 반쯤만 채우면 출렁거려서 걷는 데 더 애를 먹는다. '똥장군' 얘기를 하다말고 갑자기 둘째 형님이 피식 웃으신다. 아무래도 겸연쩍었던 모양이다.

"셋째도 고생을 많이 했다. 너희들 학비 대려고 그 힘들다는 원양어선도 타지 않았겠니."

아, 이제 둘째 형님은 셋째 형님을 말씀하신다. 갑자기 콧등이 시큰거린다. 마음이 아리다. 셋째 형님은 나와는 다섯 살 밖에 차이가 나지 않는다. 그러다 보니 나는 셋째 형님의 모든 걸 속속들이 알고 있다. 내가 고등학교에 다닐 때였다. 셋째 형님이 원양어선을 타기 위해 부산으로 떠나면서 내게 이렇게 말했다.

"너는 공부만 열심히 하면 된다."

셋째 형님은 그 말 한마디만 남기고 떠났다. 그리고 2년 후에 돌아왔다. 내가 막 고등학교를 졸업할 무렵이었다. 그해에는 넷째 형님도 교육대학교를 졸업했다. 이번 설에는 셋째 형님이 내려오지 못했다. 지금 셋째 형님은 고향에서 깻잎 농사를 짓고 계신다. 설 하루 전날에 셋째 형님한테서 전화가 왔다. 겨울 한파 때문에 도저히 깻잎 비닐하우스를 비울 수가 없다는 것이었다.

"그래, 자네들은 결코 형들의 희생을 잊어서는 안 된다. 큰형수님과 조카들에게도 잘해야 한다."

나는 묵묵히 둘째 형님의 말만 듣고 있었다. 넷째 형님도 고개만 푹 숙이고 있었다. 아, 그런데 자꾸만 눈이 감긴다. 음복으로 마신 술이 과했나. 왜 나는 그렇게도 급히 술을 마셔야 했나. 나를 위해 희생만 하신 형님들 때문인가. 아니면 둘째 형님이 언급하지 않은 어머님과 누님과 여동생의 또 다른 희생 때문인가.

아, 조카들에게 세배를 받아야 하는데 졸음이 자꾸만 쏟아진다. 나는 옆으로 누웠다. 그때 누군가가 내 머리에 베개를 고인다. 큰형수님이다. 내 베갯잇에 눈물이 한 방울 떨어진다. 어디 나뿐인가. 둘째 형님은 진작부터 눈물을 찍어내고 있었다. 분명 꿈이었을 것이다. 그런데 생시처럼 또렷하다.

뒤뚱뒤뚱 남의 집 '똥장군'을 지게에 짊어지고 걸어가는 둘째 형님의 모습이 보인다. 아, 나는 짧게 신음을 토해내고 말았다. 그때 둘째 형님의 나이 고작해야 열여섯 살이었다.

(2005. 2. 10.)

"한 달 27일, 쉬지 않고 일했어"

지붕이 낮은 집이었다. 마당도 있는 둥 마는 둥 했다. 담도 따로 없었다. 집과 집이 서로 등을 맞대고 있는 게, 그게 바로 담이었다. 물론 매형네 집만 그런 건 아니었다. 이 동네 집들은 다 그랬다. 집뿐만이 아니었다. 골목길도 비좁기는 매한가지였다. 한 사람이 지나다니기에도 불편할 정도였다.

그래도 매형 집은 깨끗한 편에 속했다. 매형의 깔끔한 성품 때문이다. 매형은 몇 평 되지 않는 마당에 화단도 만들었다. 누님이 꽃을 좋아하기 때문이다. 누님은 화단에 봉숭아를 심었다. 여름이면 분홍색 봉숭아가 집 안팎을 환하게 밝혀주곤 했었다.

매형은 장모인 우리 어머니에게도 남다른 정성을 보여주었다. 어머니가 거처하시는 방 옆에 화장실을 따로 마련해 주셨다. 앉는 화장실이었는데 눈이 어두운 어머니에게는 더없이 편리했다.

어머니가 매형과 함께 살게 된 건 누님 때문이다. 누님은 오래전부터 건강이 좋지 못했다. 몸이 붓고 자주 머리가 아프다고 했다. 벌써 10년도 넘었다. 병원, 절, 무당집, 기도원……. 누님을 위해서라면 어머니는 어디든 마다하지 않았다.

어제 매형과 나는 밤늦게까지 이야기를 나누었다. 매형의 직업은 '미장이'이다. 매형과 나는 벌써 메밀묵을 몇 그릇째 비웠다. 어머니와 누님은 연신 함박웃음을 지었다.

"더 드시게."

어머니의 말에 매형이 고개를 끄덕였다. 누님이 자리에서 일어나서 메밀묵을 가져왔다. 후루룩. 매형이 단숨에 메밀묵 한 그릇을 비웠다. 매형이 기분 좋게 웃으며 말했다.

"처남, 오늘 내가 최고로 돈을 많이 받았어. 한 달 만에 298만 원 이야. 저번 달은 31일까지 있었지. 나는 쉬지 않고 27일 일했어."

나는 깜짝 놀랐다. 한 달에 27일간이나 일을 하다니……. 집 짓는 일이라는 게 그랬다. 작업시간이 딱히 정해진 게 아니었다. 해가 뜨고 해가 질 때까지가 모두 노동시간이다. 작업현장까지 오고가는 시간을 합친다면 하루 열네 시간이다. 매형이 말했다.

"뭐 그렇게 놀랄 필요는 없네. 6개월 동안 단 하루도 쉬지 않고 일한 사람도 있어. 내 미장일을 보조하는 사람인데, 중국 동포야. 나이도 많아. 예순일곱 살이야. 하루쯤 쉬라고 그렇게 말려도 말을 안 듣는 거야. 정말 대단한 노인네지. 흔히 그런 말들을 하지. 한 달에 이 일을 25일 이상 계속하면 몇 년 내에 빼빼 말라서 죽는다고 말이야."

그러고 보니 매형 얼굴이 말이 아니다. 벌레 먹은 배추 이파리처럼 군데군데 검버섯이 피어올랐다. 손도 마찬가지이다. 손등은 물론 손가락 하나 성한 곳이 없다. 헐고 물집까지 생겼다. 모두가 시멘트 독 때문이다.

"미장이가 하는 일이라는 게 그래. 시멘트로 벽을 바르는 게 바로 미장일이지. 시멘트에는 독한 성분이 들어 있지. 그러나 어쩌겠어. 독이 무서워 미장일을 그만둘 순 없지 않겠어!"

매형은 말을 하면서도 연신 손가락을 긁었다. 손등에는 실핏줄이 금방이라도 터질 것 같았다. 손바닥 여기저기에는 굳은살이 박였다. 몸 어디를 들여다보아도 성한 곳이 없다. 매형은 끙끙 앓으면서도 작업장을 향하곤 했다.

"사장이 얼마나 극성인데……. 조금만 게으름을 피우면 일하지 말고 집에 가라는 거야."

매형은 담배를 피워 물었다. 라이터를 든 손이 가볍게 떨렸다. 매형은 길게 담배 연기를 내뿜었다. 나는 매형을 바라보았다. 세월이 남기고 간 고통의 흔적이 얼굴에 고스란히 남아있었다. 평생을 노동으로 살아온 매형이다.

누님은 10년 넘게 병을 앓고 있다. 아마도 누님 때문일 거다. 누님의 약값을 벌기 위해서라면 매형은 내일도 모레도 아니 죽는 날까지 일터를 찾아 나설 것이다.

이른 아침이다. 채 어둠이 걷히지 않았다. 뚜벅뚜벅 발걸음 소리가 들렸다. 매형이다. 매형이 일터로 향하고 있다. 나는 시계를 들여다보았다. 새벽 5시 30분이다. 발자국 소리가 멀어지고 그제야 나는 슬그머니 방을 빠져나왔다.

동네가 내려다보였다. 어둠뿐이다. 어둠 저편에 가로등이 서 있다. 그때 한 사나이가 빠르게 가로등 밑을 지나갔다. 너무 빠른 걸음이라서 나는 미처 그가 누구인지 알아볼 수 없었다. 그러나 어깨에 둘러멘 가방으로 보아 그 사나이가 매형이 아닐까 하는 생각이 들었다.

매형은 언제나 연장이 가득 들어있는 가방을 둘러메고 다녔으니까.

(2004. 2. 5.)

스물두 평도 크다

지난 일요일에 나는 김해 형님 집에 들렀다. 형님이 아파트 입구까지 마중 나와 있다. 나를 보자 반갑게 악수부터 청한다. 형님이 아파트로 우리 가족을 안내한다. 아파트는 아담했다.

"학생 수가 몇 명입니까?"

"백 명도 안 된다."

"그렇게나 적어요?"

"시골학교는 다 그렇다."

나는 주위를 둘러본다. 거실은 단출했다. 텔레비전이 탁자 위에 놓여있다. 베란다에는 화분이 몇 개 있다. 그런데 진작부터 내 눈길을 끄는 게 있었다. 꽃바구니였다. 꽃을 타고 빨간 띠가 아래로 흘러내렸다. 나는 빨간 띠에 적힌 글씨를 읽어 내려간다. '스승님의 은혜에 보답합니다'라고 씌어 있다.

"제자가 보냈습니다. 이번에 중학교 선생님으로 초임 발령을 받았다나 봐요."

형수님이 말씀하셨다. 형님도 고개를 끄덕였다. 그리고 보니 형님 몸이 많이 불었다. 배가 제법 나왔다. 몸만 불은 게 아니다. 얼굴도

많이 변했다. 눈가에 주름이 가득하다. 눈가죽도 축 처졌다. 하긴 그럴
만도 하다. 벌써 형님의 나이 쉰한 살이다. 몇 년 만 더 있으면 교직
생활 30년째다. 형님은 지금 초등학교 선생님으로 계신다.

"스승의 날에 선물 좀 들어왔습니까?"

아내가 철없는 소리를 한다. 나는 아내에게 눈치를 보낸다. 그런 얘
기는 하지 않는 게 좋다는 뜻이다. 아내가 얼른 입을 다문다. 형수님
이 크게 소리 내어 웃는다. 형님은 헛기침만 몇 번 하신다. 형수님이
말씀하신다.

"저기 꽃바구니 있지요. 저게 전부에요."

형님이 맥주병을 땄다. 나는 형님 잔에 맥주를 따랐다. 형님도 내
잔에 맥주를 따랐다. 나는 맥주를 단숨에 들이켰다. 목이 시원했다. 형
님은 살짝 입술만 축였다. 아내는 부지런히 참외를 깎았다. 참외가 달
착지근하다.

"동서는 좋겠다. 아파트 분양을 다 받고. 많이 올랐다며?"

"아니에요, 형님. 소문만 그래요."

"언제 입주하지?"

"원래 계획은 내년 11월인데 공사가 빨리 진척되나 봐요. 내년 9월
이전에는 입주할 수 있을 것 같아요."

"요즘 느끼는 건데, 우리 아파트가 좁은 것 같아. 애들이 크니까 더
그러네."

"몇 평인데요?"

"스물두 평이야."

형님은 지금 주공아파트에 살고 계신다. 22평짜리다. 아파트 말고는 모아둔 재산도 없다. 그건 내가 잘 안다. 형님은 돈 모을 기회가 없었다. 내 학비 대고 형님 공부하는데 다 썼다. 형님은 교직에 있으면서도 야간대학을 다녔다. 야간대학원도 졸업했다. 공부에 대한 열정이 대단했다.

나는 종종 그런 생각을 해본다. 형님의 도움이 없었으면 나는 어떻게 되었을까. 필시 지금의 나는 없었을 것이다. 대학은 고사하고 지금의 직장에도 들어올 수 없었을 것이다. 모든 게 형님의 공이다. 형님은 내가 취직하고 더 이상 형님의 도움이 필요하지 않았을 때 비로소 결혼했다.

형수님은 아내를 부러워했다. 아내에게 몇 평을 분양받았냐고 넌지시 묻는다. 아내는 34평이라고 말한다. 아내는 얼굴에 가득 웃음을 흘린다. 그러나 나는 아니다. 부끄럽고 죄스러운 생각뿐이다. 내가 아니었으면 형님은 지금보다 훨씬 큰 평수에서 살고 있을지 모른다. 그러나 형님은 전혀 개의치 않는다.

"스물두 평도 크다. 너 생각 안 나니? 우리 가족은 한방에서 여섯 명이 살았어. 그때 우리들 소원이 뭐였니? 스탠드등 하나 가지는 것 아니었니. 공부하고 싶어도 곤히 잠든 가족들 때문에 공부를 할 수 없었어. 그때 비하면 너나 나나 부자다."

형님이 나를 보며 빙그레 웃는다. 넉넉한 웃음이다. 비록 세 살밖에 나이 차이가 나지 않지만 내게는 언제나 아버지처럼 느껴졌다. 형님은 내게 언제나 그런 존재로 남아있었다. 김해와 창원은 지척의 거리다. 집을 나서는 나에게 형님이 말씀하신다.

"우리 자주 만나자, 희우야!"

내가 탄 차가 미끄러지듯 형님 집을 벗어나고 있었다.

(2005. 5. 17.)

보름간 막노동 끝에 구입한 전화기

어머니에게 전화를 했다. 전화를 받지 않는다. 신호음만 계속해서 울려댔다. 어디 가신 것일까? 갑자기 걱정이 들었다. 어머니는 눈이 어두우시다. 나는 어머니가 전화를 받을 때까지 수화기를 내려놓지 않았다.

그때 문득 눈에 띄는 게 있다. 전화기에 찍힌 숫자다. 어머니 집 전화번호다. 나는 갑자기 가슴이 뭉클해짐을 느낀다. 그러다 어느 순간 아련함으로 바뀐다. 어머니 집에 있는 전화는 햇수로 18년 되었다.

1988년이었다. 사람들은 모두 88서울올림픽에 열광하고 있었다. 하지만 나는 그렇지 못했다. 가정집에 전기보일러를 가설해주는 일을 했다. 나는 인부였다. 기술이 없는 터라 단순노동을 해야 했다.

작업은 힘들었다. 해가 뜸과 동시에 일을 시작했다. 나는 어깨가 부서지도록 질통을 짊어지고 다녔다. 1층은 그런대로 견딜 만했다. 문제는 2층이나 3층이었다. 얼마나 힘들었던지 계단에서 주저앉기를 되풀이했다. 어깨는 벗겨지고 피멍이 들어 쓰리고 따가웠다.

질통을 메지 않을 때는 콘크리트를 쳤다. 여럿이서 하는 일이었기 때문에 내가 힘들다고 함부로 쉴 수도 없었다. 손에 경련이 일어날 때까지 삽질을 계속했다. 그래도 이 정도는 참을 수 있었다. 정말 참기 힘든 일은 방에 들어가서 구들장을 뜯어내는 일이었다.

방바닥은 콘크리트로 무척 단단했다. 나는 곡괭이로 방바닥을 내리쳤다. 한 번 내려칠 때마다 파편이 튀고 퍼석퍼석 뿌연 연기가 일어났다. 조금 지나지 않아 방은 온통 먼지로 가득했다. 아예 앞이 보이지 않을 정도다. 쿨럭쿨럭. 나는 연신 기침을 해댔다.

몸에서는 비 오듯 땀이 흘렀다. 어디랄 것도 없었다. 팬티까지 땀에 흠뻑 젖었다. 수건은 이미 물걸레가 된 지 오래다. 노동은 혹독했다. 나는 계속해서 물을 들이켰다. 그래도 갈증은 계속되었다. 이미 내 손에는 물집이 잡힌 지 오래다. 나는 저절로 터질 때까지 내버려두었다.

밥을 먹을 때는 숟가락 쥔 손이 파들파들 떨렸다. 밥맛도 있을 리가 없었다. 나는 물에 밥을 말아 먹곤 했다. 하지만 절대로 표시를 내지 않았다. 행여 일 못한다고 쫓아내지 않을까 겁이 났던 것이다. 사장이 밥을 먹다 말고 내게 물었다.

"박 군, 이런 일 처음이지?"

"예."

나는 솔직하게 대답했다. 그렇게 힘든 노동은 처음이었다. 우리 집이 찢어지게 가난했으면서도 나는 이렇다 할 고생을 하지 않았다. 나는 언제나 책상에 앉아 공부만 했다. 어머니와 형제들은 내 학비를 대기 위해 죽도록 일만 했다.

나는 가족들의 희생에 힘입어 무사히 법대를 졸업했다. 그때가

1987년이었다. 하지만 사법시험에는 번번이 떨어졌다. 우여곡절 끝에 1988년 4월에 법원 일반직 시험에 합격했다. 가족들은 눈물을 글썽이며 좋아했다. 나는 그때 결심했다. 발령을 받을 때까지 어머니를 위해 뭔가를 해주고 싶다는 생각이 들었다. 그래서 시작한 일이었다.

"사장님, 열심히 하겠습니다."

나는 진심으로 말했다. 사장님이 내 어깨를 두드려주었다. 살아가면서 큰 경험이 될 거라는 말도 덧붙였다. 공사가 끝났다. 계산해보니 15일 동안 일했다. 나는 더 하고 싶었지만 그럴 수가 없었다. 사장님이 일거리를 구하지 못했기 때문이다.

사장님이 내 손에 돈을 쥐여 주었다. 나는 돈을 받으면서 기어코 눈물을 쏟아내고 말았다. 내가 힘들어서 흘린 눈물이 아니었다. 나를 위해 고생만 하신 어머니와 가족들에 대한 눈물이었다. 나는 집으로 뛰어갔다. 내가 번 돈 전부를 어머니에게 드렸다. 나는 어머니에게 신신당부했다.

"어머니, 이 돈으로 꼭 전화기를 놓아야 해요. 그래야 제가 멀리 발령받더라도 어머니에게 전화를 드리지요."

그때 설치한 전화가 바로 이 전화다. 물론 우리집에서 처음 들여놓은 전화이기도 하다. 그래서인지 더욱 애착이 간다.

그로부터 얼마 후 나는 발령을 받았다. 그런데 뭐가 그리 바빴는지 전화를 자주 드리지 못했다. 그런 못된 버릇이 쉰 살이 다 돼가는 지금도 계속되고 있다.

어머니는 여전히 전화를 받지 않으신다. 아마 누님 손을 잡고 이웃 집 할머니한테 놀러 가신 모양이다. 저녁 먹고 다시 해봐야겠다. 어머니께서 전화를 받으면 이렇게 말씀드려야겠다.

"어머니, 내일 들를게요. 뭐 드시고 싶으신 것 없으세요? 그냥 몸만 오면 된다고요. 알겠습니다, 어머니. 그럼 내일 찾아뵙겠습니다."

(2006. 3. 25.)

"저는 공고 졸업생입니다"

어제는 고등학교 동문 모임이 있었다. 어느 순간부터 나는 '큰형님'이 되어 있었다. 후배들이 일방적으로 그렇게 정해버렸다. 후배들은 모두 혈기왕성한 30대이다. 그런데 나만 40대 후반이다.

후배들이 내게 '건배'를 제의했다. 나는 자리에서 일어났다. 주위를 한 번 둘러보았다. 대부분 처음 보는 얼굴들이다. 법원 직원들이야 내가 그곳에 근무하고 있으니까 잘 알고 있다. 그러나 검찰청과 변호사와 법무사와 그곳 사무장들이나 사무원들은 아니다. 몇 명은 알고 있지만 대부분 낯선 얼굴이다.

나는 잠시 생각에 잠겼다. 무슨 말부터 해야 할까. 사실 이럴 때가 가장 괴롭다. 본시 말하는 재주가 없는데다가 이빨까지 몇 개 빠져서 발음도 시원찮다. 그러나 오늘은 여느 날과는 다르다. 좀 더 친근하게, 자신감 있게 인사말을 해야 했다. 나는 아랫배에 힘을 주었다.

"반갑습니다. 법원에 근무하는 박희우입니다. 저는 1978년도에 졸업했고 25회입니다. 그때는 공업고등학교였습니다. 그러니까 저는 공고 졸업생인 셈이지요. 여러분들도 알다시피 우리 고등학교는 1984년도에 인문계로 바뀌었습니다. 제 옆에 계신 안 계장님이 바로 인문계

1회입니다. 여러분도 역시 모두 인문계 출신입니다."

나는 잠시 말을 멈췄다. 모두들 술잔을 들고 나를 바라보고 있다. 숨소리도 크게 들리지 않았다. 나도 주책이다. '건배'라고 짧게 한마디만 하면 될 것을 이렇게 길게 얘기하고 있다. 아무래도 후배들을 만난 기쁨이 기대 이상으로 컸던 모양이다.

나는 문득 나만의 공간으로 돌아갔다. 나는 1988년 11월에 법원에 들어왔다. 그러니까 17년째 법원생활을 하고 있는 셈이다. 내가 근무하는 창원지방법원에는 나와 같이 공고를 졸업한 동문이 한 사람도 없다. 하긴 그럴 만도 했다. 공업고등학교를 졸업하고 공무원이 된다는 게 쉬운 일이 아니다. 나는 물론이고 선배와 급우들은 배운 게 용접이고 선반기술이니 대부분 공장에 취직할 수밖에 없었다.

1970년대는 중화학공업이 호황을 누리던 시대였다. 당시 내 또래들 대부분은 공업고등학교에 진학을 했다. 나도 예외는 아니었다. 집이 가난했기 때문에 달리 선택의 여지가 없었다. 내 나이 열일곱 살 때였다. 그때 나는 영동역에 있었다. 나는 결코 주먹을 펴지 않았다. 내 손에는 마산까지 가는 기차표가 쥐어져 있었다. 어머니에게 갈 수 있는 유일한 차표였다. 열차는 김천을 지나고 있었다. 중년의 사내가 물었다.

"어디까지 가니?"

"마산까지 갑니다."

"마산에 누가 있니?"

"어머니가 계십니다."

중년의 사내가 고개를 끄덕였다. 열차가 터널을 지나고 있었다. 터널을 빠져나온 열차가 들판을 가로질러 힘차게 달리고 있었다. 겨울 들판은 황량했다. 검은 하늘에는 여러 무리의 새떼가 힘들게 날갯짓을 하며 어딘가로 날아가고 있었다. 중년의 사내가 껌을 권했다.

"어머니는 무얼 하고 계시니?"

나는 잠시 머뭇거렸다. 이때는 무어라고 대답을 해야 하나. 나는 차표만 만지작거리고 있었다. 다행히 중년의 사내는 더 이상 묻지를 않았다. 잠시 후 중년의 사내는 잠이 들었다. 나는 후회했다. 사실대로 말했어야 했다. 어머니는 '보따리행상'을 하고 있다고 솔직하게 말했어야 했다.

나는 다시 현실로 돌아왔다. 나를 바라보는 후배들의 눈이 초롱초롱 빛났다.

"저는 기계과에 입학했습니다. 입학하고 몇 달이 지나자 우리는 실습에 들어갔습니다. 저는 용접을 했습니다. 바로 그날 밤이었습니다. 저는 눈이 아파서 잠을 잘 수가 없었습니다. 용접에서 뿜어져 나오는 불빛 때문에 눈이 퉁퉁 부어 있었습니다. 눈물이 끊임없이 흘러내렸습니다. 그런 생활은 고등학교 내내 계속되었습니다. 친구들은 졸업 전에 여기저기 팔려(?) 나갔습니다. 삼성중공업, 현대중공업, 대우중공업……."

그때 갑자기 목이 메었다. 나는 후배들을 바라보았다. 분위기가 심상치 않다. 모두들 고개를 숙였다. 여기에 참석한 막내 기수는 43회이다. 나하고는 18회가 차이가 났다. 그들은 이해하지 못할 것이다. 내가 왜 이렇게 길게 인사말을 하고 있는지를 말이다. 나는 끝내 내가 하고 싶은 말을 쏟아내고 말았다.

"당신들의 선배들은 공장에서 젊음을 바쳤습니다. 그분들이 있었기에 바로 당신들이 있는 겁니다. 자, 우리 건배합시다. 건배!"

모두들 '위하여'를 외쳤다. 여기저기에서 술잔이 밀려왔다. 나는 마다하지 않았다. 이러다가 정말 취할지도 몰랐다. 그러나 괜찮았다. 이런 날이 어디 그리 흔하겠는가.

아, 그런데 자꾸만 공고에 다니던 친구들이 생각났다. 그들 대부분은 방위산업체로 '팔려' 갔다. 그때는 취업을 그렇게 팔려간다고들 했다. 친구들은 병역을 면제받는 대신 5년간 공장에서 일하면서 병영 아닌 병영생활을 해야 했다. 짧은 머리에 푸른 작업복, 생각나는 건 그것뿐이다.

아, 자꾸만 그때 그 모습이 떠올랐다.

(2006. 12. 18.)

어머니의 연분홍 저고리

직원 모친이 돌아가셔서 문상을 다녀왔다. 나는 빈소에 들어가기 전에 화장실부터 가서 머리를 손질하고 옷매무새를 단정히 했다. 빈소에 들어가서는 상주에게 가벼운 목례부터 했다. 나는 영정을 보며 잠시 생각에 잠겼다. 고인의 영정 사진이 수년 전에 돌아가신 나의 어머니를 많이 닮았다. 고인은 곱게 빗은 검은 머리에 연분홍 치마저고리를 입고 있었고 양손을 가지런히 앞으로 모았다. 의상은 다르지만 어머니의 영정사진도 저런 머리를 하고 계셨다. 차이가 있다면 고인의 얼굴은 약간 여위었으나 어머니의 얼굴은 살이 도톰했다는 사실이다. 당연히 영정사진에 나타난 얼굴만 본다면야 고인보다 어머니가 행복해 보였다.

그러나 실제로는 그렇지 않았다. 어머니의 영정사진은 돌아가시기 훨씬 전에 찍은 사진을 확대한 것이다. 돌아가실 때 어머니의 모습은 살이라곤 붙어 있지 않았고 머리카락은 온통 하얗게 탈색되어 있었다. 눈은 멀어 볼 수 없었고, 치아도 앞에 이 두어 개를 제외하고는 모두 빠져 볼이 홀쭉했다. 어머니는 계속해서 혼잣말을 하는가 하면 입술에 혀를 감아올리곤 했다. 치매기가 있었던 것이다. 나는 몇 달 사이에 너무 변해버린 어머니의 모습을 보고 다른 사람이 침대에 누워 있는 걸로 착각했었다. 어머니를 뵈러 요양병원에 들를 때마다 당신께서는 아이들을 안아보고 싶어 했지만 아직 철이 덜 든 녀석들은 검은 머리 카락이라곤 한 올 없는 백발에 홀쭉한 얼굴, 가시나무처럼 말라비틀어진 모습이 무섭다며 피하려고만 했다.

어머니는 여든네 살에 요양병원에서 돌아가셨다. 골반을 다치지 않았다면 더 오래 사셨을지도 모른다. 어머니는 화장실을 가다가 넘어져서 골반을 다쳤고 근방에 있는 도립병원에서 입원치료를 받았다. 그러다가 간호할 사람을 구하지 못해 형제들과 의논해서 임시로 몇 달만 요양병원에 모시기로 했던 것이다.

요양병원에 있으면서 어머니는 건강이 급격하게 나빠졌다. 치매환자들이 송장처럼 누워 있는 병실에서 하루 종일 보낸다는 게 견디기가 힘들었을 것이다. 내가 들를 때마다 어머니는 당신이 살던 집에 가고 싶어 했다. 어머니의 눈길은 간절했다. 그러나 우리 형제는 어머니의 부탁을 들어줄 수 없었다. 어머니는 누님 집에 살고 있었는데 누님도 아파서 입원을 하고 있던 터라 어머니를 돌봐줄 사람이 없기 때문이었다. 의사 역시 퇴원을 반대했다. 건강이 너무 좋지 않아서 자칫 목숨도 잃을 수 있다는 것이었다. 어머니는 결국 그토록 가고 싶어 하던 집에 가지 못하고 요양병원에서 숨을 거두었다. 그때가 2011년 7월 2일이었다.

운구차가 선산을 향해 떠나기 전에 형제들이 어머니의 관을 들고 당신께서 기거했던 집을 한 바퀴 돌았다. 방에도 들어가고 마당도 한 바퀴 돌았다. 어머니가 아끼던 장독대 앞에서 묵념도 했다. 나는 장례가 끝나고 어머니가 기거하던 방에서 유품을 정리했다. 벽에 나란히 걸려 있는 형과 나의 대학 졸업사진도 뗐다. 두 아들이 얼마나 자랑스러웠던지 어머니는 주무실 때마다 대학 졸업사진이 잘 보이는 곳에 눕곤 했었다. 나는 어머니의 옷이며 소지품들이 들어 있는 장롱을 열었다. 예쁜 색깔을 한 종이상자가 보이고 뚜껑을 열자 연분홍 비단치마저고리가 나왔다. 그해 가을에 있을 어머니 생일 때 입으려고 형제들이 특별히 주문한 옷이다. 그러나 어머니는 연분홍 치마저고리를 입어보지도 못하고 세상을 떠났다.

어머니는 30대 후반의 젊은 나이에 전국을 떠돌며 인삼을 팔러 다녔다. 한 번 집을 나가면 보름을 훌쩍 넘기곤 했는데, 어린 나로서는 어머니하고 같이 있고 싶은 마음에 장사를 나가지 말라고 고집을 부리기도 했었다. 어머니의 고생 덕분에 우리 형제들은 고아원 같은 곳으로 흩어지지 않고 한곳에 모여 살 수 있었다.

어머니는 항상 남루한 옷차림에 푸석한 얼굴을 하고 있었다. 그런데 딱 한 번 어머니가 화려하게 화장을 한 모습을 볼 수 있었다. 어머니가 돌아가시고 하루 뒤 염습이 끝나고 수의를 입고 있을 때였다. 어머니의 푸석했던 얼굴이 하얗게, 흐릿했던 눈썹이 까맣게, 초췌했던 입술이 빨갛게 화장되었다. 어머니의 화장한 얼굴을 보면서 형제들 모두 크게 소리 내어 울었다.

헤밍웨이가 쓴 〈아기신발〉은 세계에서 가장 짧은 소설로 알려져 있다. 얼마나 짧은지 단 세 문장밖에 되지 않는다. 하지만 거기에 담긴 뜻은 사뭇 의미심장하다. 나는 지금까지 그렇게 짧으면서도 강렬한 여운을 남기는 소설을 보지 못했다. 애틋하면서도 아프고, 아프면서도 자꾸만 눈물이 나게 하는 그런 소설이었다.

팝니다. 아기 신발. 사용한 적 없음.

이게 전부다. 나는 어떻게 해서 그 소설이 나오게 되었는지 나름대로 추측해보았다. 아기를 간절히 바라는 몹시 가난한 부부가 있었다. 어느 날 아내가 어렵게 임신을 했고 남편은 너무 기뻐 아기 신발을 준비했다. 그런데 안타깝게도 아내가 유산을 했고, 아기 신발은 주인 없는 신발이 되고 말았다. 물론 보는 관점에 따라서는 이와는 다르게 추측할 수도 있을 것이다. 그러나 어떤 추측을 하던 아기의 죽음은 빠질 수 없을 것이고 그래서 슬픈 소설이 될 수밖에 없었다.

내가 어머니의 연분홍 비단치마저고리를 보면서 헤밍웨이의 〈아기신발〉을 떠올린 것은 결코 우연이 아니었다. 〈아기신발〉만큼이나 애틋한 사연이 연분홍 비단치마저고리에 담겨 있기 때문이었다. 나는 살아오면서 어머니가 연분홍 치마저고리를 입은 모습을 한 번도 보지 못했다. 한복을 입을 때면 언제나 하얀 무명치마저고리였다. 어머니는 연분홍 치마저고리를 생일에 입겠다며 장롱 속에 소중하게 간직하다가 입어보지도 못하고 세상을 뜨셨던 것이다.

어머니는 너무 오래되어 가장자리가 너덜너덜한 통장도 남겨 놓으셨는데 통장에 노령연금이란 글자와 80만 원이란 숫자가 나란히 적혀 있었다. 어머니가 남긴 재산은 80만 원이 전부였다. 현금으로 치면 아주 적은 액수였다. 그러나 어머니는 나를 포함해서 일곱 형제자매와 수십 명에 달하는 손자들과 증손자들을 유산으로 남겼다. 어머니가 아니었으면 어찌 그 많은 자손이 태어날 수 있었겠는가. 그것 하나만으로도 어머니는 우리들에게 가장 거룩하고 소중한 존재였다.

나는 직원 모친의 영정 사진 앞에 무릎을 꿇었다. K 사무관이 제사상에 놓여 있는 술잔을 내려 들고 술을 비운 다음 다시 채워서 나에게 주었다. 나는 두 손으로 공손하게 술잔을 들고 향불을 향해 시계 방향으로 세 번 돌린 다음 K 사무관에게 주었고, K 사무관이 술잔을 받아서 제사상에 놓았다. 우리 일행은 뒤로 물러나 두 번 절했다. 다시 상주와 맞절을 하고 작은 목소리로 애도를 표했다. 고인과 관련된 질문은 예의에 어긋날 것 같아 하지 않았다. 상주의 눈에는 슬픔이 가득 고여 있었다. 문상을 마치고 세 걸음 뒤로 물러난 뒤 몸을 돌려 나왔다. 나는 몇 발자국 걷다가 뒤를 돌아보았다. 영정 사진이 인자하게 웃고 있었다.

어머니의 생전 모습을 보는 것 같아 눈시울이 붉어졌다.

(2017. 8. 11.)

장인어른이 제 중매를 섰습니다

"벌써 10년이에요."

"10년?"

"당신도 참, 우리들 결혼 말이에요."

"벌써 그렇게 되었나?"

나는 달력을 쳐다보았다. '8'이라는 글자에 빨간 동그라미가 그려져 있다. 1995년 1월 8일이다. 이날 우리는 결혼했다. 그때 내 나이 서른여덟 살, 아내는 스물아홉 살이었다.

"그렇군. 모레가 우리들 결혼기념일이군. 그런데 말이야. 이 날이면 유독 떠오르는 모습이 있단 말이야."

"모습이라니요?"

"그분은 늘 중절모를 쓰고 다니셨어. 우리들 예식장에서도 중절모를 쓰고 계셨지. 옴팍 패인 양 볼 사이로 잔잔하게 미소가 흘렀었지. 1월 8일만 되면 그때 그 모습이 자꾸만 떠오르는 거야. 바로 엊그제 일처럼 말이야."

아내는 천천히 고개를 숙였다. 손가락을 만지작거렸다. 한 방울 눈물이 떨어졌다. 그랬다. 장인어른은 늘 중절모를 쓰고 다녔다.

장인어른은 1997년에 돌아가셨다. 우리들의 결혼을 적극 주선했던 분이 바로 장인어른이다. 나는 그때 처가가 있는 시골 등기소에서 근무하고 있었다. 아내는 어린이집 선생님으로 있었다.

장인어른은 내가 근무하는 등기소를 출입하는 법무사와 아는 사이였다. 언젠가 법무사가 내게 말했었다. 장인어른이 등기소에 등기부등본을 떼러 왔다가 나를 보고는 사위로 점찍었다고 말이다. 그런 일이 있고부터 아내와 나는 교제를 시작했다. 그런데 이상한 일은 장인어른이 우리들의 결혼을 몹시 서둘렀다는 사실이다.

당시 장인어른은 암으로 고생하고 계셨던 것이다. 당신께서는 자신이 죽기 전에 큰딸 결혼하는 걸 보고 싶어 했다. 나는 장인어른의 뜻을 거스를 수 없었다. 우리는 만난 지 42일 만에 결혼했다.

그런데 그때부터 기이한 일이 벌어졌다. 장인어른이 빠르게 건강을 회복했던 것이다. 장모님은 은근히 나를 추켜 세웠다. 귀한 손님이 '정'(아내의 성) 씨 집안에 들어왔기 때문이라고 했다.

그러나 그런 기쁨도 채 2년이 가지 않았다. 갑자기 장인어른이 고통을 호소했다. 다시 암이 재발한 것이다. 장인어른은 혼잣말로 중얼거리곤 했다. 6남매를 다 키우고 이제 살 만하니 몹쓸 병에 걸렸다고 울먹이셨다. 장인어른의 몸무게는 이미 절반으로 줄어있었다.

장인어른이 돌아가신 바로 그날 새벽이었다. 장모님이 급하게 나를 찾아왔다. 아무래도 하루를 넘기기가 힘들어 보인다는 것이었다. 나는 급히 장인어른이 입원해 있는 병원으로 달려갔다. 희뿌옇게 새벽이 열리고 있었다. 나는 병원에 들어섰다. 장인의 초췌한 모습이 눈에 들어왔다. 같은 병실에 입원해 있는 나이 지긋한 분이 내게 말했다.

"이보게, 젊은 양반. 객사는 막아야 하지 않겠는가?"

경상도에서는 병원에서 운명하시는 것도 객사라 여기는 어른들이 많았다. 나는 장인어른을 바라보았다. 어떤 간절함 같은 게 장인어른의 눈에 배어 있었다. 집으로 가자는 것인지 그대로 병원에 있고 싶다는 것인지 나는 가늠할 수 없었다. 장모님이 내 손을 잡았다. 나는 입술을 깨물었다. 장인을 두 손으로 받쳐 안았다. 나는 차마 장인어른을 제대로 바라볼 수가 없었다. 나는 고개를 돌렸다. 자꾸만 눈물이 흘렀다. 이제 정말 마지막일지도 몰랐다. 나는 장인어른을 품에 안고 병원을 나섰다. 그날 아침에 장인어른은 돌아가셨다.

이번 결혼기념일에는 처가엘 다녀와야겠다. 장인어른 산소에서 나는 이렇게 말씀드려야겠다.

"아버님께서 끔찍하게 아끼시던 당신의 딸이 지금 제 옆에 있습니다. 두 손녀도 있고요. 아버님이 없었다면 어찌 제가 이런 행복을 누릴 수 있겠습니까. 아버님, 편히 쉬십시오."

(2005. 1. 8.)

'미숙아, 오늘 하루만이라도…… 응?'

어제 우리 가족은 대형 할인점에 갔다. 그곳은 사람들로 붐볐다. 머리가 아팠다. 다른 사람들은 모르겠다. 나는 사람들이 많은 곳에만 가면 머리부터 아팠다. 다행히 할인점에는 놀이방이 있었다. 나는 놀이방에서 아이를 보는 것으로 만족해야 했다.

아이들은 잘 놀았다. 자동차를 타기도 하고, 미끄럼틀 위에서 몸을 거꾸로 한 채 내려오기도 했다. 작은아이는 놀이방이 만들어놓은 작은 동굴 속에서 웃어 보이기도 했다. 그랬다. 작은아이는 어디에 내놓아도 잘 놀았다.

문제는 큰아이였다. 이놈은 잘 놀다가도 수시로 내가 옆에 있는지 확인하곤 했다. 큰놈은 겁이 많았다. 그래도 아프지 않고 건강하게 자라고 있으니 녀석에게 고마울 뿐이다.

아내는 두 시간 남짓 지나서야 돌아왔다. 너무 늦었다. 평소 같았으면 버럭 화를 냈을 것이다. 그러나 오늘은 아니다. 웃어 보이기까지 했다. 나는 아내와 아이들에게 저녁을 먹고 가자고 했다. 아이들은 손뼉을 치며 좋아했다.

아내도 싫어하는 눈치는 아니었다. 4층 레스토랑 쪽으로 방향을 틀었다. 순간 아내는 머뭇거렸다. 나는 재빨리 아내의 손을 끌었다. 아내는 마지못해 나를 따라왔다.

레스토랑에서 아내는 메뉴판을 들여다보았다. 금세 아내의 표정이 달라졌다는 것을 느낄 수 있었다. 아내가 나를 노려보았다. 나는 얼른 눈을 피했다. 아내가 말했다.

"우리 지하식당으로 가요!"

지하식당은 일반 음식점이 모여 있는 곳이다. 가격도 이곳과는 비교가 되지 않았다. 그곳에 가면 내가 좋아하는 음식들이 즐비하다. 지금처럼 속이 허할 때는 우거짓국이 그만이다. 아니면 장터국수도 좋다. 조금 무리를 하면 아내가 좋아하는 삼겹살도 먹을 수 있다.

아내는 그걸 원했다. 그러나 오늘은 아니다. 오늘 하루만은 내 방식대로 하고 싶었다. 아내에게 말했다.

"오늘은 그냥 여기에서 먹고 가지 뭐. 아이들도 좋아하잖아?"

아내는 난감한 표정을 지었다. 아니, 조금은 슬픈 표정이었다. 나는 종업원을 불렀다. 서슴없이 비프커틀릿 두 개와 돈가스 두 개, 그리고 음료수 두 병을 주문했다. 종업원은 부지런히 받아 적었다. 아이들은 환하게 웃었다.

아내는 슬그머니 메뉴판을 들여다보았다. 비프커틀릿 만 원, 돈가스 5천 원, 음료수 2천 원, 합계 3만2천 원이었다. 아내는 조용히 메뉴판을 덮었다.

종업원이 수프를 가져왔다. 아내는 말없이 수프를 먹었다. 음식이

나왔다. 아내는 칼과 포크를 들었다. 쓱싹, 쓱싹. 칼질하는 소리가 상
큼하게 들렸다. 정말로 오랜만에 들어보는 소리였다. 10년 전, 아내와
처음 만날 때 들었던 바로 그 소리였다.

　아내는 집에 도착할 때까지 아무 말도 하지 않았다. 나는 알고 있
다. 내가 어찌 아내의 마음을 모르겠는가. 내 집 마련을 위해 아내가
얼마나 알뜰하게 살림을 꾸려나가는지 내가 어찌 모르겠는가. 아내는
결혼하기 전에 입었던 옷을 10년이 다 되어가는 지금도 입고 다닌다.

　그런 아내이기에, 나는 짐작하고도 남았다. 아내의 마음이 어떠한지.
지금 나의 반란에 분개하며 마음속으로 열심히 더하기 빼기를 하고 있
을 것이다. 지하식당과 레스토랑의 음식 가격을 비교하면서 말이다.

　'지하식당에서 저녁을 먹었으면 정식 2인분에 공깃밥 두 개만 추가
하면 되는데……. 그럼 7천 원이 될 것이고. 공깃밥 천 원이면 충분할
거고. 어떤 때는 서비스로 그냥 주기도 하던데. 하여튼 아무리 많이
잡아 봐도 8천 원을 넘기지 않을 것인데, 3만2천 원이라니!'

　나는 아내 모르게 웃었다. 그리고 아내에게 마음으로 말했다.

　'미숙아, 오늘 무슨 날인 줄 아니? 우리가 처음 만난 날이야. 기억
하지? 레스토랑에서 서양 음식 먹던 날 말이야. 그때 너는 우아한 모
습으로 칼질을 했었지. 바로 오늘이 그날이야. 기억하지, 미숙아?'

　나는 다시 아내에게 말했다.

　"미숙아, 오늘 하루만이라도 이렇게 살아보자, 응. 미숙아?"

(2004. 1. 9.)

"우리의 결혼이 우연일까, 필연일까?"

나는 퇴근 후면 종종 비음산에 올랐다. 비음산은 창원시와 김해시를 경계 짓는 산 이름이다. 해발 517미터인데 정상에는 진례산성이 있다. 오늘은 좀 무리를 했나 보다. 두 시간 거리를 한 시간 반에 다녀왔다. 평소보다 30분 늦게 출발한 게 큰 부담으로 작용했다. 나는 어둠에 쫓겨 정신없이 산에서 내려왔다.

비음산은 내가 살고 있는 아파트에서 얼마 떨어지지 않은 곳에 있다. 물론 아파트는 내 소유가 아니다. 전세다. 그렇다고 이게 재산의 전부는 아니다. 지금도 아내는 내 집 마련을 위해 열심히 주택부금을 붓고 있다. 우리 부부를 위해서는 암 보험도 들어가고 있다. 아이들 몫은 없냐고 물을 수도 있을 것이다. 물론 있다. 교육보험이 바로 그것이다. 아내는 저녁 반찬으로 쇠고기를 준비했다. 좀체 드문 일이다. 아내가 말했다.

"당신 월급도 오르고 해서 한 근 사왔어요."

나는 흐뭇하게 웃었다. 가슴을 쭉 펴 보였다. 그런 나를 보더니 아내가 피식 웃었다.

"이제 앞으로 한 달간은 쇠고기 없어요!"

아내는 소주까지 준비했다. 운동 후에는 술을 먹지 말라고 했는데 그래도 오늘은 한잔해야 할 것 같다. 이 좋은 안주 앞에 어찌 소주를 마다하겠는가. 소주가 술술 잘도 넘어갔다. 아이들도 좋아하기는 매한가지였다. 나는 아이들에게 말했다.

"꼭꼭 씹어서 먹어야 한다, 얘들아."

나는 아내의 입에 큼지막한 고기를 한 점 넣어주었다. 아내는 부끄러운 듯 고개를 돌리다가도 못이기는 체 받아먹었다. 나는 다시 소주 한 잔을 입에 털어 넣었다. 안주로 김치를 한 조각 입에 물었다. 그때 아내가 말했다.

"고기를 드세요."

"나는 이게 좋아. 고기는 개운한 맛이 없어서……."

말은 그렇게 했지만 어찌 나라고 쇠고기가 맛이 없겠는가. 그러나 나는 아무래도 괜찮았다. 아이와 아내의 행복이 바로 내 행복이기 때문이다.

"우리가 결혼한 지 얼마나 되었지? 벌써 10년인가."

내 말에 아내가 고개를 끄덕였다.

"우리가 결혼한 게 우연일까, 필연일까?"

아내는 멀뚱멀뚱 내 얼굴만 바라보았다. 젓가락을 입에 물고 있는 품이 꼭 어린애 같다. 그런 아내를 나는 흥미롭게 바라보았다. 아내가 자신 없는 투로 말했다.

"우연이 아닐까요?"

우연이라, 나는 엄숙한 표정을 지었다. 최대한 목소리를 낮게 깔았다.

"흔히 부부의 인연이라고들 하지. 그럼 인연이란 무얼까. 인연은 곧 '연기의 법칙'이 아닐까. 인과관계의 법칙 말이야. 당신도 들어보았지. '원인 없는 결과는 없다'고 말이야. 이게 바로 필연이라는 거야."

나는 다시 소주잔을 털어 넣었다. 이번에는 아내가 내 입에 고기 한 점을 물려주었다.

"또 하나 알아야 할 게 있어. 필연 속에는 반드시 자주성과 주체성이 내포되어 있다는 거야. 그런데 이게 우연은 아니지. 행과 불행은 결코 우연히 일어나는 게 아니지. 일어나게 되어 있으니까 일어난 거야. 사람뿐만 아니라 우주의 일체는 모두 필연에 의해서 움직이는 거야."

나는 여전히 근엄한 표정을 지었다. 그런데 무슨 일일까, 아내는 쿡 쿡 웃기만 했다. 아내가 불판을 가리켰다. 불판에는 고기가 하나도 남아있질 않았다.

"당신 연설 덕분에 고기 잘 먹었어요. 호, 호, 호!"

벌써 저녁 8시가 넘었다. 아내는 설거지에 여념이 없다. 그런 아내를 나는 뒤에서 살포시 안아주었다. 내게는 둘도 없이 소중한 아내이다.

아내와 나는 특별한 인연을 가지고 있다. 아내는 우리들의 결혼에 관한 한 자주성과 주체성을 유감없이 발휘했다. 아내는 아홉 살의 나이 차이에도 불구하고 나를 선택했다. 동갑내기 친구가 줄기차게 따라다녔음에도 말이다. 이게 바로 자주성과 주체성이 아니고 무엇이겠는가. 그래서일까, 아내 앞에만 서면 나는 한없이 작아지기만 한다.

(2004. 1. 29.)

아내의 가계부

아내는 통장을 아무렇게나 늘어놓았다. 슬쩍 곁눈으로 통장을 훔쳐보았다. 족히 열 개는 되어 보였다. 내가 아내에게 무슨 통장이 그렇게 많으냐고 물었다. 아내가 입을 삐죽 내밀었다.

"돈 되는 통장은 하나도 없어요. 월 2만 원씩 들어가는 큰아이 통장, 1만5천 원씩 들어가는 작은아이 통장, 농협에 다니는 친구 부탁으로 만든 월 3만 원씩 들어가는 통장, 이미 만료된 주택부금 통장, 근로자 우대저축 통장, 당신 봉급 통장, 마이너스 통장……."

아내는 손가락을 꼽아가며 말했다. 나는 실없이 웃었다. 정말 값나가는 통장이 없기 때문이었다. 아내는 가계부를 펼쳤다. 손바닥보다도 작은 전자계산기를 두드리기 시작했다. 가계부가 며칠 밀린 모양인지 몇 장을 거듭 넘겼다. 나는 보던 책에 다시 눈길을 돌렸다. 그러나 책이 눈에 들어올 리 없었다. 내 신경은 이미 가계부에 쏠려 있었다.

"물가가 너무 올라요. 교육비도 큰 부담이에요. 아이들에게 좀 미안하다는 생각이 들어요. 학원 하나 제대로 보내는 게 없으니까요."

아내는 가계부를 덮더니 한숨을 길게 내쉬었다. 나는 짐짓 모르는 척 책에만 눈을 고정시켰다. 아내가 자리에서 일어났다. 아내는 장바구니를 챙기고 나는 벽에 걸린 시계를 보았다. 시계바늘이 저녁 7시 30분을 가리키고 있었다. 아이들도 아내를 따라나섰다. 덜커덩 하며 문 닫히는 소리가 들렸다.

나는 백화점 할인 매장에 몇 번 따라가 본 적이 있었다. 저녁 8시쯤 되자 백화점에 설치된 스피커에서 요란한 소리가 흘러나왔다.

"만 원짜리 수박을 단돈 8천 원에 팝니다. 고등어도 있습니다. 2천 8백 원짜리 고등어가 단돈 천 원입니다. 갈치도 있습니다. 세 마리 만 원 하던 갈치가 단돈 5천 원입니다. 식빵도 있습니다. 2천5백 원짜리 식빵이 단돈 1천7백 원입니다. 아이들이 좋아하는 시루떡도 있습니다. 2천5백 원짜리 시루떡이 단돈 1천5백 원입니다. 폐장 시간이 얼마 남지 않았습니다. 고객 여러분, 지금보다 더 싸게 살 수는 없습니다."

아내는 지금 스피커 소리에 바쁘게 움직이고 있을 것이다. 나는 거실을 지나 베란다로 걸어갔다. 아파트 저편 테니스장에서 하얀 체육복을 입은 사람들이 힘차게 라켓을 휘두르고 있었다. 산속에 위치한 골프 연습장은 대낮처럼 밝았다. 나는 다시 식탁에 앉았다. 가계부가 보였다. 나는 가계부를 펼쳤다. 깨알같이 작은 글씨가 눈에 들어왔다. 아내의 하루가 고스란히 그 속에 담겨 있었다.

나는 슬픈 표정을 지었다. 아내는 내 월급에 맞춰 살아가기 위해 노력했다. 나 역시 아내의 고통을 덜어주기 위해 노력했다. 나는 남들보다 많은 돈을 쓰지 않았다. 가장 긴요하고 가장 급한 것만 좇아 썼을 뿐이다. 남은 돈은 후일을 위해 저축을 했다.

그러나 형편은 매양 그대로였다. 아내는 결혼 후 9년 동안 제대로 된 옷 한 벌 사 입지 못했다. 아, 아내가 자꾸만 눈에 밟혔다. 나는 조용히 아내의 가계부를 덮었다.

(2004. 11. 5.)

화장실까지 따라오는 잔소리꾼 아내

아내는 잔소리꾼이다. 따라다니면서 간섭을 했다. 어떤 때는 화장실까지 따라왔다. 내가 휴지라도 팍팍 쓸 때면 꼭 한마디 했다.

"화장지 걸이에 적혀 있는 글씨가 보이지 않으세요?"

나는 화장지 걸이를 쳐다보았다. 정말 뭔가가 쓰여 있었다. 나는 자세히 들여다보았다. '4칸 이상 쓰지 말기'라고 적혀 있었다. 여기에서 말하는 화장지는 두루마리 화장지를 가리켰다. 4칸은 조금 부족한 것 같다고 하자 아내가 손을 흔들었다. 절대 그렇지 않다는 것이었다.

"요즘 화장지는 질이 좋아요. 걱정하지 말고 쓰세요."

아내는 수시로 방 점검을 했다. 할 일 없이 전기가 켜져 있는 방이라도 있으면 잔소리가 이만저만이 아니었다. 일정 이상의 전기를 쓰면 전기료가 훨씬 많이 나온다는 것이다. 아마 3백 킬로와트라고 했던 것 같다. 선풍기는 말할 것도 없었다. 아이들이 선풍기를 틀어놓고 딴 일이라도 하면 당장 불호령이 떨어졌다.

"전기는 거저 나오는 줄 아니?"

밥 먹을 때도 아내의 잔소리는 계속되었다. 어제 아침에는 생선을 구웠다. 꽁치가 먹음직스럽다. 나는 아이들 접시에 한 토막씩 담아주었다. 아내는 아이들을 유심히 지켜보았다. 그런데 아이들이 눈치가 없다. 뼈가 있다는 이유로 살점을 반이나 남겼다. 그냥 있을 아내가 아니었다.

"꽁치 한 마리에 얼만 줄 아니? 살점이 아직 많이 남아 있잖아. 다 발라먹어."

식사가 끝나가고 있었다. 밥그릇 긁는 소리가 요란했다. 밥그릇에 밥풀이라도 남아 있으면 아내의 눈꼬리가 금세 올라갔다. 아이들이 빈 그릇을 아내에게 보여주었다. 밥풀이 한 알도 남아 있지 않았다. 물론 그것으로 끝나는 게 아니었다. 아이들은 자기들이 먹은 그릇이며 숟가락 등을 설거지통에 담았다.

아내는 분리수거에도 철저했다. 음식물과 일반 쓰레기를 정확히 구분했다. 짐승이 먹을 수 있는 것을 음식물, 그렇지 못한 것을 일반 쓰레기로 분류했다. 재미있는 사실은 생선 뼈 그 자체만으로는 일반 쓰레기지만 살점이 많이 붙어 있으면 음식물로 취급한다는 것이었다. 아내는 재활용할 수 있는 것과 그렇지 못한 것을 분리해서 보관했다.

물론 아내가 항상 이렇게 아끼며 살아가는 것만은 아니었다. 가끔은 아내도 통 크게 돈을 쓸 때가 있었다. 내가 무엇이 필요하다고 하면 아내는 서슴없이 돈을 내놓았다. 그 좋은 사례가 내가 글 쓰는데 도움이 될 수 있도록 손바닥 크기 만한 소형녹음기와 디지털카메라를 사주었다는 사실이다. 나는 지금도 이 두 가지를 아주 유용하게 활용하고 있다.

어쨌든 아끼며 살다 보니 형편이 눈에 띄게 좋아지는 것 같다. 우리는 올해로 결혼 10년 차이다. 신혼을 2천만 원 전세로 시작했다. 지금은 어떤지 알면 놀랄 것이다. 무려 7천5백만 원 하는 전세에 살고 있다. 이만하면 성공했다고도 할 수 있을 것이다.

(2005. 7. 1.)

아내의 화장과 분장 그리고

아내가 아침부터 부산을 떨었다. 목욕탕에도 다녀오고 미장원에서 머리 손질도 했다. 옷장에서 이 옷 저 옷을 꺼내더니 거울 앞에서 입어본다. 맘에 들지 않는 모양이다.

"맞는 옷이 별로 없어요."

그도 그럴 것이다. 옷장에서 꺼낸 옷이 대부분 10년도 넘었다. 소매가 닳아서 해진 옷도 있다. 하지만 어쩔 수 없다고 생각한 모양이다. 아내는 그중에서 한 벌을 고른다. 원피스다. 아내가 내게 어떠냐고 물었다.

"잘 어울리네. 그만하면 됐어."

내 말에 아내는 엷게 웃었다. 아내가 화장대 앞에 앉았다. 나는 아내가 아주 오랜만에 화장을 한다고 생각했다. 아내는 집안 행사가 있다던가 아이들 학교에 행사가 있다던가 하는 경우에만 화장을 했다. 오늘도 마찬가지였다. 조카 결혼식이 있는 날이다.

나는 아내의 화장하는 모습을 보면서 C 실무관을 떠올렸다. 그녀가 화장하는 모습을 종종 보아왔기 때문이다. 그녀의 집에서가 아닌 동료 직원과 카풀 하는 차 안에서다. 아이가 둘인 C 실무관은 늘 아침이 바쁘다. 아침 준비하고 아이들 챙기고 하다보면 시간에 쫓길 때가 많다. 그럴 때면 으레 차 안에서 화장을 하곤 했다.

운전석 옆에 앉은 나는 백미러를 통해 슬쩍 뒷자리에서 화장하는 그녀의 모습을 훔쳐보려고 했다. 하지만 백미러에는 화장하는 모습이 보이지 않았다. 그렇다고 뒤를 돌아다볼 수도 없었다. 그녀가 부담을 느낄 게 뻔했다. 나는 얼굴도 보지 않고 그녀에게 몇 가지 질문을 던졌다.

"화장이 복잡하지?"

"정상적으로 하려면 열 가지도 넘어요."

"그렇게나 많아?"

"그럼요. 하지만 저는 간단하게 해요. 비비크림 바르고, 파우더 바르고, 립스틱 바르고. 그 정도예요. 제 동생은 엄청 많이 해요. 볼터치하고, 눈썹 붙이고…….'

사무실까지는 20~30분 걸렸다. 그동안 C 실무관은 화장을 말끔히 끝냈다. 사무실에 도착하고 차에서 내릴 때, 나는 깜짝 놀란다. 그녀의 화려한 변신 때문이다. 그녀의 조금은 푸석했던 얼굴은 간데없고 인형처럼 예쁜 얼굴만 남아 있다. 메마른 입술도 앵두처럼 빨갛게 변해있다.

나는 아내의 화장하는 모습을 옆에서 지켜본다. 아내도 C 실무관과 별반 다르질 않다. 아주 간단하게 한다. 화장을 끝냈는지 아내가 일어나려 한다. 나는 아내를 자리에 앉혔다. 그러고는 볼터치를 하라고 했다. 아내가 놀란 얼굴로 나를 바라본다.

"당신이 볼터치를 어떻게 알아요?"

"볼터치를 하면 능금처럼 볼이 발개진다며?"

"당신은 그게 좋아요?"

"그럼."

아내는 얼굴에 볼터치를 했다. 양쪽 볼이 발개진다. 그러다가 재빨리 지운다. 자기 나이가 몇 살인데 볼터치를 하냐며 부끄럽게 웃었다. 아내는 머리도 매만졌다. 손수건으로 옷을 털기도 했다.

이제 아내는 화장을 끝냈다. 분장도 마쳤다. 나는 그런 아내를 쳐다본다. 아내는 이전과는 전혀 다른 여자로 변해 있다. 아내의 변신은 그렇게 이루어졌다. 물론 C 실무관의 변신 또한 그런 과정을 통해 이루어졌을 것이다.

(2008. 7. 14.)

여름 하면 새우젓콩나물국

벌써 여름인가 보다. 식당에도, 은행에도 에어컨을 켜기 시작한다. 날씨가 더우니 입맛도 자연 떨어진다. 저녁때만 되면 무얼 먹을까 고민하게 된다. 점심이야 어차피 직원들과 같이 먹어야 하니 내 고집만 피울 수는 없다. 그러나 저녁은 아니다. 어느 정도 내 방식대로 해도 된다. 그렇다고 내가 좋아하는 음식만 요구하는 건 아니다. 아내와 아이들도 즐겨 먹을 수 있는 음식이어야 한다.

어제는 퇴근길에 마산어시장에 들렀다. 싱싱한 해물이 많았다. 낙지, 문어, 도다리, 물오징어, 바지락, 조개, 멍게 등등. 갑자기 군침이 돈다. 모두 먹고 싶은 것들이다. 그러나 그럴 수는 없었다. 새우젓을 사러 왔으면 새우젓을 사야 한다. 다른 걸 기웃거리다 보면 낭패 보기 십상이다.

나는 새우젓 가게 앞에 섰다. 장독만한 플라스틱 통 안에 새우가 가득하다. 그런데 통이 두 개다. 새우젓이 따로 담겨 있다. 아무래도 이상했다.

"이 통은 뭐고, 저 통은 뭡니까?"

"이 통에 있는 새우젓은 국산이고, 저 통에 있는 새우젓은 중국산입니다."

"그렇군요. 그럼 새우젓은 어떻게 팔지요?"

"1킬로그램에 2만7천 원입니다."

"비싸네요."

"중국산은 쌉니다."

주인아저씨가 왼쪽에 있는 통을 가리킨다. 그런데 국산보다 훨씬 맛있어 보인다. 중국산은 때깔부터가 달랐다. 국산보다도 불그스레했다. 크고 싱싱해 보이기도 했다. 그러나 그뿐이었다. 나머지는 국산이나 중국산이나 비슷했다. 막말로 국산과 중국산을 섞어 팔아도 꼼짝없이 속아 넘어갈 판이다.

"국산으로 5백 그램만 주세요."

주인아저씨가 비닐봉지에 새우젓을 담는다. 저울에 재는데 7백 그램이 넘었다. 그래도 덜어내지를 않는다. 마음 씀씀이가 좋았다. 주인아저씨가 내게 김치 담글 거냐고 물었다. 나는 엉겁결에 그렇다고 대답했다. 그런데 사실은 그렇지 않았다. 콩나물국을 끓이기 위해 새우젓을 사는 것이다. 주인아저씨가 국자로 새우젓 국물을 펐다. 나는 새우젓 국물까지 받았다. 주인아저씨는 새우젓 국물이 김치 담그는 데 좋다고 했다.

"새우젓 국물 한번 보세요. 색깔이 뿌옇지요. 꼭 쌀 씻은 물 같잖아요. 이게 진짜 국산 새우젓입니다. 어디 가서 새우젓 사실 때 국산인지 아닌지 의심이 가면 새우젓 국물부터 보세요. 중국산은 이렇게 뿌옇지 않아요. 유리병에 들어 있는 것도 사지 마세요. 십중팔구 중국산입니다."

나는 어시장을 나섰다. 채소가게에서 배추하고 콩나물을 샀다. 집에 들어오자 아내가 놀란다. 뭘 이렇게 많이 사왔느냐며 아예 주부로 전업하라는 농담까지 한다. 그래도 싫지는 않은 모양이다. 비닐봉지를 열어보더니 깜짝 놀란다.

"내가 좋아하는 새우젓이네!"

아내는 배추하고 콩나물을 다듬기 시작한다. 배추로는 새우젓을 넣고 겉절이를 만들 것이다. 콩나물로는 새우젓콩나물국을 만들 것이다. 벌써부터 군침이 돌기 시작했다. 나는 파 껍질을 벗기고 마늘을 깠다. 아내가 냄비에 물을 붓고는 멸치를 집어넣었다. 냄비가 푹푹 끓는 소리를 냈다.

이제부터 새우젓콩나물국을 만든다. 아내는 냄비에서 멸치를 건져내고 콩나물을 집어넣었다. 뚜껑을 닫고는 김이 푹푹 올라올 때까지 끓인다. 다시 뚜껑을 연다. 새우젓으로 간을 맞춘 다음 내게 맛을 보라고 한다. 입맛에 딱 맞다. 나는 엄지손가락을 세워 보인다. 아내가 활짝 웃었다. 아내는 파와 마늘, 고추도 넣었다. 계란도 넣고 통깨도 넣었다. 이것으로 새우젓콩나물국은 완성되었다.

나는 밥상 차리는 걸 도와주었다. 냉장고에서 반찬을 꺼내고 수저도 놓았다. 아내는 배추겉절이도 만들었다. 평소에는 멸치젓을 넣었지만 이번에는 새우젓을 넣었다. 불그스레한 게 아주 먹음직스럽다. 아이들도 새우젓콩나물국을 잘 먹었다. 시원하면서도 짭짤한 게 여느 콩나물국밥에 뒤지지 않았다. 풍성한 만찬이었다.

이제부터 본격적인 더위가 시작된다. 자칫 입맛을 잃기 쉬운 계절이다. 아버지도 여름에는 입맛을 곧잘 잃곤 하셨다. 그때마다 어머니께서는 새우젓을 사 오셨다. 아버지는 새우젓만 보면 금방 입맛을 되찾으셨다.

여름에는 보약이 따로 없다. 잘 먹는 게 바로 보약이다. 새우젓콩나물국, 여름 한철 나는 데 이보다 좋은 음식이 달리 없어 보인다.

(2005. 5. 24.)

"괜찮아, 당신은 겨우 서른여덟이야"

내가 사는 아파트가 보인다. 나는 신호등 앞에 섰다. 그때였다. 맞은편 신호등 밑에서 누군가가 내게 손짓을 한다. 아내였다. 손에는 작은 손가방을 들었다. 어딘지 몸이 마르고 파리해 보인다.

"집에서 기다리라고 했잖아?"

"갑갑해서요."

아내는 수줍게 웃었다.

"그래도 그렇지. 병원에 갔다 온 지가 얼마나 된다고."

나는 퉁명스럽게 말했다. 버릇이었다. 아내에게 따뜻한 말 한마디 건네기가 이토록 힘든 것인가. 언제였더라. 아내가 내게 이렇게 말하는 것이었다.

"가까운 사이일수록 말에 대한 상처가 깊다고 해요. 특히 부부간에는 더 그렇대요. 아내들은 남편의 말 한마디에 쉽게 상처를 받기도 하고 감동을 받기도 한대요."

아내의 얼굴은 초췌했다. 화장을 했으면 좀 좋아. 사람의 마음이란 게 정말 알 수 없었다. 오늘 오전까지만 해도 내 마음은 초조와 불안의 연속이었다. 아내는 9시 30분이면 결과를 알 수 있다고 했다. 그러나 연락은 오지 않았다.

그러니까 며칠 전이었다. 아내가 저녁을 먹다 말고 나를 바라보았다. 아내의 입술이 가볍게 떨렸다.

"아무래도 병원에서 정밀검진을 받아봐야겠어요. 대장에 문제가 있는 것 같아요."

순간 나는 쇠망치로 뒤통수를 얻어맞은 것 같은 충격을 받았다. 그럼 아내는 어떻게 된단 말인가? 아이들은. 저 어린놈들은 누가 키워야 한단 말인가. 일순 내 마음은 비통함에 젖어들었다. 세상이 다한 것처럼 보였다. 공포감이 밀려오기 시작했다. 그러나 아내는 냉정함을 잃지 않았다. 다음날 자신이 직접 병원에 예약을 했다. 오늘이 바로 그날이다.

이제 10시가 훌쩍 넘었다. 휴대전화로 계속 연락을 해보지만 신호음만 울려댈 뿐이었다. 입에 침이 마르고 입술이 타들어 갔다. 돌아보면 회한뿐이었다. 남는 건 아내에 대한 연민뿐이었다. 틀림없이 무슨 일이 있는 것이야. 나는 혼잣소리를 했다.

아니지. 검진이 늦어질 수도 있는 거야. 내 머릿속에선 벌집을 쑤셔놓은 듯 '윙윙' 소리가 났다. 그때였다. 그러니까 정확히 10시 30분이었다. 아내에게서 전화가 걸려왔다.

"방금 끝났어요. 중간에 마취가 풀려서 엄청 힘들었어요. 큰아이 출산할 때만큼이나 고통스러웠어요. 결과는 조금 있다 나온대요."

아내는 전화를 끊었다. 그제야 어떤 자신감 같은 게 가슴 밑바닥에

서부터 꿈틀대기 시작했다. 나는 아내에게 다짐했다. 괜찮아. 당신은
이제 겨우 서른여덟 살이야. 아직도 50년 이상은 너끈히 살 수 있는
나이야. 암, 당신이 누군데. 나는 주먹에 불끈 힘을 쥐었다.

신호등에 파란 불이 들어왔다. 나는 건널목을 건넜다. 우리 부부는
모처럼 저녁 나들이에 나섰다. 백화점 일층 음식점에는 사람들로 가득
했다. 우리는 양푼이 비빔밥에 국수 한 그릇을 시켰다. 아내의 얼굴에
제법 생기가 돌았다.

"정상이래요. 5년에 한 번씩은 대장암 검사를 받아보는 게 좋대요.
당신도 받아보세요."

아내는 살포시 웃었다. 그러다 이내 침울해졌다. 국수를 입에 넣다
말고 눈물을 글썽였다.

"갑자기 애들 생각이 나네요. 우리 애들 있지요. 식사 때면 애교를
떨며 밥을 넣어달라고 서로 입을 벌리곤 했잖아요. 당신은 애들에게
버릇없다고 나무랐지만 저는 좋기만 하더라고요. 애들하고 같이 왔으
면 좋았을 걸."

"걱정 마. 애들은 옆집에서 잘 봐준다고 했잖아."

아내에 대한 미안한 마음 때문이었을까, 나는 고개를 숙인 채 국수
만 먹었다.

(2004. 11. 13.)

7천 원의 행복

아내가 인삼을 사왔다. 그런데 몸통은 없고 다리뿐이다. 이것을 미삼이라고 한다. 인삼만이 아니다. 미나리도 사왔다. 파란 줄기에 군데군데 검은 색깔을 띠었다. 향기가 좋은 게 '한재 미나리'라고 했다. 그뿐만이 아니다. 닭 한 마리도 사왔다. 아내는 내내 얼굴에 미소를 흘렸다.

"이게 전부 얼마인지 아세요. 인삼 3천5백 원, 미나리 5백 원, 닭 3천 원, 합해서 7천 원이에요. 어때요, 싸지요. 당신이 봄을 타는 것 같아서 좀 사왔어요."

내가 봄을 탄다. 일견 그럴 만도 했다. 요즘 내 눈이 말이 아니다. 흰자위에 실핏줄이 거미줄처럼 퍼졌다. 밥맛도 없다. 나는 과로라고 생각했다. 그렇다고 쉴 수도 없었다. 하루라도 쉬면 다음날은 더 고되다. 내 일을 대신해 줄 사람은 아무도 없었다. 등기소 일이라는 게 본시 그랬다.

나는 인삼을 씻었다. 인삼 특유의 냄새가 났다. 갑자기 어릴 적 일들이 생각난다. 내 고향은 인삼으로 유명한 충남 금산이란 곳이다. 인삼은 여름에 캔다. 금방 캐낸 인삼을 수삼이라 했는데 오래 보관을 하지 못했다.

그래서 생각해낸 게 인삼을 깎아서 말리는 것이었다. 이것을 건삼이라고 했다. 인삼을 깎는 날에는 온 마을이 인삼 냄새로 진동을 했다. 그래서일까, 나는 한약방을 지날 때면 고향 생각에 젖어들곤 한다. 한약 달이는 냄새와 인삼 말리는 냄새가 일견 비슷했기 때문이다.

나는 미나리도 씻었다. 오늘 사온 미나리는 여느 미나리와는 사뭇 다르다. 향긋한 냄새가 입맛을 자극한다. 나는 미나리를 씻다 말고 작은 이파리를 씹어 먹는다. 달착지근한 게 여간 맛있는 게 아니다. 아내도 기분이 좋은 모양이다. 오늘 할인점에서 있었던 일을 주절주절 늘어놓는다.

"2만4천 원 하는 쇠고기가 만 원 하는 거 있지요. 그래서 사왔어요. 닭도 4천 원인데 3천 원 하더라고요. 저녁 8시가 넘으면 더 싸게 팔아요."

아내가 인삼과 미나리를 고추장에 버무린다. 식초를 넣고 깨소금을 뿌린다. 나는 양념이 잘된 미삼 한 뿌리를 씹었다. 아주 맛있다. 쓴맛도 나질 않는다. 아내는 접시에 미삼과 미나리 무친 것을 담았다. 빨간 색깔을 내는 게 보기만 해도 먹음직스럽다.

솥에서는 진작부터 거품이 푹푹 새어 나온다. 닭을 삶고 있다. 아내가 솥뚜껑을 열었다. 젓가락으로 닭의 가슴 부위를 쿡쿡 찔러본다. 머리를 끄덕이는 걸로 보아 닭이 다 익은 모양이다. 아내는 닭을 꺼내어 접시에 담았다.

아내는 떡국을 끓일 모양이다. 닭 삶은 물에 떡을 집어넣었다. 여느 때 같았으면 쌀을 넣고 죽을 끓였을 것이다. 아내는 닭 삶은 물에 떡 국을 끓여 먹는 것도 별미라고 했다. 나는 식탁을 정리했다.

오늘 준비한 음식들을 식탁에 올렸다. 인삼무침과 백숙 그리고 떡 국이 차례로 놓였다. 다른 반찬은 없었다. 아내는 동동주까지 준비했 다. 나는 동동주 통을 세게 흔들었다. 유리잔에 동동주를 따랐다. 색깔 이 우유처럼 뿌옇다.

아이들은 닭고기를 좋아했다. 그런데 닭의 모양새가 좀 이상하다. 마치 개구리가 벌렁 누워 있는 것 같다. 아이들이 그것을 보고는 깔깔 대며 웃었다. 나는 동동주를 한 잔 마셨다. 조 껍데기로 만들어서 그 런지 고소한 냄새가 났다. 떡국 국물도 시원했다. 그때 갑자기 그런 생각이 든다. 닭 삶은 물에도 떡국을 끓인다? 나는 고개를 갸우뚱했 다. 아내가 그런 나를 보며 말한다.

"꿩 대신 닭이라는 말이 있잖아요. 원래는 떡국을 끓일 때 꿩을 썼 대요. 꿩이 귀하다 보니까 닭을 쓴 거래요. 어때요, 꿩 대신 닭, 맛있 지요?"

아내의 설명이 제법 그럴듯하다. 나는 닭고기 한 점을 찢었다. 그 위에 인삼 무침을 얹었다. 아내가 오늘 고생했다. 못난 남편 밥맛 없 다고 이렇게 보양까지 시켜주니 그저 고마울 뿐이었다. 나는 인삼무침 을 아내의 입에 넣어 주었다. 아내가 못이기는 척 인삼무침을 받아먹 었다.

그때였다. 문득 그런 생각이 드는 것이었다. 행복은 멀리 있는 게 아니었다. 가족의 웃음 속에 바로 행복이 있었다. 돈이 많다고 행복한 건 아니다. 이렇게 풍성하게 저녁을 먹었는데도 비용은 7천 원밖에 들지 않았다. 웬만한 식당의 1인분 식사 값에도 미치지 못한다. 가족에게 행복을 안겨주는 당신, 진심으로 사랑하오.

(2005. 4. 18.)

고맙다, 낙지야

　창원은 어디를 가나 꽃길이다. 특히 봄에는 그렇다. 가로수가 온통 벚꽃이다. 어디 벚꽃뿐이겠는가. 개나리도 피었다. 인근 야산에는 진달래도 피었다. 도시를 조금 벗어나면 복사꽃과 살구꽃도 피었을 것이다.

　어젯밤에 우리 부부는 꽃길을 걸었다. 나는 아내의 손을 잡았다. 아내는 내 손을 뿌리치지 않았다. 간간이 웃음을 흘리기도 했다. 소리 내어 웃기도 했다. 나는 마음이 편해짐을 느꼈다. 옆 눈으로 아내를 훔쳐본다. 더 이상 서운한 감정 같은 건 없어 보였다. 며칠 동안 얼마나 마음고생이 심했을까. 아내에게 미안한 생각뿐이었다.

　어제 퇴근길이었다. 나는 어시장에 들렀다. 문어가 먹고 싶었다. 문어를 안주로 아내와 소주를 한잔 하고 싶었다. 그런데 문어를 살 수 없었다. 세 마리에 만 원하던 문어가 한 마리에 만 원이다. 내가 발길을 돌리려 하자 가게 주인이 잡았다. 문어는 비싸니 낙지를 사라는 것이었다. 요 며칠 사이 가격이 많이 내렸다고 했다. 두 마리가 1만2천 원이다. 전에는 한 마리가 만 원이었다. 나는 문어 대신 낙지를 샀다.

　"내 말이 좀 심했지?"

나는 운전 중인 후배를 보며 말했다. 후배가 "심했다 마다요."라며 고개를 끄덕였다.

"내가 왜 그랬을까. 말 한마디에 얼마나 마음이 상하는데. 진심은 아니었어. 기분이 좋을 때 곧잘 농담을 하잖아. 그런데 아내는 그렇게 받아들이질 않았던 거야. 전화 속의 아내는 이미 예전의 다정한 아내가 아니었어."

나는 몇 번이고 스스로를 책망한다. 그때 무언가가 발밑에서 꼼지락거린다. 낙지다. 낙지가 든 비닐봉지 머리를 한 번 더 죄었다. 그때 후배 휴대전화가 울린다. 후배 집사람인 모양이다. 후배는 몇 마디 대화를 하다가 전화를 끊어버린다. 중간에서 전화가 잘렸다. 나는 놀란 눈으로 후배를 쳐다보았다.

"너 그러다가 내 꼴 난다."

"형님하고는 다르지요. 저는 운전 중이잖아요."

"이 사람아, 여자들 마음은 그게 아니야. 말 한마디 잘못했다가 내가 이렇게 곤욕을 치르고 있잖아."

"그날 형님은 좀 심했어요. 형수님이 서운해 할 만도 합니다."

그러니까 지난주 금요일이었다. 퇴근길에 아내에게서 전화가 걸려왔다. 저녁 먹고 벚꽃 길을 걸어보자는 것이었다. 밤에 보는 벚꽃이 그렇게 아름답다고 했다. 그런데 느닷없이 내 입에서 엉뚱한 말이 튀어나왔다. 나도 여간 놀란 게 아니었다.

"그럴 시간 있으면 글을 한 줄 더 쓰겠다."

대화는 거기서 끝났다. 그날부터 아내는 내게 무관심으로 일관했다. 그 썰렁함이라는 게 여간 고통스런 게 아니었다. 나는 아내의 환심을 사기 위해 백방으로 노력했다. 아내가 좋아하는 책도 사다 주고 열심히 아이들과 놀아주기도 했다. 그러나 한번 토라진 아내의 마음을 돌이키기란 쉽지 않았다. 그렇게 하루가 가고 이틀이 가고 사흘이 갔다. 이제는 어쩔 수 없었다. 나는 마지막 카드를 쓰기로 했다.

아내는 유독 문어를 좋아한다. 나는 문어로 담판을 짓기로 했다. 그런데 문어 값이 너무 비싸다. 아내는 비싼 걸 싫어한다. 오히려 비싼 문어를 사갔다가 아내에게 미움만 더 살지 몰랐다. 고민 끝에 낙지를 사기로 했다.

나는 집에 돌아오자마자 낙지를 씻기 시작했다. 아내가 나를 멀뚱히 바라보다가 너무 서툴러보였던지 슬쩍 밀쳐냈다. 나는 못이기는 척 뒤로 물러났다. 그러나 그것도 잠시였다. 아내가 비명을 지르며 내 허리를 꽉 껴안는 것이었다.

"여보, 낙지가 손을 물어뜯어요."

나는 재빨리 아내의 손을 감고 있는 낙지다리를 떼어냈다. 정말 눈 깜짝할 사이었다. 아내가 무안한 듯 내 허리에서 손을 풀었다. 헛기침을 몇 번 하고는 슬그머니 아내를 뒤로 물리쳤다. 나는 낙지다리를 잡았다. 힘이 엄청 좋았다. 아내더러 가위를 달래서 낙지다리를 잘랐다. 아내는 잘려진 낙지다리를 접시에 담았다.

낙지를 사이에 두고 아내와 마주 앉았다. 나는 낙지를 초장에 찍었다. 아내의 입에 넣어주었다. 아내가 못이기는 체 입을 벌렸다. 그러다 수줍게 웃었다. 낙지는 연신 접시 위에서 꼼지락댄다. 나는 낙지 한 젓가락을 집어 들고는 입에 넣었다. 낙지가 척척 입천장에 달라붙는다. 술잔이 오갈수록 아내의 표정이 밝아진다. 나는 기회를 놓치지 않았다.

"우리 벚꽃 구경 갈까?"

분위기 때문이었을까, 아내는 마다하지 않았다. 우리 부부 말고도 벚꽃 구경나온 사람은 많았다. 밤에 보는 벚꽃이 이렇게 아름답다니. 아내를 바라보았다. 그런데 이게 무슨 조화일까. 아내를 보는 순간 갑자기 춘흥이 일어나는 것이었다. 흥에 겨워 나는 아내를 꼭 껴안았다. 지나가는 사람이 힐끔 우리 부부를 쳐다보았다.

아내가 내 품에서 빠져나오려 했다. 그러나 그럴 수는 없었다. 나는 팔에 더욱 힘을 주었다. 그때 눈송이 같은 게 머리 위에서 흩날렸다. 벚꽃이었다. 벚꽃이 후드득 떨어지고 있었다. 아름드리 벚나무였다. 아내와 나는 벚나무 아래에 서 있었다. 어제는 달도 뜨지 않았다.

(2005. 4. 10.)

"여보, 뚫렸어요!"

나는 변기 옆에 붙어있는 꼭지를 밑으로 살짝 내린다. 동시에 들려오는 소리. 주르르 쫙, 꾸르륵. 물 내려가는 소리다. 하마터면 소리를 지를 뻔했다. 얼마나 듣고 싶었던 소리인가. 변기 안을 내려다본다. 물이 회오리를 치며 변기 속으로 빨려들어 간다. 이만하면 됐다. 힘차게물 내려가는 모습이, 이제 완전히 뚫린 것 같다. 옆에 있던 아내가 이마에 흐르는 땀을 훔친다.

변기가 막힌 건 오늘 아침이었다. 나는 아내를 질책했다. 아이들이용변을 보고 휴지를 그대로 변기에 버린 탓이라고 했다. 그래서 변기가 막혔다고 했다. 하지만 아내 생각은 달랐다. 휴지는 물에 잘 녹는다고 했다. 변기가 막힌 이유는 다른 데 있을 것이라고 했다. 그래도의심이 나면 한번 실험을 해보자고 했다.

아내는 세숫대야에 물을 가득 받았다. 한꺼번에 그것을 변기에 쏟았다. 그렇게 서너 번을 되풀이했다. 그런 다음 변기의 물을 내렸다. 나는 이제 뚫리려니 했다. 그런데 그게 아니었다. 변기에 고여 있던물이 조금 빠질 듯하다가 이내 멈추어버렸다. 휴지 때문이 아니었다. 다른 이물질이 변기의 배관을 틀어막고 있다. 그것을 제거해야 했다.

아내는 양동이에 물을 데웠다. 펄펄 끓는 물을 변기에 부었다. 변기 뚜껑을 닫고는 얼마 동안 기다렸다. 그런 다음 변기의 물을 내렸다. 그러나 허사였다. 물이 고이는가 싶더니 아주 느리게 빠지는 것이었다. 그래도 아까보다는 좀 낫다. 그나마 물이 조금씩 빠지기 때문이었다. 아내가 짐작이 가는 모양이다. 내게 말했다.

"여보, 물이 조금씩 빠지지요. 슈퍼마켓에 가서 구멍 뚫는 세제를 사오세요."

나는 슈퍼마켓에서 변기 뚫는 세제를 샀다. 아내가 세제를 통째로 변기에 부었다. 아내는 한 시간 정도 기다려야 한다고 했다. 세제는 강한 염산으로 만들어졌기 때문에 웬만한 이물질은 다 녹는다고 했다. 그런데 문제가 생겼다. 작은놈이 대변을 보고 싶다는 것이었다. 아내가 급히 이웃집에 전화를 해서 화장실 좀 빌리자고 했다. 변기가 막히니 불편함이 이만저만한 게 아니었다.

한 시간 남짓 지났다. 아내와 나는 기도하는 심정으로 변기 앞에 섰다. 이래도 막힌 곳이 뚫리지 않으면 어떡하나. 나는 조심스럽게 변기의 물을 내렸다. 쏴, 물 쏟아지는 소리가 들린다. 그런데 그뿐이었다. 더 이상 아무런 소리도 들리지 않았다. 낭패였다. 아내가 고개를 설레설레 흔들었다. 아내가 이번에는 철물점에 가서 '파워 펌프'를 사오라고 했다. '파워 펌프'가 뭐냐고 물으니 압축기라고 했다.

나는 부리나케 압축기를 사왔다. 아내가 압축기를 변기통 깊숙이 들이댔다. 그때부터 펌프질이 시작되었다. 나는 아내가 시키는 대로 쉬지 않고 펌프질을 해댔다. 10분 정도 지나서 변기의 물을 내려 보았다. 그러나 그대로였다. 목덜미를 타고 땀이 흘러내렸다. 러닝셔츠가 땀으로 흠뻑 젖었다. 한 시간 가까이 되었다. 물을 다시 내려 보지만 나아진 건 아무것도 없었다. 아내가 보다 못해 기술자를 부르자고 했다. 내가 비용이 얼마냐고 물었다.

"10만 원은 달라고 할 거예요."

"10만 원!"

나는 안 된다고 했다. 그렇게 큰돈을 들여 변기를 뚫을 수는 없는 노릇이었다. 아니 그보다는 지금까지 고생한 게 너무 억울했다. 나는 전화기를 들었다. 그래도 제일 만만한 게 이웃 동네에 사는 K 계장이다. K 계장이 전화를 받았다. 나는 다짜고짜 K 계장에게 말했다.

"야, 우리 집 변기가 막혔다."

K 계장이 어떤 방법을 썼냐고 물었다. 나는 지금까지의 과정을 대충 얘기했다. K 계장은 변기에 단단한 이물질 같은 게 걸렸을 것이라고 했다. 그러면서 만능관통기를 사용해보라고 했다. 웬만한 이물질은 거의 잡힌다고 했다. 나는 당장 철물점에서 만능관통기를 사왔다.

이번에는 아내가 한다고 나섰다. 그렇지 않아도 나는 지칠 대로 지쳐있었다. 펌프질로 허리도 결리고 손목도 아팠다. 만능관통기는 긴 꼬챙이 모양이었다. 아내는 만능관통기를 변기 속 깊은 곳까지 집어넣었다. 그리고는 손잡이를 좌우로 돌렸다. 그런데 이 또한 쉬운 일이 아니었다. 이물질이 잡힐 때까지 손잡이를 돌려야 했다. 한 시간이 지났다. 그래도 이물질이 잡히지 않았다.

아내가 씩씩거린다. 나에게 그만 넘기라고 해도 막무가내다. 아내는 단단히 화가 났다. 끝장을 볼 태세다. 아내의 몸이 땀으로 뒤범벅되었다. 그때 갑자기 측은한 생각이 들었다. 안되겠어. 기술자를 불러야겠어. 나는 화장실을 빠져 나왔다. 내가 막 전화를 하려고 하는데 갑자기 아내의 외치는 소리가 들렸다.

"여보, 뚫렸어요!"

나는 화장실로 뛰어갔다. 아내가 연필을 보여주었다. 범인은 바로 연필이었다. 연필이 변기 배관에 걸렸던 것이다. 그러고 보니 변기 주위에 물건이 많았다. 나는 당장 변기 위에 있는 선반부터 정리했다. 선반에는 칫솔도 있고 볼펜도 있었다. 다른 물건도 많았다. 연필은 그곳에서 떨어졌을 것이다. 나는 선반을 깨끗이 정리했다. 물론 변기 뚜껑 바로 위에 놓여있는 물건들도 말끔히 정리했다. 언제 다시 물건들이 변기에 떨어질지 모를 일이었다.

아내는 다시 한 번 변기 물을 내린다. 주르르 쫙, 꾸르륵. 세상에 이렇게 듣기 좋은 소리가 따로 있을까. 나는 한참 동안 변기 안을 바라보았다. 그러다 힐끗 아내를 훔쳐보았다. 아내는 그때까지도 연신 땀을 훔쳐내고 있었다.

(2005. 8. 6.)

이런, 그녀가 내연녀라고?

　퇴근길에 문득 그런 생각이 들었다. 전어를 사가자는 것이다. 아내는 며칠 전부터 전어를 먹고 싶어 했다. 물론 아내만 전어를 먹고 싶어 했던 건 아니다. 나도, 아이들도 전어가 먹고 싶었다. 그런데 이런저런 이유로 전어를 먹지 못했다.

　내가 사는 아파트 큰길에 전어를 썰어 파는 아저씨가 있다. 그는 소형트럭에다 수족관을 설치해서 장사를 했다. 정식 가게가 아니라서 그런지 그는 밤에만 장사를 했다. 오늘따라 손님이 없다. 평소 같았으면 서너 명이 줄을 서 있었다. 나는 다행이다 싶었다.

　"사장님, 전어 1킬로그램에 얼마지요?"

　"1만2천 원입니다."

　"1킬로그램만 주세요."

　나는 2킬로그램을 살까 하다가 그만두었다. 너무 양이 많아도 맛이 떨어진다. 조금 부족하다 싶을 때가 가장 맛있다. 아저씨가 전어 배를 갈랐다. 그러고는 전어를 수건으로 꼭꼭 눌렀다. 수분을 최대한 빼기 위해서였다. 나는 아내에게 전어를 사간다고 알려주고 싶었다. 휴대전화를 꺼냈다. 아내에게 친근감을 표시하려고 일부러 이름을 불렀다.

"미숙아, 전어 사갈게."

"전어요? 제가 사왔는데요?"

"뭐? 얼마나 샀는데?"

"1킬로그램이요."

나는 전화를 하면서 아저씨를 쳐다보았다. 그런데 얄밉게도 아저씨는 이미 전어를 썰고 있었다. 어쩔 수 없었다. 나는 낙담한 표정으로 전어 써는 모습만 지켜보았다. 아저씨는 평소보다 손길이 훨씬 빨랐다. 행여 내가 취소라도 할까봐 신경이 쓰이는 모양이었다. 옆 눈으로 나를 흘낏흘낏 훔쳐보았다.

"방금 전에 1킬로그램을 사간 분이 계십니다. 무척 젊던데……."

아저씨가 지나가는 소리로 말했다. 나는 고개를 갸우뚱했다. 아내와 나는 아홉 살의 나이 차이가 난다. 내가 쉰 살이니 아내는 마흔한 살인 셈이다. 그 나이가 젊다? 그런데 더욱 이상한 것은, 아저씨가 나를 자꾸만 훔쳐본다는 것이다. 그때 문득 그런 생각이 들었다. 나를 그녀의 내연의 남자로 보는가? 아니면 그녀를 나의 내연의 처로 보는가?

전어는 푸짐했다. 나는 아내더러 1킬로그램은 무채를 썰어 고추장에 버무리라고 했다. 그렇게 먹으면 더욱 맛있다고 했다. 아이들은 무치지 않은 전어를 먹고 아내와 나는 무채에 버무린 전어를 먹었다. 그런데 아무리 먹어도 전어가 줄지를 않는다. 아이들도 더 이상 먹지 못하겠다며 젓가락을 놓았다. 아직도 그릇에는 전어가 많이 남아 있었다.

"여보, 남은 전어로 매운탕을 끓여보지 그래?"

우리 부부는 엉뚱하게도 전어매운탕까지 먹게 되었다. 물론 그뿐만이 아니었다. 무채에 버무린 전어를 다 먹지 못해 밥에 비벼 먹기까지 했다. 말 그대로 전어 회덮밥이었다. 나는 전어 무침과 매운탕을 안주 삼아 소주를 연거푸 들이켰다. 벌써 한 병을 마셨다.

취기가 올라서 그런지 기분이 여간 좋은 게 아니다. 횟집 아저씨가 "사모님이 무척 젊던데요."란 말도 기분 좋게 하는데 한몫 했을 것이다. 나는 은근한 눈길로 아내를 쳐다보았다. 그런데 바로 그때였다. 정말로 아내가 30대 초반처럼 보였다. 나는 기쁜 마음을 이기지 못해 아내에게 말했다.

"회 써는 아저씨가 당신을 젊은 사모님이라고 불렀어."

"그럴 리가 있나요?"

"정말이야."

"당신이 뭘 착각하고 계시네요."

"착각?"

"다른 횟집에서 전어를 사 왔는데요. 아마 아저씨는 그녀와 저를 착각한 모양이에요."

"뭐야?"

나는 멍하니 아내를 쳐다보았다. 그러다 큰소리로 웃고 말았다. 착각은 자유라더니, 그 말이 헛말은 아닌 성싶었다. 물론 이런 생각이 드는 것도 사실이었다.

'설령 그러면 어때? 아저씨가 착각을 했든 안 했든 내게는 하나도 중요한 것이 아니야. 내 눈에는 아내가 젊은 여자로 보인다는 것, 바로 그게 중요한 것이야. 그만큼 사랑도 깊다는 얘기일 터이고…….'

아내는 이런 내 마음을 아는지 모르는지 부지런히 설거지를 하고 있었다.

(2007. 10. 9.)

우리 집은 대화가 안 돼요

소통이 안 된다는 말을 많이 하는데 때로는 우리 집도 마찬가지다. 특히 오늘 아침에는 더욱 그랬다. 서로 말이 통하지 않다 보니까 큰소리가 나오고 서로의 잘잘못을 따지기에 바빴다. 나는 나대로, 아내는 아내 대로, 아이들은 아이들 대로 서로에게 으르렁거렸다.

"여보, 양말이 없는데?"

나는 양말 바구니를 뒤지며 말했다. 그런데 응답이 없다. 나는 큰소리로 한 번 더 말했다. 그래도 아무 대답이 없다. 나는 씩씩거리며 부엌으로 갔다.

"내 말이 안 들려?"

"뭐라고 했는데요?"

엉뚱하게도 아내가 되물었다. 나는 기가 찼다. 세상에 저렇게 능청스런 여자가 다 있나? 나는 화를 내려다 꾹 참았다. 아침에 화를 내면 하루 종일 기분이 좋지를 않았다. 나는 최대한 감정을 억제하며 낮은 목소리로 말했다.

"내가 양말을 부탁했잖아."

"그랬어요? 저는 못 들었어요. 먼저 식사부터 하세요. 양말은 아침

드시고 나면 갖다 드릴게요."

아내는 돌아보지도 않고 말했다. 탁, 탁, 탁. 바쁘게 대파를 썰고 있었다. 가스레인지에는 두부조림이 보글보글 끓었다. 바로 그 옆에는 프라이팬이 뚜껑이 닫힌 채로 가스레인지에 올라 있는데, 연기인지 수증기인지가 모락모락 피어올랐다. 아내가 아이들을 불렀다.

"얘들아, 밥도 푸고 숟가락도 놓고 해야지?"

아내는 두부조림에 파를 넣으면서 말했다. 그러나 아이들은 아무 대답이 없었다. 아내는 한 번 더 불렀다. 그래도 대답이 없자 화를 벌컥 냈다. 그러더니 얘들 방으로 바쁘게 걸어갔다. 애들 꾸짖는 소리가 내 귀에까지 들렸다.

"너희들, 엄마가 몇 번 불렀어? 오라면 빨리 와야 할 것 아니야?"

"엄마는 왜 화를 내고 그래요? 정말 못 들었단 말이에요."

아내가 앞장서고 아이들이 뒤따랐다. 아내는 뿔이 단단히 난 모양이다. 숨까지 씩씩거렸다. 아이들도 화가 났는지 연신 투덜거렸다. 아내는 두부조림을 식탁에 올렸다. 나는 맛을 보았다. 싱거웠다. 간을 좀 맞춰야 할 것 같다.

"두부조림이 싱겁잖아. 간 좀 맞춰야겠어."

"조금 기다리세요."

"그게 뭐 어렵다고? 소금만 뿌리면 되잖아."

"익어야 가져갈 것 아니에요. 익지도 않은 간고등어를 드실 거예요."

아내는 간고등어를 프라이팬에 굽고 있었다. 내가 간을 맞추겠다는
소리를 아내는 간고등어를 가져오라는 말로 잘못 알아들었던 것이다.
나는 기가 막혀서 큰소리로 웃고 말았다. 내 웃음소리에 아내와 아이
들이 어리둥절해 했다.

"누가 간고등어를 가져오라고 했어. 두부조림에 간이 안 맞으니 소
금을 가져오라고 했지."

내 말에 아내와 아이들이 '와하하' 웃음을 터뜨렸다. 그런데 희한한
일이었다. 그렇게 한바탕 웃고 나니 '소통의 부재'로 일어난 어색함이
언제 그랬냐는듯 금방 사라지는 것이었다. 나는 숟가락을 놓으면서 아
내에게 말했다.

"내 양말 어떻게 되었나?"

"양말이라니요? 양말 바구니에 있겠지요."

아내는 그사이에 양말 달라는 소리를 잊은 모양이다. 나는 두말 않
고 베란다로 나갔다. 우여곡절을 겪으며 좋아진 분위기를 헤치고 싶지
않았다. 나는 빨랫줄에 걸려 있는 양말을 걷어 신고는 집을 나섰다.

(2008. 7. 4.)

글쎄, 우리 집에 대박이 터졌대요

"당신 돈 많이 벌어야겠어요?"

설거지를 하다 말고 아내가 말했다. 나는 생뚱맞게 무슨 소리냐고 되물었다. 아내는 못들은 척 설거지만 했다. 딸그락딸그락. 그릇 부딪히는 소리가 유난히 크게 들렸다. 나는 궁금해서 견딜 수가 없었다. 아내의 축 처진 어깨를 보노라니 더욱 그랬다. 무슨 좋지 않은 일이 있는 것일까?

"식구가 늘었어요."

아내가 등을 보인 채 말했다. 식구? 나는 하마터면 소리를 지를 뻔했다. 내가 지금 나이가 몇 살이야? 내년이면 쉰 살이야, 이 사람아. 그런데 임신을 했단 말이야. 어떻게 키우려고? 나는 가슴을 두어 번 퉁퉁 쳤다. 아니 생각 같아서는 쥐어뜯고 싶었다. 이 일을 어이할꼬! 나는 한숨을 쏟아냈다.

그래, 이 모든 게 월드컵 때문이야. 월드컵만 아니었다면 나는 그렇게 자주 아내를 품지 않았을 것이야. 그 전까지만 해도 한 달에 서너 번밖에 품지를 못했어. 아마 나는 월드컵 긴장을 그런 식으로 풀었던 모양이야.

"아구, 이를 어쩌나."

나는 근심어린 목소리로 말했다. 그제야 아내가 등을 돌렸다. 어, 그런데 아내의 표정이 의외다. 생각과는 영 딴판이다. 울상을 짓고 있어야 할 얼굴에 웃음기가 흐른다. 임신한 게 저리 좋은가? 나는 말문이 막혔다. 아내가 내게로 다가왔다. 내 손을 잡아끌더니 어항 앞으로 갔다. 아내가 어항 속을 가리켰다.

"보이지요?"

"뭐가?"

"저기, 새끼 물고기, 보이지요?"

"응, 보이는구먼. 엄청 작은데."

"어제 낳은 새끼예요. 우리 식구, 많이 늘었지요."

"이게 우리 식구라고?"

"그럼요. 이뿐이 아니에요. 다른 식구 보여줄게요. 이리 와보세요?"

아내가 앞장섰다. 나는 아내 뒤를 졸졸 따라갔다. 휴~. 나는 아내 모르게 가슴을 쓸어내렸다. 내가 괜히 엉뚱한 생각을 했던 것이야. 내가 지나쳤어. 나는 피식 웃었다. 다음은 어떤 식구일까? 호기심이 발동했다. 아내가 베란다로 나갔다. 베란다에는 화분이 가득했다. 아내가 화분에 심어져 있는 토마토를 가리켰다.

"여보, 토마토가 네 개나 열렸어요."

"그럼 식구가 네 명 더 늘은 거네?"

나는 제법 여유 있게 말했다. 아내는 아랫집도 같은 날 사왔는데 열매는 고사하고 꽃도 피지 않았다며 좋아했다. 아내가 다른 화분에 심어져있는 식물을 가리켰다. 얼핏 보기에 연못가에 피어있는 창포 같았다. 내가 고개를 갸우뚱하자 아내가 말했다.

"이름이 좀 생소할 거예요. 산세비에리아라고 해요. 처음 사올 때는 다섯 촉이었어요. 그런데 얼마 전에 한 촉이 더 나왔어요. 어디 그뿐이겠어요. 꽃까지 피었어요. 이웃집 사람들이 그러데요. 산세비에리아는 여간해서 꽃을 피우지 않는다고요. 집안에 좋을 일이 있을 거라며 축하해주고 그랬어요."

좋은 일? 도대체 내게 좋은 일은 무엇일까? 아무리 생각해도 떠오르질 않았다. 나는 물끄러미 산세비에리아만 쳐다보았다. 아내는 여전히 기분이 좋은 모양이다. 가볍게 노래까지 불렀다. 아내가 노래를 멈췄다. 혼잣소리로 말했다. 그러나 분명 내게 말하고 있었다.

"식구가 늘면 집안에 복이 들어온대요. 물고기 가족도 많이 늘었어요. 토마토 식구도 넷이나 늘고요. 산세비에리아는 희귀하게도 꽃까지 피었어요. 분명 우리 집에는 복이 들어올 거예요."

"복이 들어온다면 당신은 어떤 복을 받고 싶소?"

"응, 첫째는 가족 건강이고요. 둘째는 당신이 사무관 승진시험에 합격하는 거예요. 다른 것도 많지만 저는 이 둘만 하겠어요. 우리 집은 대박이 따로 없어요. 가족 건강하고, 사무관 승진하고, 이게 바로 대박이에요."

"대박이라……."

"여보, 순전 제 생각인데요. 이제 글 쓰지 마시고 승진 공부 좀 하면 어떨까 해요. 운동도 하시고요. 당신, 살이 너무 많이 쪘어요."

"……"

나는 아무 말도 하지 않았다. 베란다 바깥만 우두커니 바라보고 있었다. 아내는 식구가 늘었다며 좋아했다. 반드시 큰 복이 집에 들어올 거라고 했다. 그러나 세상에 공짜는 없다. 복도 마찬가지다. 내가 노력하지 않으면 절대 복은 오지 않는다. 굴러들어오는 복도 있다고는 하지만, 나는 믿지 않는다.

그래, 아내 말대로 하자. 승진 공부도 하고 건강도 챙기자. 요즘 들어 건강이 말이 아니다. 지금껏 얼마나 많은 밤을 글 쓰는 일로 지새웠는가. 시력은 또 얼마나 상했는가. 흰머리는 또 얼마나 늘었는가. 아! 글을 쓰지 말아야지, 글을 쓰지 말아야지. 나는 같은 말만 되풀이하고 있었다.

(2006. 6. 29.)

가을의 별미, '호래기 채나물'

퇴근 버스가 여간 혼잡한 게 아니었다. 시민들이 대중교통을 많이 이용하기 때문이다. 나는 일부러 맨 뒤쪽으로 갔다. 그래야만 앉아 갈 수 있는 자리를 기대할 수 있었다. 그런데 오늘은 자리가 잘 나오지 않았다. 중간에 내리는 사람이 없었다.

얼마 후 드디어 기다리던 행운이 찾아왔다. 바로 옆에 앉아 있던 사람이 자리에서 일어났다. 나는 재빨리 주위를 둘러보았다. 다행히 노약자나 임산부는 없었다. 어떤 날은 노약자나 임산부가 있어 행운을 놓치기도 했었다. 그때 휴대전화가 울렸다. 아내였는데 오늘따라 목소리가 낭랑했다.

"어디예요?"

"석전 사거리를 막 지나고 있어."

"집까지 오는 데 얼마나 걸리겠어요?"

"삼십 분 남짓 걸릴 것 같아. 무슨 일 있어?"

"당신이 좋아하는 생선 있잖아요? 호래기요? 그것 좀 샀어요."

"그래? 내 빨리 갈게."

호래기는 내게 좌석보다도 더한 행운이었다. 내가 호래기를 무척 좋아하기 때문이었다. 그런데 호래기를 볼 때마다 고개를 갸우뚱했다. 도대체 호래기의 정확한 이름이 무엇인지 몰라서였다. 국어사전에도 이름이 나오질 않았다. 호래기가 표준어가 아닌 것만은 분명했다. 알고 보니 호래기는 꼴뚜기의 사투리였다.

집에 오니 아내가 호래기를 보여주었다. 크기가 손가락만 했다. 마치 오징어 새끼를 닮았다. 그래서인지 아이들은 아예 호래기를 오징어 새끼라고 불렀다. 나는 호래기를 다듬으면서 한 마리를 냉큼 입에 집어넣었다. 호로록. 잘도 빨려들어 갔다. 맛이 그만이었다. 아내가 "초장이라도 찍어 드시지요."라고 했다.

"괜찮아. 그냥 먹어도 맛이 아주 좋아. 그런데 여보, 왜 호래기라고 한 줄 아나?"

"모르겠는데요."

"내가 방금 먹는 것 보았지. 한입에 '호로록' 집어넣었잖아. 그래서 호래기라고 한다나 봐."

"에이, 그럴 리가요."

"정말이야. 어시장에서 호래기를 파는 할머니가 그랬어."

나는 접시에 호래기를 담았다. 가족들이 식탁에 둘러앉았다. 초장에 호래기를 찍어먹었다. 소주도 곁들였다. 아이들도 잘 먹었다. 한 접시가 금방 없어졌다. 아내가 무로 채를 썰었다. 나머지 남아 있는 한 접시로 호래기 채나물을 만들 모양이었다.

"당신도 이제 바닷가 사람 다 되었네."

"제가요?"

"호래기 채나물도 다 만들고 말이야."

"호호, 고마워요."

호래기 채나물을 만들기는 아주 쉬웠다. 채나물에다 호래기를 집어넣고 버무리기만 하면 되었다. 호래기 채나물은 그냥 반찬으로 먹어도 좋고 비벼 먹어도 좋았다. 비벼 먹을 때는 청국장을 곁들이기도 했다. 물론 참기름을 몇 방울 떨어뜨리면 맛이 더욱 좋았다. 그렇다고 채나물에만 호래기를 사용하는 건 아니었다. 깍두기에 넣어도 맛이 그만이었다.

내 어머니께서도 생전에 종종 호래기 채나물을 만들었다. 호래기 깍두기도 만들었다. 나는 호래기 채나물만 나오면 밥 한 그릇을 뚝딱 비웠다. 가을에는 역시 호래기가 제일이다.

(2005. 10. 15.)

20년 정든 자동차를 보내며

지난주 금요일이었다. 점심시간 가까이 되었을 때 아내에게 전화가 걸려왔다. 이번에 새로 구입한 자동차를 인수하기 위해 법원 바로 옆에 있는 영업소에 나와 있는데 잠깐 들러보지 않겠느냐는 것이었다. 나는 바쁘다면서 자동차를 구경시킬 거면 퇴근 후에 보면 된다고 했더니 그게 아니라면서 자꾸만 나와 달라고 했다.

"지금 아니면 다시는 볼 수가 없을 텐데요. 그러니 나오세요."

"뭔데 그래?"

"프라이드를 인계하려고 해요."

"프라이드를 인계한다고? 알았어. 금방 나갈 게."

나는 두말하지 않고 가겠다고 했다. 거기에는 그만한 이유가 있었다. 프라이드는 아내의 애마나 다름없었다. 1300cc 프라이드베타인데 1996년에 구입했다. 그러니까 19년 이상을 아내는 프라이드베타와 함께 살아온 셈이었다. 어디 아내뿐이겠는가. 우리 가족 모두가 프라이드와 함께 살아왔다. 프라이드는 기계덩어리에 불과한 자동차가 아닌 살아 있는 생명체로서, 우리 가족의 일원으로서 그 긴 세월 동고동락한 것이다.

19년이면 적지 않은 세월이다. 큰애가 1996년에 태어났으니 큰애와는 나이가 같고, 올해 큰애가 성년이 되었으니 프라이드베타도 성년이 된 셈이다. 물론 달리 생각할 수도 있다. 자동차는 사람보다 수명이 아주 짧기 때문에 이미 할아버지가 되어 죽을 나이가 다 되었는지도 모를 일이다. 어쨌든 19년 정든 자동차를 보낸다고 하니 마음이 허전했다. 나는 감정을 억제하려고 애썼다. 그런데 마음대로 되지를 않았다. 19년 동안 함께 했던 지난날의 추억이 슬금슬금 머리에서 들고 일어났다.

자동차를 구입했던 1996년에 우리 부부는 지리산과 인접한 함양등기소 관사에서 생활했다. 나는 운전면허증을 따지 못한 관계로 큰애를 품에 안고 뒷좌석에 앉아서 아내의 말벗이 되어주었다. 비록 차는 작지만 지리산에도 가고 덕유산에도 가고 고향인 충남 금산에도 수시로 다녀왔다. 그런데도 프라이드는 불평 한마디 하지 않았다. 아프다고 한 적도 없었다. 덩치가 크고 화려해 보이는 자동차들도 수시로 정비소에 들락거리는데 프라이드는 그곳에 간 적이 거의 없을 정도였다. 그만큼 야무진 차였다.

프라이드베타는 장인어른에게도 의미가 깊었다. 어른께서 암으로 고생하실 때 진주까지 모셔다드리는 역할을 충실히 수행했고, 임종이 임박해서 병원에서 나올 때도 프라이드가 함께 했다. 그날 새벽 4시쯤 되었을 것이다. 객사해서는 안 된다는 장모님의 고집으로 장인어른을 프라이드에 태워 집까지 모셨다. 아내가 운전을 하고 내가 뒷좌석에서 장인어른을 품에 안았다.

처가가 지리산 바로 아래에 있어서 길이 험하고 구불구불했다. 자동차가 산골짜기를 돌고 심하게 요동칠 때마다 장인어른은 내 품을 파고들었다. 아내는 운전을 하면서도 내내 울었다. 나는 운전이 염려되었지만 프라이드는 아내의 마음을 알기라도 하는 듯 꾸불꾸불한 새벽 산길을 잘 헤쳐 나갔다. 장인어른은 집에 도착하고 몇 시간 만에 숨을 거두셨다.

프라이드는 소처럼 일만 했다. 한번은 어른과 애들을 포함해 일곱 명을 태우고 문화센터에 간 적도 있었다. 그러나 힘들다는 기색을 전혀 내지 않았다. 내가 창원으로 이사를 오고부터는 도로가 좋아 수월했지만 그래도 처가에 갈 때마다 고생을 많이 했다. 돌아올 때 장모님께서 쌀이며 양파, 고구마, 감자 등 각종 농산물을 잔뜩 주는 바람에 짐칸은 언제나 비좁았다. 하지만 그렇게 무거운 짐을 등에 짊어지고 세 시간 넘게 달려도 불평 한마디 없었다. 그런 날에는 아내가 고생했다며 프라이드의 이곳저곳을 쓰다듬어 주곤 했다.

지난 11월부터 프라이드가 숨을 거칠 게 몰아쉬는가 하면 갑자기 가다가 멈춰서는 날이 많아졌다. 그런데 정작 정비소에 가면 별다른 이상이 없다고 했다. 그러던 어느 날 하마터면 대형사고가 일어날 뻔했다. 달리던 프라이드의 타이어에 펑크가 나면서 자동차가 좌우로 크게 흔들렸고 지나가는 자동차들이 급정거하는 상황이 발생했다. 다행히 사고로 이어지지는 않았지만 그때부터 아내는 자동차를 바꿀 결심을 했던 모양이다. 아이들도 친구들 보기 창피하다면서 바꾸자고 졸랐다. 그래서 바꾸게 된 자동차이다.

　동네 부근의 자동차 영업소 사무실로 찾아가니 아내가 나를 기다리고 있었다. 영업소 직원과 무슨 이야기인가 나누다가 나를 보더니 반가워했다. 아내가 영업소 앞에 세워진 자동차로 나를 데리고 갔다. 20년 가까이 슬픔과 기쁨을 함께했던 바로 그 프라이드였다. 순간 눈물이 핑 돌았다. 나는 프라이드 여기저기를 쓰다듬어 주었다. 아내도 여간 마음이 아픈 게 아닌 모양이었다. 눈물을 글썽이면서 "작은 차지만 우리 가족에게 너무 많은 행복을 주었는데요."라며 울먹였다. 차를 인수해가는 사람은 정비소 주인이라고 했다. 그가 우리에게 위로의 말을 건넸다.

　"차는 아직 건강합니다. 20년 가까이 되었는데도 11만4천 킬로미터밖에 타지 않으셨군요. 제가 잘 돌봐드릴 테니 안심하십시오."

　새 주인의 손에 이끌려가는 프라이드가 그렇게 애처로울 수가 없었다. 나는 프라이드가 시야에서 완전히 사라질 때쯤에야 "20년 정든 자동차야, 잘 가거라!"라며 크게 외쳤다. 사무실로 돌아와서 K 사무관에게 자동차가 팔렸다고 하니 그가 뜻밖의 말을 했다.

　"저도 얼마 전에 아반테를 팔았는데 뒤에 알고 보니 중고매매상을 통해 베트남으로 수출이 되었더라고요."

　오늘 아침 나는 프라이드가 보고 싶어 정비소를 찾아갔다. 그런데 프라이드가 보이지 않았다. 혹시 베트남으로 팔려간 것은 아닐까? 생각이 거기에 이르자 마음이 여간 심란하고 뒤숭숭한 게 아니었다.

(2015. 1. 27.)

두 줄짜리 소설

며칠 전부터 EBS의 〈지식채널e〉라는 프로그램을 시청하는 재미에 푹 빠졌다. 분량은 5분 남짓밖에 되지 않았지만 시청자에게 전달하는 지식 또는 메시지는 굉장했다. 특히 생각하는 힘을 키워주었다. 내가 〈지식채널e〉를 시청하게 된 것은 순전히 EBS 다큐프라임 〈무원록 - 조선의 법과 정의〉라는 프로그램 때문이었다. 조선시대 정조 때에 일어난 살인사건을 재구성한 것인데, 나는 그 프로그램을 작년에 보았고 기억에 남는 부분이 많아서 다시 한 번 시청하려다가 운 좋게도 〈지식채널e〉를 발견한 것이다.

나는 〈지식채널e〉를 열 편도 넘게 보았는데 특히 2014년 12월 9일에 방영된 '문장들'이 기억에 남았다. 문학작품의 유명한 문장들을 소개한 프로그램인데 그동안 내가 모르고 있던 사실들을 알려 주었다. 첫 문장의 백미로 꼽히는 톨스토이의 〈안나 카레니나〉의 첫구절인 '어떻게 살 것인가'는 천 쪽을 쓰고 나서야 비로소 채울 수 있었는데, 그 말을 찾아내기 위해 무려 4년 동안이나 공란으로 비워두었다는 것이다. 영문학 사상 가장 긴 문장은 '그래요'로 시작해서 '그래요'로 끝나는 〈율리시스〉의 여주인공 '몰리'의 고백으로 무려 40쪽 4,391단어라

고 했다. 그와는 정반대로 세상에서 가장 짧은 소설이라면서 헤밍웨이
의 작품도 소개했다.

"For Sale :
Baby Shoes, Never worn."

우리말로 해석하면 이렇다.

"팝니다.
한 번도 사용하지 않은 아기 신발."

불과 여섯 단어밖에 되지 않았다. 그러나 간결한 문체로 '문장을 짧
게 써서 빈 여백을 많이 만들었다'는 헤밍웨이의 취향에 딱 들어맞는
작품이다. 여섯 단어 너머의 여백……. 정말 많은 것을 생각하게 해준
다. 아기를 기다리는 설렘, 아기를 잃은 슬픔, 아기 신발을 팔아야 할
정도로 궁핍한 가장…… 상상력을 동원하면 할수록 마음을 아프게 하
는 소설이다.
　그러다가 어느 순간 나의 시선은 우리네 이웃으로 옮아가는 것이었
다. 교회 건물에 크리스마스 장식품들이 넘쳐나고 캐럴이 울려 퍼지는
12월이라는 계절 때문이기도 하겠지만 어쨌든 가난한 이웃이 더욱 생
각났다. 그리고 헤밍웨이 못지않은 짧은 문장을 남기고 세상을 떠난

우리네 평범한 사람들의 슬픈 이야기가 떠올랐다.

가장 먼저 떠오르는 게 이른바 '송파 세 모녀 자살 사건'이었다. 그들 모녀는 부양의무자 조건 때문에 국민기초생활보장제도를 전혀 적용받지 못했다. 우리가 그들의 죽음을 안타까워하는 이유는 극심한 생활고에 시달리면서도 공과금 등을 꼬박꼬박 납부했다는 사실이다. 수백억대의 재산을 가진 사람들도 공과금을 체납하는 경우가 많은데도 그들 모녀는 죽는 순간까지 국민의 도리를 다했다. 그래서 더욱 슬픈 것이다. 그런데 정작 우리를 더욱 슬프게 하는 것은 70만 원이 든 봉투와 함께 그들 모녀가 마지막으로 남긴 메모다.

주인아주머니께. 죄송합니다. 마지막 집세와 공과금입니다. 정말 죄송합니다.

퇴거 위기에 몰린 어느 독거노인의 죽음도 그래서 슬프기는 마찬가지다. 얼마 전 동대문구 장안동의 한 주택에서 살던 최 모(68) 씨가 스스로 목을 매었다. 15평 남짓한 주택에서 SH공사로부터 독거노인 전세지원금 5천7백만 원을 받아 6천만 원짜리 전세를 살던 노인의 집이 다른 사람에게 팔리자 퇴거해야 하는 상황이 되고 말았다. 노인의 시신 옆에는 10만 원이 든 봉투가 발견되었다. 경찰 관계자는 "시신을 수습하러 온 사람을 위해 식사비로 남긴 돈"으로 보인다고 말했다. 노인 역시 유언이라 할 수 있는 글을 남겼는데 그 또한 나를 슬프게 했다.

고맙습니다. 국밥이라도 한 그릇 하십시오. 개의치 마시고.

마포구 노고산동의 단독주택에서 막노동을 전전하며 셋방살이를 하던 정 모(67) 씨는 '시신은 화장해 달라.'면서 "아저씨, 아주머니 그동안 감사했습니다. 정○○"이라고 적힌 봉투에 빳빳한 만 원짜리 지폐백 장을 남겨 놓았다. 광주에서는 간암 투병 중이던 70대 홀몸 노인이 어려운 이웃을 위해 써달라며 40만 원을, 자신을 보살폈던 이 아무개 씨에게는 쌍가락지를 남겼는데, 그분이 남긴 "고맙고 미안하다."라는 마지막 문장도 우리를 슬프게 한다.

경우는 다르지만 가수로 활동했던 고 신해철 씨가 아내에게 "결혼할 때 내가 잘 웃길 수 있는 여자, 나에게 잘 웃어주는 여자, 내가 쉽게 행복함을 줄 수 있는 사람을 찾았다. 그런 사람과 결혼했다. 바로 아내다."라고 남긴 마지막 말도, 배우 김자옥 씨가 "6개월만 버텼으면 좋겠다."라는 마지막 말도, 2014년 12월 베링해에서 침몰한 오룡호 선장이 "형님 나중에 혹시라도 살아있으면 소주 한잔 합시다."라며 남긴 마지막 교신도 우리를 슬프게 한다.

이제 2014년 한 해도 보름밖에 남지 않았다. 올해가 가기 전에 나는 누군가에게 "고맙고 미안하다."라는 말을 해야 할지도, "정말 죄송합니다."라는 말을 해야 할지도, "소주 한잔 합시다."라는 말을 해야 할지도 모른다. 아니 해야만 한다. 지난 1년 동안 직장 동료에게, 가족에게 신세만 지고 살아왔다는 자책감 때문이다. 그 때문이었을까,

〈지식채널e〉의 '문장들'에서 나오는 어느 허름한 식당의 구석진 곳에 거친 글씨로 맞춤법도 틀리게 쓴 누군가의 마지막 문장이 나를 무척이나 슬프게 한다.

"여보 날 찾지 마요. 먼저 세상 떠나요. 여보 이 세상 당신만을 사랑해. 진자루."

나는 오늘 매일 쓰는 일기장에 두 줄짜리 소설을 남긴다. 세상에서 가장 짧은 소설 즉 '여섯 단어 소설'로 잘 알려진 헤밍웨이의 "팝니다. 아기 신발. 한 번도 신지 않음(For sale: Baby shoes, Never worn)"을 읽으면서 느낀 아픔 때문일 수도 있겠지만 그보다는 평생을 가난 속에서 살다가 여든세 살 생신기념으로 자식들이 마련해준 연분홍 치마저고리를 한 번도 입어보지 못하고 세상을 떠난 우리 어머니가 자꾸만 눈에 어른거리기 때문이다.

"팝니다.
한 번도 사용하지 않은 어머니의 연분홍 치마저고리."

(2014. 12. 15.)

친절한 미숙 씨

2009년 12월 31일이다. 아내가 ○○ 수술을 받은지 하루가 지났다. 그녀의 양쪽 손목에 링거 주사바늘이 꽂혀있다. 아내는 고통이 심한 듯 얼굴을 찡그렸다.

병실 벽에 시계가 걸려있고 시계 바늘이 오후 4시 55분을 가리키고 있다. 벽시계 오른편에는 텔레비전이 설치되어 있다. 그런데 모양새가 조금 색다르다. 천장 바로 밑에 대롱대롱 매달려있다. 자세히 살펴보니 천장에 깊숙이 박힌 쇠파이프가 텔레비전을 단단히 고정하고 있다. 꽤 괜찮은 아이디어라고 생각했다.

병실을 함께 쓰는 소녀가 만화영화를 보고 있다. 아이들을 대상으로 만들어진 영화라서 그런지 성우들 목소리가 몹시 소란스럽다. 찢어지는 목소리를 내는가 하면 깔깔대는 목소리도 낸다. 아내는 평소에 '친절한 미숙 씨'로 통했다. 그런데 지금은 조그만 일에도 화를 내는 '불친절한 미숙 씨'로 변했다. 수술로 지친 탓이다.

"학생, 너무 시끄럽네. 화면이 너무 빨리 움직여서 머리가 아파요."

"……"

소녀는 아무 말도 하지 않았다. 고개조차 돌리지 않았다. 요즘 어린 것들은 다 저러나? 아내는 못마땅한 표정을 지었다. 아내의 불편한 속내를 아는지 모르는지 소녀는 계속해서 키득거리고 있다. 아내가 다시 말했다.

"학생, 내 말이 안 들려요?"

"예?"

그제야 소녀가 고개를 돌렸다. 무슨 말을 했느냐는 듯 아내를 멀뚱멀뚱 쳐다보았다. 그러자 아내가 어이가 없다는 표정을 지었다. 그때 보조침대에 누워있던 소녀의 할머니가 일어났다. 노인은 70대 초반쯤 되어 보였고 얼굴은 불그스레한 편이었다. 머리에는 포마드 기름을 발랐는지 윤기가 반들반들했다. 노인은 아내가 불편해하는 것을 금방 알아차렸다. 노인이 사근사근 말했다.

"텔레비전을 끌까요?"

"그럴 필요까지는 없고요. 다른 프로를 보면 안 될까요?"

아내가 한발 물러서는 모습을 보였다. 할머니가 소녀에게 눈짓을 했다. 소녀가 불쾌한 표정을 지으며 리모컨을 이리저리 돌렸다. 여러 화면이 차례로 나타났다가 사라졌다. 소녀는 아내가 그만하라고 할 때까지 계속해서 리모컨을 돌릴 모양이다. 화면 바뀌는 속도가 더욱 빨라졌다. 아내가 더는 어떻게 할 수 없다는 듯 작은 소리로 말했다.

"학생, 만화영화만 빼고 보고 싶은 것 봐요."

"……"

소녀는 이번에도 대답을 하지 않았다. 반항하는 기색이 역력했다.

화면을 몇 번 더 돌려보더니 한 곳에 고정시켰다. 요즘 한창 인기를 끌고 있는 〈지붕 뚫고 하이킥〉이라는 프로였다. 원로탤런트 이순재와 그의 손녀로 출연하는 정해리가 연기를 아주 잘했다. 조연으로 나오는 황정음, 정보석, 오현경, 김자옥도 감초 역할을 톡톡히 해냈다. 특히 황정음의 연기는 일품이었다. 산뜻하면서도 발랄한 모습이 앞으로 인기 꽤나 끌겠구나 하는 생각이 들었다. 아내도 그다지 싫어하는 눈치는 아니었다. 코믹한 부분에서는 가볍게 소리 내어 웃기도 했다. 그러다 이내 얼굴을 찡그렸다. 수술한 부위가 통증이 심한 모양이다. 아내가 이불 밑으로 손을 집어넣고는 수술한 부위를 만지며 "에고, 마음대로 웃을 수도 없네요."라면서 콜록거렸다. 소녀가 흘깃 아내를 훔쳐보았다. 소녀의 표정이 '맘에 드는 걸 틀어줘도 말썽이에요.'라고 하는 것 같았다. 버르장머리 없는 것 같으니라고. 나는 소녀를 째려보았다. 소녀도 지지 않겠다는 듯 '흥' 하면서 고개를 돌렸다. 에이, 저걸 그냥. 내가 따끔하게 한마디 하려는데 아내가 말렸다. 괜한 일로 분란이나 일으키지 않을까 걱정되었던 모양이다. 아내가 최대한 부드러운 목소리로 말했다.

"학생, 얼굴을 밝게 해야 병이 빨리 낫는데요."

"그것도 사람마다 다르지요."

소녀가 빈정거리는 투로 말했다. 어쩜 저렇게 제 아버지를 닮았는지……. 나는 어제 소녀의 아버지란 사람을 보았다. 나이는 40대 중반쯤 되어 보였다. 그는 딸이 어떤 병에 걸렸는지는 알아보려고도 하지 않고 돈 걱정만 했다. 6인실은 하루 입원비가 만 원인데 2인실은 6만 원이라며 노골적으로 불만을 터뜨렸다. 그의 어머니와 아내가 우리 부부의 눈치를 살피며 그만하라고 해도 막무가내였다.

"6인실이 나오는 대로 당장 옮기도록 해."

오늘은 소녀의 아버지가 보이질 않았다. 솔직히 그가 없으니 마음이 편했다. 그 사람만 있으면 병실 분위기가 무겁게 내려앉았다. 소녀도 아버지가 없는 게 편한 모양이다. 텔레비전을 보면서 휴대전화로 문자메시지를 보내지를 않나, 닌텐도를 가지고 게임을 하지를 않나, 걸핏하면 자기 할머니에게 짜증을 내지를 않나, 그러다가 갑자기 깔깔대지를 않나……. 나는 소녀의 그런 행동에 신경 쓰지 않기로 했다. 어차피 소녀가 다른 병실로 옮길 때까지는 함께 생활을 해야 하기 때문이다.

나는 아이들이 아직 어리기 때문에 하루 종일 아내 곁을 지킬 수가 없었다. 한두 번이라도 집에 들러 아이들을 챙겨야 했다. 처음에는 친척집에 연락해서 도움을 청할까도 했지만 이내 단념했다. 무엇보다도 아내가 원치 않았기 때문이다. 아내가 하는 말이 새해 첫날부터 간병을 부탁하면 좋지 않다는 것이다. 이제 방법은 한 가지밖에 없었다. 내가 병실을 비울 때는 싫든 좋든 소녀의 가족에게 도움을 요청하는 일뿐이었다. 그러기 위해서는 소녀의 할머니에게 잘 보일 필요가 있었다. 노인이야말로 하루 종일 병실을 지키고 있기 때문이었다. 아내가 고통스런 표정을 지었다.

"통증이 너무 심해요."

"수술한 지 얼마 되지 않아서 그럴 거야. 조금 있으면 괜찮을 거야."

"정말 그랬으면 좋겠어요. 그나저나 종무식은 잘 마쳤어요?"

"그럼, 잘 마쳤지. 오늘 종무식에서 김 계장이 피자에다 통닭까지 한턱 냈어."

"어머, 그분에게 무슨 좋은 일이 있었어요?"

"대법원장 표창을 받았잖아."

"야, 대단하시다."

아내는 진심으로 축하해주었다. 그러다가 갑자기 얼굴을 찡그렸다. 간헐적으로 찾아오는 통증 때문이다. 아내는 눈을 지그시 감았다. 바짝 마른 입술을 살짝 깨물어 보기도 했다. 나는 침대 밑을 바라보았다. 두꺼운 비닐봉지가 하나 있다. 줄넘기 줄처럼 생긴 호스가 아내의 몸과 연결되어 있다. 비닐봉지는 아내의 오줌을 받아내는 요강 역할을 하고 있다. 오줌이 조금 고여 있다. 그런데 색깔이 이전과는 다르다. 노랑 빛깔이 아닌 검붉은 색깔이다. 뭐가 잘못된 걸까?

"소변 색깔이 왜 저래?"

"의사선생님께서 빈혈기가 있으니 철분을 섭취하라고 하대요. 아마 그 때문인 것 같아요."

간호사가 들어왔다. 소녀의 할머니가 급히 자리에서 일어나더니 6인실이 나왔느냐고 물었다. 간호사가 고개를 저었다.

"할머니, 병실이 나오면 연락드릴게요."

"형편이 어려워서 그래요. 꼭 좀 부탁해요."

그러나 6인실을 구한다는 게 지금으로서는 매우 어려웠다. 연말에다 연휴까지 겹친 탓에 퇴원하는 환자가 많지 않았기 때문이다. 간호사가 아내의 팔목에 꽂힌 링거주사를 확인하고는 병실을 나갔다.

저녁식사로 미음이 나왔다. 반찬은 간장 한 종지가 전부였다. 아내는 제대로 몸을 일으키지 못했다. 나는 침대 후미에 딸린 손잡이를 돌렸다. 아내의 침대 머리 부분이 위로 올라가기 시작했다. 60도 정도되었을 때 아내가 겨우 몸을 일으켰다. 아내는 미음 한 그릇도 제대로 비우지를 못했다. 이런 상태로는 애초 의사가 말했던 삼사 일 안에 퇴원한다는 게 힘들 것 같았다.

아내는 거동이 불편한데도 양치질과 세수를 하고 싶어 했다. 나는 아내의 발에 신발을 신긴 다음 링거가 매달린 폴대를 끌고 아내를 세면실까지 부축했다. 조금 후에 아내가 세면실에서 나왔다. 표정이 한층 밝았다. 나는 아내를 부축해서 침대에 뉘었다.

"기분이 좀 나아지는 것 같아?"

"24시간 양치도 못하고, 세수도 못해서 얼마나 갑갑하던지……. 이제 살 것 같네요."

"당신은 수술을 하고 24시간 금식을 했잖아. 거기에다 수술하기 전날부터 굶었고. 이틀 동안 아무것도 먹지 못했어. 이제부터는 음식물을 섭취할 수 있으니까 금방 회복이 될 거야."

"정말 그랬으면 좋겠어요."

아내가 싱긋 웃었다. 살포시 드러난 치아가 전등불에 반짝 빛났다. 그때 병실 문이 열렸다. 소녀의 아버지가 들어오고 있었다. 그의 손에는 비닐봉지가 들려있었다. 그가 성큼성큼 소녀에게로 다가갔다. 그리고는 두 손으로 볼을 쓰다듬는 것이었다. 어제까지만 해도 그렇게 쌀쌀맞게 굴더니……. 나는 어제와는 너무 다른 그의 모습에 놀랐다. 소녀의 아버지가 말했다.

"아이고, 우리 공주님, 많이 기다렸지. 차들이 얼마나 밀리던지……. 어머니, 여보, 글쎄 말이지요. 해맞이 가는 사람들로 도로가 완전 주차장으로 변했어요."

사내가 다소 과장된 몸짓을 써가며 말했다. 소녀는 아버지가 왔음에도 휴대전화만 만지작거리고 있었다. 그럴수록 사내는 더욱 살갑게 말했다.

"공주님, 그동안 아빠가 싫은 소리만 해서 섭섭했지. 하루 종일 집에서 빈둥거리는 아빠가 싫었을 거야. 이제는 그런 걱정하지 않아도 돼요. 아빠가 직장을 구했거든."

사내의 말이 떨어지기가 무섭게 그들 가족 모두가 놀란 표정을 지었다. 사내의 아내도, 어머니도, 그렇게 냉랭하게만 굴던 딸까지도 기쁨을 감추지 못했다.

"여보 정말이에요?"

"전에 있던 직장보다 월급도 적고……. 변변찮은 직장이야."

"아범아, 그게 무슨 말이냐? 한 술에 배부르랴. 착실하게 일하다 보면 월급도 올라갈 거고……, 어멈이 그렇게 고생하더니……. 이제 한숨 덜었다. 이렇게 좋을 수가…….

"어머니도 참……."

"아빠, 미안해요. 제가 짜증만 부려서……. 저도 아빠 걱정 많이 했단 말이에요. 아빠, 제가 보낸 문자 받아보셨어요?"

"문자? 아빠가 너무 급하게 오느라고 보질 못했네. 뭐라고 보냈을까, 어디 한번 읽어볼까."

"아빠, 지금은 안돼요. 읽어보지 마세요."

"무슨 내용인데 그래?"

"별거 아니에요. 아무도 없을 때 읽으세요."

"괜찮아. 우린 가족이잖아."

"아이, 쑥스럽잖아?"

"음…… 어디 한번 읽어볼까. 이거 원 눈이 침침해서……."

"이리 줘 보세요. 제가 읽을게요."

소녀의 어머니가 문자메시지를 읽기 시작했다. 짧은 글이었지만 감동을 주기에 충분했다.

"아빠, 죄송해요. 돈도 없는데 저까지 병원에 입원해서……. 아빠가 그동안 얼마나 힘들어하셨는지 잘 알아요. 아빠에게 잘해드려야지 하면서도 안 되는 거예요. 아빠, 죄송해요. 오늘 꼭 병원에 들러주세요. 아빠를 위로해주고 싶어요. 그리고 이건 비밀인데요. 아빠만 알고 계셔야 해요."

소녀의 어머니는 문자메시지를 읽다 말고 손으로 눈가를 닦았다. 아버지와 할머니도 눈물을 훔쳤다. 소녀와 신경전을 벌이던 아내도 감동을 받은 모양이다. 눈물을 손가락으로 찍어내고 있었다. 물론 나도 예외는 아니었다. 코끝이 찡하고 아렸다. 나는 사내에 대한 내 생각이 잘못되었음을 인정하지 않을 수 없었다. 지금까지 사내를 무례하고 비정한 아버지라고만 생각했었다. 한편으로는 계부가 아닐까, 하는 생각까지도 했었다.

사내가 눈물을 닦고는 비닐봉지에서 음료수를 꺼냈다. 인원 수 대로 종이컵에다 음료수를 따르더니 한 잔씩 돌렸다. 이제 각자의 손에는 음료수 잔이 들려 있었다. 사내가 낮은 소리로 그러나 또박또박한 목소리로 말했다.

"저희 가족과 선생님 가족은 2009년 마지막 밤을 병원에서 보내고 있습니다. 다른 사람들은 해맞이다 뭐다 해서 무척 들떠 있습니다. 우리 병실에서도 뭔가를 해야겠다는 생각을 했습니다. 술은 병실이고 해서 준비하지 못했고 그 대신 음료수를 사왔습니다. 선생님은 저보다 연장자이시니 저희 가족과 선생님 가족을 위해 새해 덕담 한 말씀 해주시면 고맙겠습니다."

사내가 나를 가리켰다. 나는 갑자기 얼떨떨해졌다. 그러다 이내 정신을 차렸다. 어떻게 하면 기억에 남을만한 덕담을 할 수 있을까? 나는 고심 끝에 이렇게 말했다.

"새해는 경인년, 호랑이해입니다. 호랑이는 미래를 내다볼 줄 아는 영물이랍니다. 약자와 효자, 의인을 돕고 불의를 멀리하는 신비스런 동물이라고도 합니다. 새해에는 모두가 호랑이의 이런 좋은 점을 본받았으면 좋겠습니다. 그럼 건배를 제의하겠습니다. 제가 '경인년 새해를 위하여!'라고 선창하면 여러분께서는 복창하시면 됩니다. 경인년 새해를 위하여!"

"경인년 새해를 위하여!"

나는 소녀가 비밀로 해달라고 한 게 무엇인지 짐작할 수 있었다. 그러나 속으로만 묻어두기로 했다. 그게 소녀에 대한 최소한의 예의일 것 같았기 때문이다. 나는 창가로 걸어갔다. 밖에는 함박눈이 솜털처럼 내리고 있었다. 멀리서 제야의 종소리가 은은하게 들려왔다. 나는 그제야 실감할 수 있었다. 2009년이 저물어 가고 있다는 사실을……

(2009. 12. 31.)

삶이란 원래 자잘한 걸

아내가 일요일 특식으로 닭수제비를 준비했다. 나는 닭칼국수는 들어봤어도 닭수제비는 들어보지 못했다면서 허허 웃었다. 내가 웃음을 보였던 이유는 닭수제비에 대한 기대가 그만큼 컸기 때문이었다.

나는 수제비를 좋아한다. 수제비를 만들 때는 보통 멸치다싯물을 사용한다. 그런데 멸치다싯물은 개운한 맛은 있지만 매콤한 맛이 부족했다. 그래서 시험 삼아 묵은 김치를 넣어 보았는데 뜻밖에도 입맛에 잘 맞았다. 물론 가외의 소득도 있었다. 김치에 유산균이 많아서 멸치다싯물만 사용했을 때보다 소화가 잘 되었다. 결국 우리 집 수제비는 멸치수제비에서 김치수제비로 진화했고 이제는 닭수제비로까지 발전하게 되었으니 수제비를 좋아하는 나로서는 새로 개발한 닭수제비가 기대될 수밖에 없었다.

아내는 펄펄 끓고 있는 닭고기 육수에 수제비를 떠 넣었다. 나는 묵은 김치를 넣으라고 말하려다가 그만 두었다. 김치가 들어간 수제비를 큰애가 싫어한 이유도 있었지만 그보다는 처음 만들어보는 닭수제비가 김치 때문에 실패작으로 끝날지도 모른다는 우려가 작용했기 때문이었다. 아내는 육수만 가지고는 맛을 내기가 곤란하다고 생각한 모양이다.

다진 마늘을 듬뿍 집어넣었다. 물론 이것도 처음 시도해보는 것이었다.

그런데 뜻밖에도 다진 마늘이 닭수제비에 결정적인 역할을 했다. 닭수제비를 먹는 순간 입에 톡 쏘는 맛을 느꼈기 때문이다. 마늘이 아니었으면 도저히 내지 못할 맛이었다. 수제비를 별로 좋아하지 않는 큰애지만 닭수제비만은 맛있다면서 잘 먹었다. 나는 닭수제비를 먹으면서 큰애에게 위로의 말을 건넸다.

"공무원 시험이 굉장히 어려웠다며."

"한 과목만 실패하지 않았어도……."

큰애가 아쉬운 표정을 짓자 아내가 나를 책망하듯 이제 겨우 공무원 시험 공부를 시작한 지 6개월밖에 되지 않았다며 너무 보채지 말라고 했다. 나는 그런 뜻으로 말한 게 아니라면서 그동안의 경험담을 들려주었다. 공부는 밑 빠진 독에 물 붓기다. 한 바가지씩 물을 부어서는 밑 빠진 독을 채울 수 없다. 한꺼번에 부어야 채울 수 있다. 공부도 마찬가지다. 하루에 여덟 시간씩 한 달을 하는 것보다 하루에 13시간씩 보름을 하는 게 더욱 효과적이다. 가만히 듣고 있던 아내가 말을 막았다.

"당신이 항상 하는 말 있지요. 식사할 때는 업무 얘기하지 말라고. 당신도 공부 얘기 좀 그만하세요. 어디 애 기죽일 일 있나요."

그렇게 말하고는 화제를 돌렸다.

"친구 집들이에 다녀왔는데요, 아파트가 아주 작은데도 친구 부부가 너무 좋아하더라고요. 애들도 자기 방이 생겼다면서 좋아하고요.

'행복이 이런 것이구나.' 라는 생각이 들었어요.'

"행복이란 게 그래. 멀리만 있는 게 아니라 가까운 곳에도 있는 것이고, 큰 것에만 있는 것이 아니라 작은 것에도 있는 것이야. 화목하지 않은 가정이 한 끼에 5만 원 하는 고급 식당에서 비싼 음식 먹으면 뭐해. 지금 우리가 먹고 있는 닭수제비보다 못하잖아. 그래서 가정이 소중하다는 거야. 누군가가 가정을 가리켜 인간이 뿌리내릴 수 있는 대지라고 하더군."

그 때문인지도 몰랐다. 얼마 전에 작은애가 내게 선물한《문득 사람이 그리운 날에 시를 읽는다》라는 책이 생각났다. 거기에 "삶이란 원래 자잘한 걸 삶이란 처음부터 일상적인 걸"이라고 시작하는 김윤현 시인의 〈토끼풀〉이란 시가 나온다.

시는 분명 행복을 노래했다. 그런데도 마음이 허전했다. 뭔가 부족한 느낌이 들었다. 내가 골똘히 생각에 잠겨 있을 때 아내가 말했다.

"산하가 내일 집에 온대요."

그제야 나는 허전함이 어디에서 오는지 알 수 있었다. 산하는 작은애 이름이다. 내가 마흔 살이 넘어서 낳은 아이라서 애정이 각별하다. 지금 타지에서 대학을 다니고 있는데 방학이라서 집에 온다는 것이었다. 내가 느끼는 허전함은 바로 거기에 있었다. 가족 중 한 사람이 빠져서 그랬던 것이다. 작은애가 오면 그래서 가족 모두가 모이면 그때야 비로소 행복의 퍼즐이 완전히 맞추어질 것이라고 나는 생각했다.

(2017. 7. 10.)

2부 재판 이야기

판사(判事)의 判(판)이라는 글자를 쪼개어 분석해보자면 이렇다.
뜻을 나타내는 선칼도방(刂(=刀) : 베다, 자르다) 부(部)와 음(音)을
나타내는 半(반 : 둘로 나누는 것)으로 이루어졌다는 것을 알 수 있다.
즉 칼로 물건을 반으로 잘라 나누는 것을 의미한다.
法(법)은 氵(삼수변)에 去(갈 거)로 이루어져 있다.
즉 공평함이 물(水)이 흐르듯(去) 해야 한다는 의미다.
옛날에 廌(치)라는 동물은 소송을 할 때
올바르지 못한 사람을 머리로 받아 쫓아냈다고 한다.
나는 판사들이 廌(치)라는 동물처럼 자신의 역할에 충실해야 한다고 생각한다.
자기만의 신념에 의존해서도, 강자의 논리를 대변해서도 안 된다.
모든 시민이 이성적으로 받아들일 수 있는 그런 판결이어야 한다.

판사는 누구 편일까?

법정에서 재판 참여를 하다보면 가슴이 조마조마할 때가 한두 번이 아니다. 원고든 피고든, 심지어 증인까지도 자기들 주장이 너무 강하다. 특히 가족 간의 분쟁일수록 더욱 그렇다.

10년도 훨씬 지난 일이다. 내가 시골 법원에 근무할 때였는데 형과 아우가 무슨 사건인가로 다투었다. 아버지가 증인으로 나올 만큼 소송은 치열했다. 동생의 형에 대한 공격은 누가 보더라도 지나쳤다. 말끝마다 쌍욕을 해대는데 모두들 눈살을 찌푸렸다. 보다 못해 판사가 동생에게 경고했다.

"원고, 피고의 친동생이 맞아요?"

"판사님, 저 ××는 형도 아닙니다."

"원고, 그 무슨 말버릇이에요. 아무리 돈이 중요하다고 해도 형은 형입니다. 더군다나 부친까지 앞에 계시잖아요. 앞으로 형한테 욕하지 마세요. 알겠어요?"

"……"

동생인 원고는 아무 말도 하지 않았다. 얼굴에 불만이 가득했다. 순순히 응할 줄 알았는데 그게 아니다. 오히려 판사에게 의혹의 시선을 보낸다. 마치 그 표정이란 것이 "왜 판사님은 피고 편을 들지요?"처럼 보였다. 급기야 판사는 피고에게도 경고장을 날린다.

"법정 질서라는 게 있습니다. 누구나 법정에서는 욕설을 해서는 안 됩니다. 피고도 잘한 게 없어요. 앞으로 동생을 자극하는 말을 하지 마세요."

사실 재판 중에 일촉즉발의 위기는 곳곳에서 일어난다. 원고든 피고든 극도로 신경이 날카롭다. 자칫 말 한마디 잘못했다가는 당사자에게 엉뚱한 오해를 살 수도 있다. 그래서 재판은 항상 긴장되기 마련이다. 물론 법정에서만 그런 건 아니다. 법정 밖에서도 이런 현상은 곧잘 일어난다.

내가 형사참여를 할 때였다. 70세도 넘은 할아버지가 성폭력범죄에 관한 법률로 구속되었다. 국선변호인은 할아버지를 이렇게 변론했다. 평생을 살면서 할아버지는 읍내에 나와 본 적이 없다. 술을 마시면 어디든 쓰러져 자는 습성을 가졌다. 이번 사건만 해도 그렇다. 자신은 어린아이를 성추행했는지 기억하지도 못한다. 이런 점을 재판부는 참작해주기 바란다.

하지만 변호인의 이런 호소에도 재판부는 할아버지에게 중형을 선고했다. 검사의 구형과 차이가 없는 형량이었다. 나는 순간 할아버지가 교도소에서 죽을지도 모른다는 생각이 들었다. 그러나 피해자의 아버지는 그게 아니었다. 시민단체 간부와 함께 내가 근무하는 사무실로 찾아와서 거칠게 항의를 했다.

"왜 그렇게 형량이 낮습니까? 도저히 재판부를 신뢰할 수 없습니다."

"저도 그 마음 충분히 이해합니다. 하지만 이번 사건은 법정최고형을 선고한 거나 마찬가지입니다. 검사 구형과 같은 형을 선고했으니까요."

하지만 시민단체 간부는 물러서지 않았다. 나한테 도저히 묵과할 수 없다는 말까지 했다. 법원 앞에서 시위라도 불사하겠다는 것이었다. 그의 기세에 나는 당황했다. 그를 설득했다. 나 역시 누구보다도 그런 범죄를 싫어한다. 하지만 법을 판사 맘대로 적용할 수는 없지 않은가. 검사가 청구한 공소장의 범위 내에서 재판을 해야 한다. 이점 이해해주기 바란다.

다음날이었다. 검찰청 앞에서 구호 소리가 들렸다. 나는 검찰청 쪽으로 뛰어갔다. 수십 명의 여성이 피켓을 들고 어린이 성추행 사건 담당 검사는 물러가라며 소리를 지르고 있었다. 다행히도 시위대가 법원까지는 오지 않았다.

이 사건에서 재판부는 법정최고형에 해당하는 형량을 선고했다. 피고인 가족은 형량이 무겁다며 눈물을 뚝뚝 떨어뜨렸다. 반대로 피해자의 가족은 형량이 가볍다며 재판부에 거칠게 항의했다. 판사는 피고인 편이라는 발언까지 했다. 물론 이런 현상이 이 사건에서만 일어나는 건 아니다. 재판을 받는 당사자들은 대부분 볼멘소리를 낸다.

문제는 편 가르기에 있었다. 편 가르기에 집착해서 자기편을 너무 옹호하다 보면 진정 찾아야 할 '정의'는 찾지 못할 수가 있다. 이편저편 따지지 않는 세상, 이 패 저 패 갈리지 않는 세상, 그런 세상이 살기 좋은 세상이다. 그런데 현실은 그렇지 못하다. 사람은 이기적인 동물이라서 그런 세상 만들기가 정말 어렵다.

심지어 어떤 사람들은 이렇게 묻기도 한다. 판사는 누구 편일까? 내 생각은 그렇다. 판사는 이편, 저편 중에서 옳은 것만 가려내면 된다. 판사는 이편저편이 아니어야 한다. 좋은 법원도, 좋은 판결도 그럴 때 만들어진다. 나만 그렇게 생각하는 것일까?

(2008. 4. 8.)

법정 가는 길

오늘은 재판이 있는 날이다. 그런데 아침부터 마음이 무겁다. 하긴 오늘만 그런 게 아니다. 재판하는 날은 언제나 그랬다. 처음 법정에 들어갔던 18년 전이나 한참 세월이 지난 지금이나 긴장되는 건 똑같다. 그 이유를 생각해본다. 법정 특유의 붉은색 일변도의 우중충한 분위기 때문일까? 방청석에 비해 너무 높아 보이는 법정 단상 때문일까? 그도 아니면 단상 위에 걸려있는 태극기 때문일까?

그야 어쨌든 이런 현상은 틀림없는 사실이다. 나만 그렇게 느끼는 것인지 궁금해서 판사에게 물어보았다. 판사가 빙그레 웃고는 자신도 매번 그렇게 느낀다고 했다. 그렇다면 다행이라고 나는 생각했다.

사건 당사자들도 긴장하기는 마찬가지일 것이다. 그들의 표정만 보아도 알 수 있었다. 모두들 표정이 굳어있다. 하긴 그들만 표정이 굳어있는 게 아니다. 하루에도 몇 번씩 법정을 드나드는 변호사들의 얼굴도 굳어있기는 마찬가지다.

어떤 변호사가 그런 말을 한 적이 있다. 부장판사 출신인데 퇴임하고 자신이 증인으로 법정에 출석했다. 그런데 법정에 들어서는 순간부터 긴장이 되더라고 했다. 변호사로 들어갈 때와는 분위기가 전혀 달랐다는 것이다. 마음을 아무리 진정시키려 해도 소용이 없었다고 했다.

그런데 진짜 문제는 선서할 때였다. 오른손을 들고 선서를 하는데 그렇게 긴장될 수가 없었다는 것이다. 손도 떨리고 목소리도 떨리고 다리까지 후들후들 떨었다고 했다. 그분은 20년 넘게 법정에서 재판을 하신 분이다. 그런 분도 그렇게 떨었으니 일반 사람들이야 오죽했겠는가.

앞에서도 잠깐 언급했지만 나는 법정에 들어설 때가 가장 곤혹스럽다. 내게로 쏟아지는 사건 당사자들의 눈과 방청객들의 눈이 너무 부담스러웠다. 그들의 눈은 결코 내게 호의적이지 못했다. 의심에 가득 찬 눈으로 나를 바라보았다.

나는 오늘도 법정에 들어간다. 민사재판이라서 1주일에 한 번 꼴로 들어가는 재판이다. 나는 법정용 넥타이를 매고 법복을 입는다. 거울에 비친 내 모습이 제법 위엄이 있어 보인다. 나는 아랫배에 힘을 넣는다. 오늘도 무사히 재판을 마칠 수 있기를 마음속으로 기도한다.

그런데 그때뿐이다. 슬금슬금 다시 병이 도지기 시작한다. 긴장이라는 못된 병이다. 법정을 향하는 발길이 가볍지 못하다. 사건 당사자의 의심에 찬 표정이 자꾸만 눈에 어른거린다. 나는 머리를 세차게 흔든다. 그리고 자신에게 나지막하게 말한다.

"이런 고통도 느끼지 못하고 어떻게 사람을 재판할 수 있단 말인가!"

그러면서도 또 다른 생각에 잠긴다. 정녕 내 집처럼 드나들 수 있는 편안한 법정은 오지 않을 것인가? 나는 판사와 나란히 법정을 향했다.

(2006. 2. 16.)

생방송 라디오 인터뷰 하던 날

저녁 11시다. 갑자기 배가 출출하다. 나는 아내를 찾는다. 아내가 컴퓨터 앞에 앉아있다. 어, 컴퓨터에서 내 목소리가 흘러나온다. 갑자기 얼굴이 화끈거린다. 나는 보름 전에 있었던 일을 떠올린다.

2005년 2월 25일. 나는 마른 침을 삼켰다. 갑자기 덥다는 느낌이 든다. 양복 저고리를 벗었지만 그래도 갑갑하다. 그래서 넥타이마저 풀어 헤친다.

나는 벽에 걸려 있는 시계를 쳐다본다. 아침 9시 38분이다. 이제 부산방송 방송작가에게 전화가 올 것이다. 가슴이 두근거리기 시작한다. 이건 생방송이다. 한번 실수하면 돌이킬 수 없다. 나는 인터뷰 원고를 들여다본다. 나는 '그래, 처음이 중요하다'란 생각에 첫 대목을 몇 번이나 반복해서 읽는다.

"반갑습니다, 애청자 여러분. 창원에 살고 있는 두 아이의 아빠 박희우입니다."

나는 이 대목을 수백 번도 더 연습했다. 그런데도 매끄럽지 못하다. 이거 어떻게 한다……. 목소리까지 떨린다. '그래, 방송국 인터뷰 요청을 거절해야 했어'란 생각이 순간 머릿속을 스친다. 그러나 이미 늦었다. 죽이 되든 밥이 되든 나는 15분을 버텨야 한다.

그때 전화벨이 울린다. 나는 재빨리 수화기를 들었다. 방송작가다. 그는 광고가 나간 다음에 방송이 시작된다고 내게 말한다. 나는 수화기에 귀를 밀착시켰다. 광고시간은 채 30초도 되지 않았다. 그런데도 무척 길게 느껴진다. 광고가 끝났다. 잔잔하게 음악이 흘러나온다. 진행자가 글을 낭송한다. 그런데 어디서 많이 듣던 내용이다.

"오늘도 이혼부부는 많았습니다. 20대에서 60대까지 다양했습니다. 저는 출석 여부를 확인합니다. 순서대로 그들을 좌석에 앉힙니다. 그들은 지금 어떤 생각을 하고 있을까요. 시원함과 섭섭함과 착잡함이 교차하고 있을까요. 아니면 그들만의 회한에 잠겨 있을까요.

그때 아기 울음소리가 들렸습니다. 젊은 여자가 등에 업고 있는 아기를 다독거립니다. 아기의 아버지가 얼굴을 찡그립니다. 여자는 남자를 흘겨봅니다. 금방이라도 욕설을 주고받을 것만 같습니다. 저는 여자에게 잠깐 복도에 나가 있으라고 말합니다.

그 아기 말고도 부모를 따라온 아이가 몇 명 더 있습니다. 아이들은 모두 같은 자세를 취하고 있습니다. 하나같이 아빠와 엄마의 손을 틀어쥐고 있습니다. 판사가 법정에 들어섭니다. 저는 법정대기실에 있는 이혼부부를 차례로 부릅니다."

글 낭송이 끝났다. 나는 그제야 알아차린다. 지난 1월 7일에 내가 〈오마이뉴스〉에 올린 '이번이 마지막 이혼이었으면'이란 글의 일부다. 다시 진행자의 목소리가 들린다.

"1년에 3천 쌍을 이혼시킨 남자, 그 남자가 쓴 글의 일부입니다. 부산방송 '유정임의 미시타임', 금주의 화제인물을 소개하겠습니다. 인터넷신문 〈오마이뉴스〉 시민기자로 활동하고 계신 창원지방법원 박희우 님을 소개하겠습니다. 안녕하세요, 박 기자님?"

"안녕하세요?"

처음부터 실수다. 지금까지 외웠던 인사말 대신 나는 '안녕하세요?'란 말밖에 하지를 못했다. 나는 하루 전날에 방송작가로부터 인터뷰 원고를 받았다. 내게 질문할 내용은 10개였다. '이혼 이야기'를 〈오마이뉴스〉에 쓰게 된 계기, 한국의 이혼율, 가장 이혼을 많이 하는 세대, 이혼 사유, 가장 가슴 아팠던 이혼, 이혼을 줄일 방법 등.

나는 답안을 작성했다. 원고를 달달 외우다시피 했다. 그러나 막상 인터뷰를 시작하니 정신이 없었다. 도대체 내가 무슨 말을 하고 있는지조차 알 수 없었다. 등에서는 계속해서 식은땀이 흘렀다. 이마에까지 땀방울이 맺혔다. 나는 연신 손수건으로 땀을 닦아냈다.

인터뷰가 끝나자마자 직원들이 박수를 쳤다. 아주 자연스러웠다며 칭찬을 했다. 실수가 한군데도 없었다고 했다. 목소리도 아주 좋았다고 했다. 그러나 내 귀에는 아무런 소리도 들리지 않았다. 오래전에 끊은 담배를 피우고 싶다는 생각, 그때 내 머릿속은 온통 그 생각뿐이었다.

"아무리 들어도 어색해. 내 목소리가 아닌 것 같아."

"당신 목소리 맞아요. 매일 들어도 지겹지 않아요. 우리 신랑 잘했어요, 호호!"

아내가 간식으로 고구마를 내온다. 대접에는 잘 익은 김장 김치가 담겨 있다. 나는 고구마를 한입 베어 물고 김치를 입에 넣는다. 컴퓨터에서는 계속해서 내 목소리가 흘러나온다.

"한번 생각해보세요. 결혼할 때는 서로 좋아서 했을 것 아니에요. 그런데 이혼이라니요. 물론 이혼도 하나의 권리인 것만은 분명해요. 그런데 말이죠. 성인이라면 권리를 주장하기에 앞서 의무와 책임을 가져야하는 거예요. 부부가 이혼하면 자식들은 어떻게 됩니까. 아이들은 부모 밑에서 크는 게 제일 좋아요. 그걸 조금이라도 생각한다면 지금처럼 쉽게 이혼을 하지 못할 거예요. 어쨌든 이혼은 신중해야 한다고 봐요."

(2005. 5. 3.)

부모 마음대로 이혼하는 일은 없기를

협의이혼이 끝난 법정은 조용했다. 나는 협의이혼 기록과 확인서 등본을 사건번호 순서 대로 맞춘다. 오늘은 열 쌍이 이혼을 했다. 많이 줄었다. 한참 더위가 기승을 부리던 지난 8월에는 하루에 스무 쌍이 넘었다.

어쨌든 좋은 일이다. 나는 일이 줄어서 좋고, 이혼을 하려 했던 사람들은 가정을 지켜서 좋다. 하긴 다들 이혼할 만한 이유는 있을 것이다. 오죽했으면 이혼까지 결심했을까. 그런데 말이다. 그래도 그렇다. 가정의 해체가 얼마나 불행한 일인가.

부부가 뜻이 맞지 않는다고 자기들 마음대로 이혼을 하면 어떻게 하나. 아이들이 없는 부부는 그래도 좀 낫다. 자신들이 책임질 일이니 그렇다 치자. 그런데 아이들이 주렁주렁 달린 집은 어떻게 하나. 부모 중 한 사람이 아이를 맡는다고는 하지만 어디 그게 쉬운 일인가.

아내가 한 말이 떠올랐다. 고아원에 있는 아이들은 차라리 낫다. 하루 세끼 먹을 수 있고, 입을 옷이 있고, 학교에도 갈 수 있다. 그런데 이혼한 부부 중 어느 한 사람이 데리고 있는 아이들은 그렇지 못한 경우가 많다. 그들보다 못 먹고, 못 입고, 학교에도 못 가는 아이들이 의외로 많다.

나는 법정으로 이혼한 부부들을 불러 모았다. 쉰 살을 넘긴 부부도 있고 갓 스물을 넘긴 부부도 있다. 나는 다리가 가볍게 떨렸다. 한두 번 이 일을 한 것도 아니다. 그런데도 이렇게 매번 떨렸다. 나는 마른 침을 한 번 삼켰다.

"확인서 등본을 내드리기 전에 몇 가지 안내 말씀 드리겠습니다. 이걸 받으시면 반드시 3개월 이내에 호적관서에 신고를 하셔야 합니다. 그래야만 이혼의 효력이 발생합니다. 법원에서는 단지 이혼 의사를 확인해 줄 뿐입니다. 호적관서는 본적지 또는 주소지의 시(구), 읍, 면사무소를 말합니다. 3개월이란 유예기간을 준 이유는 이혼의 중요성 때문입니다. 오늘 당장 하시는 것보다는 시간적 여유를 두고 이혼신고를 해주셨으면 감사하겠습니다."

나는 확인서 등본을 내주려다 멈칫했다. 마지막으로 이들 부부에게 무언가를 말해주어야 할 것 같다. 어차피 되돌릴 수 없는 혼인관계라면 그게 나을지도 몰랐다. 부모가 이혼할 때 아이들은 심리적 공황상태에 빠지기 쉽다. 충격을 최소화해야 했다. 물론 아이들은 겉으로 '저는 괜찮아요'라고 말할 수도 있다. 그러나 속마음은 그게 아닐 것이다.

"여러분, 비록 이혼을 한다 해도 여러분은 여전히 아이들의 아빠이고 엄마입니다. 지속적인 관심과 배려가 필요합니다. 그래서 드리는 말씀인데, 여러분은 아이에게 너무 죄책감을 갖지 마십시오. 그래야만 아이와 부모 사이에 벽이 쌓이지 않습니다."

모두들 표정이 어둡다. 어떤 여자는 손수건으로 눈물을 닦아냈다. 어떤 남자는 고개를 푹 숙였다.

"여러분이 이혼했다는 사실을 아이들에게 숨기지 마십시오. 있는 그대로 아이에게 말하십시오. 그것이 아이들을 설득하는 데는 오히려 좋습니다. 어쨌든 이혼은 현실입니다. 그렇다고 부모와 자식이라는 혈연관계까지 끊게 해서는 안 됩니다. 아이를 키우고 있는 아빠는 아이에게 엄마를 볼 수 있도록 해야 합니다. 엄마와 아이의 관계가 좋게 유지될 수 있도록 노력해야 합니다."

이것으로 내가 할 얘기는 끝났다. 나는 한 사람씩 이혼부부를 불렀다. 그들에게 확인서 등본을 내주었다. 그들은 침통한 표정으로 확인서 등본을 받았다. 이제 텅 빈 법정에 나 혼자만 남았다. 나는 의자에 털썩 주저앉았다. 두 다리를 쭉 뻗고 머리를 뒤로 한껏 넘겼다. 피곤함이 한꺼번에 밀려왔다.

나는 눈을 감았다. 이혼한 부부들의 얼굴이 떠올랐다. 젖먹이를 안고 온 부부도 있었다. 댓 살배기 아이를 데리고 온 부부도 있었다. 아, 왜들 그렇게 헤어지는지 모르겠다.

나는 한참 동안 그렇게 눈을 감고 있었다.

(2005. 12. 20.)

얼마나 힘들게 한 결혼인데

여자는 진작부터 눈물을 찍어내고 있었다. 이제는 달리 방법이 없다며 눈물을 쏟아내기까지 했다. 여자가 말했다.

"판사님, 이제 저도 지쳤습니다. 경제적으로는 그렇다 치더라도 정신적으로 너무 힘이 듭니다. 저 사람이 아무것도 아닌 문제로 저를 괴롭힙니다. 저는 어떻게든 살아보려 했습니다. 그 힘들다던 IMF 사태도 이겨낸 우리 가족입니다."

여자는 1985년에 결혼했다. 나는 그들 부부의 나이를 보고 무척 놀랐다. 남자는 1963년 생, 여자는 1966년이다. 굉장히 일찍 결혼을 했다. 여자의 하소연은 계속되었다.

"저는 어떻게든 살아보려고 발버둥 쳤지요. 그런데 저 양반은 아니에요. 모든 걸 제 탓으로 돌리는 거예요. 그래요. 저한테는 아무렇게나 해도 괜찮아요. 아이들에게는 그렇게 하지 말아야지요. 아이들이 무슨 죄가 있어요. 우리 작은아이가 며칠 전에 집을 나가면서 제게 뭐라고 한 지 아세요. 엄마, 아빠가 이혼하면 자기는 아무도 따라가지 않는다는 거예요. 그 불쌍한 것이 어디에서 방황하고 있는지……."

여자는 다시 눈물을 훔쳤다. 남자는 고개만 숙이고 있다. 판사가 말했다.

"가까운 사이일수록 말에 대한 상처가 깊은 거예요. 특히 여성이나 아이들은 더 그런 것 같아요. 저도 여자지만, 여자란 그래요. 남편의 말 한마디에 상처를 받기도 하고 감동을 받기도 해요. 남편께서도 알아야 해요. 아무리 힘들어도 할 말과 해서는 안 될 말이 있어요. 아내에 대해 고마움을 한 번만 느껴보세요. 부인도 마찬가지예요. 남편에 대해 좋은 점 한 가지만 생각해 보세요."

갑자기 분위기가 숙연해졌다. 판사가 남자에게 물었다.

"부인에게 사과할 마음은 없으세요?"

"판사님, 왜 모든 걸 남자 탓으로만 돌리세요. 저도 참을 만큼 참았어요. 저는 지금 무척 지쳐 있어요. 공장 부도나고 지옥 같은 생활을 하고 있어요. 아내에 의탁해 사는 제가 얼마나 비참한지 아세요. 저도 자존심이 있다고요."

판사가 그들 부부에게 말했다.

"우리들은 너무 서로의 성격만 탓하는 것 같아요. 저는 그래요. 성격은 변하는 게 아니라고 봐요. 있는 그대로 받아들여야 한다고 봐요. 상대방이 변하도록 바라기보다는 내가 먼저 이해하도록 노력해야한다는 거지요. 이건 어디까지나 제 생각이에요."

여자가 말했다.

"저라고 왜 남편을 이해하지 못하겠어요. 공장 부도나고 마음고생하는 것 저도 다 알아요. 남편이 저를 얼마나 아꼈는지 제가 왜 모르겠어요. 시댁의 반대 때문에 우리 부부는 아이 둘을 낳고서야 결혼할 수 있었어요. 판사님, 집 나간 아이가 보고 싶고요."

여자는 손으로 눈물을 훔쳤다. 굵은 손가락 마디 사이로 눈물이 흘러내렸다. 판사가 그들 부부에게 말했다.

"부부는 서로를 격려해줘야 해요. 얼마나 힘들게 한 결혼이에요. 이렇게 헤어질 순 없잖아요. 아이들도 있잖아요. 자, 두 분 서로에게 하고 싶은 말 있으면 해보세요. 괜찮아요, 어머니부터 말해보세요."

"우리 아들 참 착해요. 저 양반도 경제적으로 너무 힘들었던가 봐요."

판사가 남자를 바라보았다. 남자가 말했다.

"집사람 말대로 제가 너무 가족에게 소홀했던 것 같습니다. 너무 힘들다 보니까 저도 모르게 욕이 튀어나오고 그랬던 것 같습니다. 저라고 어찌 가족이 소중하지 않겠습니까. 가족에게 미안할 뿐입니다."

판사가 잠시 생각에 잠겼다가 입을 열었다.

"두 분께서는 이혼할 의사가 없음을 확인하겠습니다. 두 분, 돌아가세요."

그들 부부가 막 법정 문을 나서려 할 때였다. 판사가 그들 부부를 불렀다. 영문을 몰라 머뭇거리고 있는 그들 부부에게 판사가 말했다.

"두 분, 꼭 식사하시고 가세요. 아프면 안 돼요. 두 분 건강하게 사셔야 해요."

(2005. 12. 23.)

크리스마스이브에 이혼을?

오늘은 크리스마스이브이다. 직원들이 크리스마스 선물 얘기를 했다. 아이들에게 무엇을 사주면 좋겠냐고 서로 의견을 나누었다. 아내도 지금쯤 백화점에서 아이들 선물을 고르고 있을 것이다.

그때 한 부부가 '협의이혼신청서'를 내밀었다. 젊은 부부이다. 나는 신청서를 검토했다. 아이가 둘이다. 그런데 '친권자 지정란'이 빠져 있다.

"아이의 친권은 누가 행사할 겁니까?"

"제가요."

남자가 말했다. 그러자 여자가 발끈했다.

"얘기가 다르잖아요. 제가 맡기로 했잖아요."

"언제?"

"아침에 그렇게 합의를 했잖아요."

"당신, 아이 키울 능력 되나? 직업도 없잖아."

"그럼 우리 이렇게 해요. 큰아이는 당신이 맡고, 작은아이는 제가 맡기로 해요."

"좋다. 그렇게 하자."

남자가 고개를 끄덕였다. 그런데 내 마음이 편치를 않았다. 더욱이 오늘은 '크리스마스이브'이다. 다른 집 아이들은 지금쯤 부모님 손을 잡고 백화점에서 선물을 고르고 있을지도 몰랐다.

"두 분께서는 이혼할 만한 특별한 이유라도 있으세요?"

"말하자면 길어요. 그냥 해주세요."

"아이들이 아직 어린데, 다시 생각해보세요."

"벌써 세 번째 법원에 오는 거예요. 오늘은 꼭 해야겠어요."

여자가 흥분된 목소리로 말했다. 마지막으로 나는 그들 부부에게 신분증을 요구했다.

"자, 이제 서류검토는 끝났습니다. 협의이혼은 3시 30분에 있습니다. 그때까지 316호 법정으로 오시기 바랍니다. 지금이 몇 시지요? 오전 11시 30분이네요. 아직 시간이 많이 남아 있습니다. 주소를 보니 근처에 사시는가 보네요. 두 분, 아이들 데리고 가까운 백화점에라도 다녀오시지 그래요. 이혼은 어른들 문제잖아요. 아이들 마음도 생각해야지요. 오늘은 아이들이 좋아하는 '크리스마스이브' 날이잖아요."

그들 부부가 사무실을 나섰다. 나는 창 쪽으로 고개를 돌렸다. 그들 부부가 법원을 벗어나고 있다. 뒷모습이 여간 쓸쓸한 게 아니다. 밖에는 비가 내리고 있었다. 오늘 같은 크리스마스이브에는 눈이 와야 제격일 거다. 그러나 그럴 가능성은 없어 보였다. 이곳 창원은 겨울에도 눈 오는 날이 많지 않았다.

나는 조용히 두 손을 모았다. 그들 부부가 아이들을 데리고 백화점 같은 곳에라도 갔으면 하는 마음 간절했다. 그래서 서로의 벌어진 틈새를 조금이라도 좁혔으면 했다. 물론 이게 내 마음 전부는 아닐 것이다. 그들 부부가 '이혼법정'에 나타나지 않았으면 하는 게 내 진짜 속마음이었다.

딩동댕, 딩동댕.

그때 휴대전화가 울렸다. 아내였다.

"저 지금 백화점에 와 있어요. 아이들 크리스마스 선물 사려고요. 무얼 사주면 아이들이 좋아할까 해서요?"

"아이들에게 한번 물어보지 그래?"

"그게 좋겠지요."

아내가 전화를 끊었다. 멀리서 크리스마스 캐럴이 들렸다. 다시 한 쌍의 부부가 이혼서류를 내밀었다. 나는 습관처럼 이혼서류를 조사하기 시작했다. 내가 하는 일이라는 게 매양 이와 같았다.

(2005. 12. 25.)

"판사님, 어떡하면 좋아요?"

사내는 왜소한 체격을 가졌다. 안경을 낀 얼굴이 핼쑥했다. 작업복 차림으로 보아 생산직 노동자 같았다. 오른 손에는 붕대를 감았다. 내 마음이 영 편치를 않았다.

"이혼 사유에 경제적 문제라고 적혀있는데, 맞으세요?"

판사가 사내에게 물었다. 사내가 "예." 하고 작은 소리로 말했다. 얼굴이 여간 침울한 게 아니다. 나는 사내의 붕대 감은 손을 힐끔 쳐다보았다. '왜 다쳤을까?' 궁금증이 더해갔다.

나는 판사에게 한 가닥 희망을 걸어보았다. 혹시 판사는 물을지도 몰랐다. 왜 다쳤는지를. 그러나 나의 예상은 보기 좋게 빗나갔다. 판사는 더 이상 묻지 않았다. 이제 판사의 시선이 여자를 향했다.

"경제적 문제 때문에 이혼을 한다고 했는데, 구체적으로 말해줄 수 있겠어요?"

여자는 입술을 부르르 떨었다. 양 볼이 홀쭉하게 패였다. 여자는 계속해서 손가락을 만지작거렸다. 손가락이 뭉툭했다. 반지 같은 건 끼지 않았다. 침묵이 흘렀다. 나는 이때가 제일 괴롭다.

어떤 식으로든 침묵이 깨져야 했다. 나는 그런 심정으로 여자를 바라보았다. 여자가 손등으로 눈을 비볐다. 나는 그것이 눈물일지 모른다고 생각했다. 오랜 침묵은 눈물을 동반하는 습성을 가졌기 때문이었다.

"말해 보거라."

남자가 여자에게 말했다. 목소리가 심하게 떨렸다. 여자가 입술을 지그시 깨물었다. 들릴 듯 말 듯 한 소리로 말했다.

"판사님, 어떡하면 좋아요?"

여자가 판사를 바라보았다. 반쯤 울음이 섞여 있었다. 판사의 표정이 금세 변했다.

"무슨 일이라도 있으세요?"

"남편이 보증을 잘못 섰어요."

"얼만데요."

"1억 원입니다. 집도 이미 경매 처분되었어요. 남편 월급도 압류가 되었고요. 판사님, 어떡하면 좋아요?"

판사가 난감한 표정을 지었다. 고심하는 기색이 역력했다.

"사정이 참 딱하군요. 그렇다고 꼭 이혼을 해야겠어요? 같이 살면서 조금씩 갚아 나가면 안 되나요?"

"이미 그럴 단계는 지난 것 같아요."

"이혼하면 무슨 방법이라도 있나요?"

"안 하는 것보다는 그래도 나을 것 같아요."

"할 수 없군요. 그럼 아이들 친권은 누가 행사하시겠어요?"

"제가요."

판사가 남자에게 물었다.

"부인께서 아이들 친권을 행사한다는데, 남편께서도 동의하세요?"

남자가 고개를 끄덕였다. 감정이 복받치는지 어깨를 들썩거렸다. 안경을 들어 올리고는 눈물을 닦아냈다. 여자는 진작부터 입술만 떨고 있었다. 나는 책상을 부여잡았다. 두 손에 힘을 주었다. 이때만큼은 정신을 다른 데로 쏟아야 했다. 내가 할 수 있는 일이란 게 그 방법밖에 없었다. 막 나오려는 눈물을 그런 식으로라도 막아내야 했다. 이게 뭐야. 남의 이혼에 나까지 눈물을 흘려야 하나.

"울지 마라."

남자가 여자를 다독거렸다. 그럴수록 여자의 어깨는 더 심하게 출렁였다. 나는 남자를 바라보았다. 안경 너머로 눈이 붉게 달아올랐다. 나는 판사를 힐끔 훔쳐보았다. 판사의 표정이 어두웠다. 시간이 흐르고 판사가 어렵게 말을 꺼냈다.

"두 분의 이혼의사를 확인해드리겠습니다. 제 생각은 그래요. 형편이 나아지면 그때 두 분 다시 만났으면 좋겠습니다. 어머니께서는 아이들 잘 키우세요."

그들 부부가 자리에서 일어났다. 남자가 여자를 가볍게 안았다. 다시 여자의 등을 쓸어 내렸다. 하얀 붕대를 감은 손이다. 왜 하필 하얀 붕대야. 혹 공장에서 일하다가 손가락이라도 다친 건 아닐까. 내 시선은 줄곧 하얀 붕대에 쏠려있었다. 그들 부부가 법정을 나가고 나는 다른 부부를 불러들였다.

이들 부부는 또 어떤 사연을 가지고 있을까. 나는 그들 부부가 하
는 말에 귀를 쫑긋 세웠다. 오늘도 많은 부부가 이혼을 했다. 그 현장
에 어김없이 내가 있었다. 이 또한 내게 주어진 운명이란 걸까?

(2005. 12. 28.)

"엄마 아빠, 제발 이혼하지 마세요"

내 자리 바로 앞에는 높이가 낮은 민원대가 있다. 앉은뱅이책상쯤
으로 생각하면 큰 무리는 없겠다. 이 민원대는 협의이혼 전용으로 만
들어졌다. 하루에도 수십 명이 이곳에서 협의이혼신청서를 작성했다.

올해도 우리 법원에서는 약 3천여 쌍이 이혼을 했다. 전국 법원을
합치면 그 숫자는 엄청날 것이다. 이혼의 주된 이유는 성격 차이와 경
제적인 문제였다. 배우자 부정도 적지 않게 눈에 띄었다.

오늘도 이혼하는 부부가 많았다. 나는 민원대를 바라보았다. 30대
초반쯤 되어 보이는 여자가 신청서를 작성하고 있었다. 여자는 신청서
를 잘못 적었는지 쫙쫙 찢었다. 내게 다시 신청서를 달라고 했다. 여
자 옆에는 남자아이가 있었다. 눈이 여간 초롱초롱한 게 아니었다.

문득 그때 그 아이가 떠올랐다. 지난 8월이었다. 나는 진작부터 현
관 복도에 있는 '민원용 의자'를 주시했다. 부모인 듯한 남녀가 의자
에 앉아있고, 바로 그 아래에 여자아이가 무릎을 꿇고 있었다. 열 살
쯤 되어 보였다. 얼굴이 눈물로 뒤범벅되어 있었다.

지나가는 사람들이 힐끔힐끔 쳐다보았다. 나는 자리에서 일어났다.
화장실을 가는 척하면서 그들을 훔쳐보았다. 귀도 쫑긋 세웠다.

"엄마, 이혼하지 마세요. 아빠, 제발 부탁이에요."

어, 그러고 보니 아이가 한 명 더 있었다. 댓 살쯤 되어 보이는 남자아이였다. 녀석은 아직 어려서 그런지 부모의 이혼 사실을 모르는 듯했다. 제 엄마 품을 한시도 떠나지 않았다.

여자가 슬그머니 자리에서 일어났다. 매점 쪽으로 걸어갔다. 남자아이가 따라갔다. 여자아이는 제 아빠의 무릎에 머리를 묻더니 울기 시작했다.

"아빠, 제발 이혼하지 마세요. 제가 이렇게 빌게요."

아이는 아빠를 향해 두 손으로 빌기 시작했다. 나는 제 자리로 돌아왔다. 마음이 여간 아픈 게 아니었다. 어떤 여직원은 눈물을 글썽이기도 했다. 여자가 매점에서 돌아왔다. 손에는 아이스크림이 들려있었다. 여자아이에게 그것을 주지만 받질 않았다. 그때였다. 갑자기 여자아이가 내게로 뛰어왔다.

"아저씨, 우리 엄마 아빠 이혼 못하게 말려주세요."

아이의 눈물 때문인지 갑자기 내 가슴이 끓어올랐다. 눈물이 핑 돌기까지 했다. 나는 슬그머니 자리에서 일어났다. 그들 부부에게로 다가갔다. 남자아이는 연신 아이스크림만 빨아대고 있었다.

"무슨 사연 때문에 이혼하시는지 모르겠지만 보기에 좀 그렇습니다. 웬만하면 참고 사시지요. 어린 애들이 둘씩이나 있잖아요. 애들이 참 잘생겼고 똑똑해 보입니다. 이제 곧 점심시간입니다. 애들에게 맛있는 것 좀 사 주시지요. 어쩌면 오늘이 애들과는 마지막 점심이 될지도 모르잖아요. 이혼은 오후 3시 30분에 있습니다. 시간은 충분합니다."

내 목소리가 가늘게 떨렸다. 나도 그것을 느낄 수가 있었다. 그들 부부가 자리에서 일어났다. 남자가 여자아이의 손을 잡았다. 여자는 남자아이의 손을 잡았다. 그들 가족이 법원 정문을 나섰다.

나는 그날 얼마나 초조했는지 몰랐다. '그 부부가 다시 오면 어떻게 말려야 하나' 하고 말이다. 다행히 그 부부는 오지 않았다. 그 후에도 그 부부는 오지 않았다.

나는 여느 때처럼 316호 법정을 향했다. 오늘따라 발걸음이 무겁다. 나는 힘들게 법정에 들어섰다. 오늘도 많은 사람들이 판사 앞에서 눈물을 흘릴 것이다. 매일 보는 눈물이지만 내게는 언제나 슬픈 눈물이었다.

(2005. 12. 31.)

남성의 폭력이 없는 세상을 바랍니다

나는 오늘 과거로 돌아갔다. 새해 근무 첫날부터 무슨 과거냐고 물을 수도 있을 것이다. 그러나 그럴 만한 이유가 있다. 바로 '남성의 폭력' 때문이다. 그리고 하나 더 있다. '매 맞는 여자'가 바로 그것이다.

2002년 7월이었다. 나는 그때 시골 지원에서 협의이혼을 담당하고 있었다. 아무래도 그날은 일진이 좋지 않았나 보다. 그날 어디서 본듯한 부부가 이혼을 하러 왔기 때문이었다. 그들 부부도 나를 알고 있는 듯했다. 남자는 슬며시 고개를 돌렸다. 여자는 손으로 얼굴을 가렸다. 나도 슬그머니 눈길을 돌렸다.

나는 하던 일을 계속했다. 그런데 이게 웬일인가. 갑자기 남자가 소리를 질렀다.

"야, 너는 여기까지 와서 나를 망신시켜야겠냐? 자, 우리 빨리 끝내자."

남자가 여자에게 협의이혼신청서를 들이밀었다. 여자는 한사코 신청서를 받으려 하지 않았다. 금세 사무실 분위기가 험악해졌다. 남자는 산처럼 큰 체구를 가졌다. 어딘지 불량기가 있어 보였다. 반면 여자는 몸이 자그만 했다. 여자가 일방적으로 몰렸다.

"왜 안 하려고 하니? 네가 먼저 하자고 했잖아."

나는 솔직히 그 여자가 무슨 말을 할지보다는 최악의 사태를 염려하고 있었다. 남자가 폭력을 행사하면 어떻게 하나 하는 것이었다.

부부 싸움에는 끼어들지 말라는 말도 있다. 그만큼 중재가 어렵다는 말일 것이다. 아, 그런데 이게 웬일인가. 그토록 염려했던 사태가 눈앞에서 벌어졌다. 남자의 손이 여자의 얼굴을 올려 부쳤다. 직원들이 남자를 제지했다.

남자는 직원의 손을 뿌리쳤다. 계속해서 여자를 때릴 기세였다. 여자는 자꾸만 몸을 움츠렸다. 이제 여자의 몸은 아이의 몸 만큼이나 쪼그라들어 있었다. 직원들이 남자의 팔을 양쪽에서 휘어잡았다. 남자를 사무실 밖으로 끌고 나갔다. 어느 순간 남자가 다시 사무실로 뛰어 들어왔다.

"우리 집에 가자. 가서 다시 얘기해보자."

남자가 여자를 끌어당겼다. 여자는 끌려가지 않기 위해 버텼다. 화를 참을 수 없다는 듯 남자가 때리는 시늉을 해 보였다. 그때마다 여자는 '욱, 욱' 하는 신음소리만 냈다. 나는 더 이상 참을 수가 없었다. 나는 남자에게 소리를 질렀다.

"당신, 왜 그렇게 사람을 때리는 거요."

여자에게도 소리를 질렀다.

"왜 바보같이 그렇게 맞고만 있어요. 도대체 무엇을 그리 잘못했소.

경찰에 신고라도 해요."

내 기세가 얼마나 등등했던지 남자가 슬금슬금 뒷걸음질 쳤다. 그러더니 쏜살같이 사무실을 빠져나갔다. 나는 창 너머로 주차장 쪽을 바라보았다. 남자가 자신의 차 안에서 담배를 피워 물고 있었다. 여자가 비틀거리며 내게로 걸어왔다. 나는 여자를 의자에 앉혔다.

나는 힐끔 옆 눈으로 여자를 훔쳐보았다. 성한 곳이 없었다. 얼굴에는 피멍이 들었다. 팔뚝에는 얼마나 많이 맞았는지 파란 잉크 물이 배었다. 나는 아무 말도 하지 않았다. 어쩌면 내 말이 여자에게 더 큰 상처를 줄지도 몰랐다. 나는 유리잔에 물을 따랐다. 손이 가볍게 떨렸다. 나는 여자에게 물 잔을 건넸다.

여자가 자리에서 일어났다. 말없이 사무실을 벗어났다. 남자는 뻑뻑 담배만 피워대고 있었다. 여자가 남자의 차에 탔다. 그들이 탄 차가 법원 정문을 빠져나갔다. 나는 두 손을 모았다. '매 맞는 여자'가 없는 세상이 오기를 조용히 기도했다.

(2005. 1. 3.)

"판사님, 그냥 이혼시켜주세요?"

새해 벽두부터 왜 이리 이혼이 많은지 모르겠다. 내가 일하고 있는 창원지방법원에서도 어제 하루에만 열네 쌍이 이혼을 했다. 열네 쌍이면 이혼 당사자만 해도 28명이다. 한 가족에 아이가 두 명이 있다고 가정한다면 총 56명이다. 결국 어제 하루 사이에 56명이 이산가족이 되었던 것이다.

나는 사건 번호 순서대로 이혼부부를 불렀다. 한 부부가 법정에 들어섰다. 그런데 여자가 고집을 피웠다. 같이 앉을 수 없다는 거였다. 내가 부부에게 말했다.

"아주머니, 어쩌면 오늘이 마지막이 될지도 모릅니다. 오늘 하루만이라도 좋게 지내세요."

"그렇게는 못합니다. 보기만 해도 역겹습니다."

"아주머니, 그럼 오늘 이혼 못합니다. 빨리 남편 옆자리에 앉으세요."

그제야 마지못해 여자가 남자 옆에 앉았다. 판사가 이들 부부에게 물었다.

"두 분께서는 20년 넘게 사셨습니다. 새삼 이제 와서 이혼해야 하는 특별한 이유라도 있습니까?"

"부끄럽습니다. 그래도 어쩌겠습니까. 도저히 성격이 맞지를 않는데요."

"성격이 딱 들어맞는 사람이 세상에 어디 있겠습니까? 서로 양보하면서 살아가는 거지요."

"아닙니다. 오죽했으면 이렇게 법원에까지 왔겠습니까. 그냥 이혼시켜 주십시오."

판사는 몇 번 더 설득해 보았다. 그러나 부부는 자기주장을 굽히지 않았다. 할 수 없다는 듯 판사가 이혼을 확인시켜 줬다. 나는 다른 부부를 불렀다. 이번에는 젊은 부부였다. 남자가 갓난아기를 안았다.

순간 내 마음이 편치 않았다. 판사도 표정이 어둡기는 마찬가지였다. 나는 판사에게 기대를 걸어 보았다. 잘 설득해서 이혼 의사를 철회시킬 수 있다면 얼마나 좋을까. 판사가 이들 부부에게 물었다.

"아이가 아직 어리네요. 태어난 지 1년도 안 되었군요. 꼭 이혼을 해야겠어요?"

"가정불화가 너무 심해요."

"그래도 서로 사랑했기 때문에 결혼을 한 거 아니겠어요. 사랑으로 극복할 수 없을 만큼 그렇게 심각하세요?"

"판사님, 그냥 이혼시켜 주세요."

"제가 하기 어려운 말인지는 모르겠지만, 두 분 너무 무책임한 거 아니에요?"

"우리라고 어디 마음이 편하겠습니까. 어쩔 수 없었습니다. 서로 하루라도 빨리 헤어져 사는 게 좋다는 결론을 내렸습니다."

"그럼 어쩔 수 없군요. 아이는 남편이 맡는다고 하는데, 맞습니까?"

"예."

"남편, 부인에게는 아이에 대한 면접 교섭권이란 게 있습니다. 이혼하시더라도 부인에게 아이를 만날 수 있도록 해 주어야 합니다."

"알겠습니다."

이혼 의사를 철회한 부부는 한 쌍도 없었다. 판사가 자리에서 일어났다. 이혼 기록을 정리하며 내게 말했다.

"마음이 영 그렇습니다."

"저도 그렇습니다. 매번 마음이 아픕니다."

판사가 법정을 나갔다. 나는 다시 이혼 당사자들을 법정으로 불러들였다. 그들에게 다음 절차에 대해서 설명했다. 이제 이들 부부는 호적 관서에 가서 신고만 하면 그때부터 남이 되었다. 그들이 법정을 나갔다. 나는 복도까지 따라갔다. 그들의 뒷모습이 무척 쓸쓸했다. 그때 환청처럼 무슨 소린가가 들렸다. 직원들이 내게 말하고 있었다.

"박 계장님, 이혼 많이 시키면 천당에 못 갑니다."

나는 쓸쓸하게 웃었다. 그러면서도 콧등이 여간 시큰한 게 아니었다. 왜들 그렇게 헤어지는지 모르겠다. 나는 한동안 그렇게 서 있었다.

(2005. 1. 5.)

이번이 '마지막 이혼'이었으면

법정대기실 문을 열었다. 사람들이 법정 복도에 쭉 늘어서 있다. 그들 눈이 일제히 나를 향했다. 나는 의식적으로 눈길을 피했다. 지금 그들 모두는 감정이 격해 있다. 나는 세심한 주의를 기울였다. 그들과의 불필요한 마찰을 피해야 했다.

오늘도 이혼할 부부는 많았다. 20대에서 60대까지 다양했다. 나는 출석 여부를 확인했다. 순서대로 그들을 좌석에 앉혔다. 그들은 지금 어떤 생각을 하고 있을까. 시원함과 섭섭함과 착잡함이 교차하고 있을까. 아니면 그들만의 회한에 잠겨 있을까.

그때 아기 울음소리가 들렸다. 젊은 여자가 등에 업고 있는 아기를 다독거렸다. 아기의 아버지가 얼굴을 찡그렸다. 여자는 남자를 흘겨봤다. 금방이라도 욕설을 주고받을 것만 같았다. 나는 여자에게 잠깐 복도에 나가 있으라고 말했다.

그 아기 말고도 부모를 따라온 아이가 몇 명 더 있었다. 아이들은 모두 같은 자세를 취했다. 하나같이 아빠와 엄마의 손을 틀어쥐고 있었다. 판사가 법정에 들어섰다. 나는 법정대기실에 있는 이혼할 부부를 차례로 불렀다. 판사가 이혼할 부부에게 물었다.

"주민등록번호와 주소를 말해보세요."

"××××××-×××××××. ○○시 ○○동 ○○번지입니다."

"두 분께서는 친지나 기타 사람들에게서 이혼과 관련, 어떤 협박이나 회유를 받은 적이 없습니까?"

"없습니다."

"미성년자인 아이가 있는데, 아버지가 친권을 행사하기로 했습니까?"

"예."

"재산 문제는 협의가 되었습니까?"

"예."

"아이가 아직 어린데 다시 생각해 볼 마음이 없습니까?"

"없습니다."

그때 아이가 법정을 기웃거렸다. 아이는 금방이라도 울음을 터뜨릴 것만 같았다. 나는 아이에게 법정 밖으로 나가라고 손짓을 했다. 아이는 모습을 감추었다. 그러나 아이는 커서도 기억할 것이다. 아무리 많은 세월이 흘러도 법정에 앉아 있는 자신의 부모를 결코 잊지 못할 것이다.

"아이가 저렇게 어린데 꼭 이혼을 해야 하겠습니까?"

"예."

"친권 등 합의는 다 되셨습니까?"

"예."

"알겠습니다. 그럼 이혼 의사가 있음을 확인합니다. 그렇다고 금방 이혼이 되는 건 아닙니다. 3개월 이내에 관계기관에 신고해야만 이혼의 효력이 발생합니다."

판사는 잠시 말을 멈췄다. 무엇인가를 생각하다가 어렵게 말을 꺼냈다.

"제가 두 분께 마지막으로 부탁하겠습니다. 두 분께서는 이혼신고 서류를 관계기관에 접수하시기 전에 다시 한 번 생각해주시기 바랍니다. 3개월이란 신고기간이 어쩌면 여러분과 아이에게는 더없이 소중한 시간이 될 수도 있기 때문입니다."

법원에서의 협의이혼 절차는 이것으로 끝났다. 마음이 여간 허전한 게 아니다. 나는 지난 1년 동안 3천 쌍 정도를 이혼시켰다. 하루도 마음이 편한 적이 없었다. 나는 이제 협의이혼을 담당하지 않는다. 다른 부서로 발령을 받았기 때문이다. 오늘이 나로서는 마지막 이혼이 되는 셈이다.

법정 대기실 문을 닫았다. 바로 그때 법정 대기실 너머 복도 쪽에서 "우웅, 우웅" 하는 소리가 들렸다. 나는 귀를 쫑긋 세웠다. 울음소리 같기도 하고 바람 소리 같기도 했다. 끊어졌다 이어졌다 하는 게 나를 몹시도 우울하게 했다. '마지막 이혼' 사건은 그렇게 끝났다.

(2005. 1. 7.)

베갯머리부터 이불 속까지 까발리다니

　나는 출근하자마자 탁상용 달력부터 확인한다. 오전, 오후에 각 한 건씩 면접조사가 예정되어 있다. 나는 캐비닛을 열고 해당 기록을 꺼낸다. 오전 사건은 사실혼파기로 인한 손해배상사건이다. 원고와 피고 간에 감정이 상할 대로 상해 있다. 파탄의 책임이 상대방에게 있다면서 쌍방이 각자 위자료를 청구하고 있다. 어떻게 하면 그들의 응어리진 감정을 풀어줄 수 있을까? 나는 잠시 생각에 잠긴다.

　가사조사관 일이라는 게 그렇다. 생각처럼 만만치 않다. 법원까지 이혼하러 오는 사람들은 말 그대로 갈 데까지 간 사람들이다. 그런 사람들을 상대한다는 게 여간 힘든 일이 아니다. 그들은 면접조사 내내 서로를 소 닭 보듯 한다. 어떤 사람은 보기만 해도 구역질이 난다며 고개를 휙 돌린다. 그래도 이런 사람들은 그나마 나은 편이다. 아예 함께 앉아 있기조차 싫다며 따로 면접조사를 받겠다고 우기는 사람도 있다.

　이혼 원인으로는 경제적인 무능이 가장 많다. 다음으로 배우자에 대한 폭행, 폭언, 멸시 등이다. 불륜은 생각보다 그렇게 많지 않다. 20대와 60대 이상은 다른 세대에 비해 상대적으로 적다. 30대, 40대,

50대가 주류를 이룬다. 면접조사에 임하는 태도도 세대별로 차이가 난다.

20대와 30대는 자존심이 강해서 조사관 말을 잘 들으려 하지 않는다. 고집도 이만저만 센 게 아니다. 남편을 몰아붙이는 여성의 기세는 등등하기만 하다.

"오빠야, 우리 깨끗이 헤어지자. 제발 구질구질하게 매달리지 마라."

"한 번만 다시 생각해봐라."

"오빠야, 그런 눈으로 바라보지 마라. 그렇게 비굴하게 구는 모습 정말 싫다."

"제발 한 번만 만나줘라."

"만나서 뭐할 건데? 조사관님, 저는 이혼이 안 돼도 혼자 살겠어요. 저 남자하고 살기보다는 차라리 자살을 택하겠어요."

이쯤 되면 정말 살벌하기까지 하다. 나는 그들 부부를 진정시키는 데 진땀을 뺀다. 무슨 일이 있어도 극단적인 행동만은 하지 말아달라고 부탁 아닌 부탁을 해야 할 정도다.

40대나 50대는 20대나 30대보다는 조사하기가 한결 수월하다. 제법 말도 통한다. 이혼을 당할 위기에 처한 남편은 부인의 감정적인 면에 호소한다.

"희주 엄마, 내가 잘못했다. 오늘부터 새로운 모습을 보여주겠다. 애들이 밤낮으로 당신을 찾는다. 어머니도 당신이 돌아오기만을 학수

고대하고 있다. 앞으로 잘 할게."

"이제 정신이 드나 보네. 당신 어머니가 나를 얼마나 구박했는지 이제 알겠나? 아직 반성하려면 멀었다. 진정성이 보이질 않는다. 두 번 안 속는다."

말은 그렇게 하지만 화난 표정이 조금은 수그러든다. 나는 잘만 하면 이혼을 막을 수 있지 않을까 하는 기대도 가져본다. 하지만 생각과는 달리 여자와 남자의 줄다리기는 지루하게 계속된다. 나는 그들의 재결합을 유도해내기 위해 있는 말 없는 말 다 끄집어낸다. 그들의 호감을 사기 위한 나의 노력은 눈물겹기만 하다. 그때 문득 그런 생각이 든다. 아내한테 이렇게 좋은 말들을 해주었으면 얼마나 감격을 했을까 하고 말이다.

50대 이상의 부부도 녹록치 않다. 특이한 사실이 하나 있다면 다른 세대에 비해 남편이 이혼을 당하는 경우가 많다는 것이다. 그런데도 자신이 현재 어떤 위치에 처해 있는지를 인식하지 못하고 있다. 여전히 거드름을 피우기가 일쑤다. 이런 남편을 향해 아내는 눈꼬리를 치켜 올리면서 30년 넘게 당하고만 살았다며 이를 빠득빠득 간다. 사정이 이러한데도 남편은 훈계하듯 아내를 나무란다.

"늘그막에 무슨 추태고? 집안 망신이다. 이쯤 했으면 됐다. 집에 가자."

쯧쯧. 나는 속으로 혀를 끌끌 찬다. 저렇게 아둔한 사람이 또 있나. 무릎을 꿇고 빌어도 틀어진 마음을 돌려세우기가 힘들 텐데 훈계를 하고 있다니……. 나는 슬쩍 남편에게 충고를 한다.

"남편 분, 부인은 옛날의 부인이 아니에요. 정신 똑바로 차리셔야
합니다."

면접조사를 시작하면 두세 시간 걸린다. 베갯머리부터 이불 속까지
속속 까발리는데, 이런 말들을 다 들어주어야 하나 하는 생각이 들 때
가 한두 번이 아니다. 그럴 때마다 스스로를 채찍질한다. 한 가정을
살릴 수만 있다면 이보다 더한 말도 참아내겠다고.

(2010. 2. 20.)

도로의 시한폭탄 음주운전

형사재판을 하다보면 별의별 피고인들을 다 만나게 된다. 선고기일에 불구속상태에서 재판을 받는 피고인이 벌금형이나 집행유예를 받을 것으로 예상하고 출석했으나 실형이 떨어지면 잠시 멍한 표정을 짓다가 고개를 푹 숙인다. 이런 경우 판사는 법정구속을 위해 피고인 신문을 한다. 대부분의 피고인은 신문에 순순히 응하지만 가끔가다 그렇지 않은 피고인들도 있다. 어떤 사기사건의 피고인은 읍소를 한다.

"피해자들과 합의가 다 되어가고 있습니다. 마지막으로 한 번만 기회를 주십시오."

어떤 음주운전 피고인은 선고가 내려지는 순간 얼굴이 사색이 된다. 판사가 당황할 정도로 굵은 눈물을 뚝뚝 흘리며 법정 바닥에 털썩 무릎을 꿇는다. 보기에도 안타깝다.

"제가 구속되면 당장 생계가 막막합니다. 병석에 누워있는 노모와 아이들도 밥을 굶어야 합니다. 아내하고는 이혼을 했습니다. 제발 한 번만 선처를 해주십시오."

사정이 아무리 딱하다고 해서 한번 내린 판결을 번복할 수는 없다. 판사는 피고인에게 법정구속의 불가피성을 강조한다.

"이번이 도대체 몇 번입니까? 일곱 번 음주운전을 했습니다. 부양해야 할 가족이 있으면 가장이 더욱 조심을 해야지요. 4개월 동안 교도소에서 반성하세요. 교도관, 데리고 가세요."

교도관의 손에 이끌려가면서도 그는 미련을 버리지 못하고 판사를 자꾸만 돌아본다. 판사라고 어찌 마음이 아프지 않겠는가. 단지 그것을 숨기고 있을 뿐이다.

끌려가는 피고인을 보며 그런 생각을 해본다. 4개월 동안 교도소에 갇혀 지내는 게 당장은 고통스러울지 모르겠지만 자신의 잘못을 반성하는 계기로 삼는다면 앞으로 살아가는데 많은 도움이 될 거라고 말이다.

나는 재판을 하면서 의외로 많은 사람이 음주운전, 무면허운전을 하고 있다는 사실을 알게 되었다. 그리고 또 하나 놀라운 사실은 피고인 중에 초범이 매우 드물다는 것이다. 상당수 피고인들이 음주운전 전력이 5회가 넘었다.

어떤 피고인은 지난 5월에 음주운전으로 집행유예를 받았는데, 4개월도 못되어 다시 같은 범죄로 재판을 받으러 왔다. 판사가 피고인을 꾸짖었다.

"피고인, 음주운전으로 집행유예 기간 중인데도 또 음주운전을 했어요. 정말 정신 못 차릴 거예요."

"이번 한 번만 선처를 해주십시오. 다시는 이런 일이 없도록 하겠습니다."

"저번 재판받을 때도 오늘처럼 말했잖아요."

"앞으로 절대 운전하지 않겠습니다. 차도 팔았습니다. 지금은 자전거를 타고 다닙니다."

어떤 피고인은 음주운전 등으로 무려 19회나 처벌을 받았다. 판사가 기록을 보다 말고 피고인을 뚫어져라 쳐다본다. 화난 얼굴이라기보다는 차라리 연민에 가깝다.

"피고인, 월급이 얼마입니까?"

"2백만 원 조금 넘습니다."

"그럼 월급 탄 거 전부 벌금으로 들어갔겠네요. 정말 정신 못 차릴 겁니까?"

여자들도 의외로 음주운전을 많이 한다. 어떤 피고인은 남편과 싸우고 홧김에 소주 한 병을 마시고 운전을 해서 재판을 받으러 왔다. 어떤 피고인은 장사를 하는데 물건을 분실해서 급히 찾으러 가는 중에 무면허운전을 했다며 선처를 호소했다.

"이혼하고 초등학생인 딸과 어렵게 생활하고 있습니다. 이번 한 번만 선처를 해주십시오."

"피고인, 딸을 생각해서라도 무면허운전을 하지 말았어야지요. 도대체 무면허운전으로 벌금을 낸 게 지금까지 몇 번째입니까? 그 돈으로 딸에게 맛있는 걸 사주었어 봐요. 아이가 얼마나 좋아했겠어요."

내가 재판을 하면서 느끼는 것은 피고인들 대부분이 말을 참 잘한다는 것이다. 물론 말만 잘하는 건 아니다. 반성문도 잘 쓴다. 그런데 알고 보니 반성문만 전문적으로 작성해주는 곳도 있단다. 그래서일까, 반성문 내용이 다들 비슷했다. 노모를 부양하고 있다던가, 아내와 아이가 아프다던가, 이혼을 했다던가, 집행유예 이상의 형을 받으면 회사에서 해고가 된다던가 등등…….

그런 내용을 보고 있노라면 나는 다행이라는 생각이 들기도 한다. 음주운전 또는 무면허운전으로 법원까지 올 일이 없기 때문이다. 아직도 나는 운전면허증이 없다. 물론 운전대를 잡아본 적도 없다. 아직은 운전면허증을 딸 계획도 없다. 대중교통을 이용하면 되고, 급하면 택시를 타거나 아내가 운전을 하고 있으니 도움을 받으면 된다.

법원에서는 음주운전 또는 무면허운전 등을 엄하게 처벌하고 있다. 언론에서도 그렇게 보도하고 있다. 그런데도 음주운전 등이 끊이지 않는다. 내가 알기로 어떤 나라에서는 남편이 음주운전을 하다가 적발되면 아내까지 처벌한다고 한다. 어떤 나라는 태형을 가한다고도 한다. 심지어 엘살바도르에서는 총살형에 처한다고까지 한다.

음주운전 또는 무면허운전, 절대 해서는 안 된다. 자칫 모든 걸 잃을 수도 있기 때문이다.

(2009. 10. 12.)

피고인의 눈물

나는 형사과에 근무하고 있다. 재판은 1주일에 두 번 한다. 가끔 현장검증도 나가고 특별기일도 잡는다. 그러다 보니 1주일이 어떻게 지나가는지 모를 때가 많다. 물론 내가 속한 재판부만 그런 건 아니다. 형사재판부는 어느 부서건 다 그렇다.

형사과가 일이 많다는 것은 분명해 보인다. 형사과를 지망하는 직원들이 많지 않다는 것만 보아도 잘 알 수 있다. 그런데도 직원들이 별 탈 없이 버텨낼 수 있는 건 재판부 특유의 분위기 때문이라고 나는 생각한다.

재판을 시작할 때 서로에게 "잘해 봅시다."라고 말한다거나, 재판을 마치고 법정을 나서면서 서로에게 "고생했습니다."라고 말 한마디 하는 게 큰 힘이 되는 것이다.

나도 형사과를 지망해서 온 건 아니다. 8년 동안 형사업무를 보지 않아서 차출(?)된 것이다. 그러나 불만은 없다. 나는 사람들의 삶에 관심이 많다. 내가 보기에 피고인들의 삶은 보통사람들의 삶과는 특별한 그 무엇이 있다. 이런 이유 때문에 형사과에서 보람을 느끼고 있는지도 모르겠다.

사람이란 게 그렇다. 성실하게 재판에 임하거나 자신의 딱한 사정을 진솔하게 호소하는 피고인에게는 눈길이 한 번이라도 더 가기 마련이다. 물론 그런 모습은 다른 부수적인 효과를 불러온다. 나처럼 정에 약한 사람들은 피고인의 최후진술조서에 그런 사정을 한 줄이라도 더 적어주고 싶어 한다.

물론 형량을 정하는 것은 어디까지나 판사의 고유 권한이다. 그런데도 내 속마음은 그게 아니다. 판사가 피고인의 딱한 사정을 헤아려주면 좋겠다는 생각이 들 때가 많다.

어떤 젊은 여자 피고인이 있었다. 일을 해주겠다면서 다른 두 명과 공모해서 피해자들로부터 선불금 명목으로 돈을 받았다. 결국 일도 해주지 못하고 돈도 반환하지 못해서 사기 등 혐의로 불구속재판을 받게 되었다. 그녀는 최후진술에서 울먹거렸다. 눈물 때문에 말을 제대로 잇지 못했다. 그녀의 진술 내용은 이렇다.

"사정이 너무 어렵습니다. 아기 아빠는 진작에 도망갔습니다. 아기를 혼자 키우며 살려니까 너무 힘이 듭니다. 다시는 그렇게 하지 않겠습니다. 제가 없으면 아기는 고아원에 가야 합니다. 지금은 달세도 못내서 쫓겨났습니다."

나는 그녀의 말을 하나도 빠뜨리지 않고 조서에 기재했다. 조서의 특성 상 그녀의 한숨소리나 울음소리를 적을 수 없다는 게 아쉬울 정도였다. 목이 메어 그녀가 더 많은 말을 하지 못한 점도 안타까움으로 남았다.

또 다른 젊은 남자 피고인이 있었다. 그는 병역법위반죄로 불구속 재판을 받고 있었다. 그러나 여느 피고인과는 확연히 달랐다. 풀이 죽어 있거나 비굴하게 행동하지도 않았다. 누가 보아도 그의 행동은 침착하고 당당했으며 신념에 가득 차 있었다. 청년은 최후진술에서 이렇게 말했다.

"저는 어려서부터 성서 교육이 큰 힘이 되었습니다. 양심적 병역거부권이 인정되고 대체복무가 시행되었으면 좋겠습니다. 1심 판결에서 실형이 선고되더라도 불구속상태에서 재판을 받고 싶습니다."

지난주 금요일이었다. 오전 9시 30분부터 재판이 시작되었다. 먼저 판결 선고가 있었다. 사건번호 순서대로 피고인을 호명했다. 첫 번째 피고인에게는 집행유예를 선고했다. 두 번째, 세 번째 피고인에게는 각각 벌금형이 선고되었다.

판사가 네 번째 피고인을 호명했다. 어떤 여자가 방청석에 앉아 있다가 벌떡 일어났다. 순간 나는 놀랐다. 바로 그 사기죄로 재판을 받고 있는 젊은 여자였기 때문이다. 그녀가 피고인석으로 나와서 두 손을 모으고 고개를 푹 숙였다. 판사가 판결문을 읽어 내려가기 시작했다.

"피고인은 2008년 ○월 ○일에 ○○○, ○○○와 선불금을 사기하기로 공모하고 피해자 ○○○, ○○○, ○○○, ○○○ 등에게 합계 ○천만 원을 편취하였습니다. 이 사건 각 피해자들의 진술내용을 종합해보면 판시 범죄사실이 모두 유죄로 인정됩니다."

판사가 잠시 호흡을 가다듬었다. 나는 긴장했다. 판사는 지금까지 사기죄에서 편취금액이 일정 금액을 넘고 합의가 되지 않으면 실형을 선고함과 동시에 법정구속을 했기 때문이다. 그녀도 실형을 면치 못할까? 법정구속까지 당하나? 그럼 아기는 고아원에 가야하나? 나는 가슴을 두근거리며 판사의 다음 말을 기다렸다.

속담에 '핑계 없는 무덤이 없다.'라는 말이 있다. 그 말이 가장 많이 통용되는 곳은 법정이 아닐까 한다. 피고인들은 어떤 핑계를 대서라도 처벌을 면하거나 적게 받으려고 한다. 그러나 판사는 속지 않는다. 그런 피고인들을 수도 없이 만나기 때문이다. 그런데도 피고인들의 핑계는 계속된다.

"대리운전자가 제가 있는 곳을 찾지 못한다고 해서 그가 있다는 곳까지 잠시 운전하다가 교통경찰관에게 적발되었습니다."(음주운전)

"약속시간에 물건을 대주지 못하면 계약이 파기된다고 해서 불가피하게 운전을 했습니다."(무면허운전)

"갑자기 소변이 마려워 잠시 현장을 떠났다가 금방 돌아왔습니다."(도주차량)

"주인이 월급을 주지 않아서 오토바이를 월급 대신 가지고 나왔습니다."(절도)

물론 이런 사람들과는 다른 피고인들도 있다. 판사가 판결문을 낭독하려고 하는데 손을 들고 현재 피해자와의 합의가 막바지에 와 있으니 선고를 연기해달라는 것이다. 이럴 때는 이유가 합당하면 연기해주는 판사도 있다. 문제는 판사가 판결문을 낭독하는 도중에 연기를 요청하는 피고인이 있다는 것이다. 한마디로 약삭빠른 피고인이다. 판결문 내용을 가만히 들어보니 실형이 떨어질 가능성이 크다는 판단 하에 급히 손을 든 것이다. 그러나 판사가 속을 리가 없다. 피고인의 요청을 일축한다.

"판결문을 낭독 하면 그때부터 선고에 들어가는 겁니다. 피고인의 의견은 받아들일 수 없습니다."

일부 피고인은 자기에게 유리하면 어떤 행위도 마다하지 않는다. 물론 재판과정에서 필수적으로 요구되는 방어차원이라고 이해할 수도 있다. 그러나 너무도 눈에 보이는 행동들이라 별다른 효과를 보지 못한다. 그런데 가끔은 판사도 마음이 흔들릴 때가 있다. 생계형 범죄가 바로 그런 경우다.

판사가 판결을 낭독하고 있는 바로 이 사기사건도 그런 경우에 해당한다. 나는 사건기록에서 그녀가 제출한 의견서를 읽어보았다. 그녀는 다섯 살 때인가 부모님을 잃고 친척집에서 성장했다. 고등학교에 다니다가 중퇴를 하고 옷가게 직원 등 여러 직업을 전전했다. 그러다가 지금의 남자를 만나서 아기를 낳았지만 남편이 이내 도망가고 말았다.

아기 때문에 취직도 못한 그녀는 극심한 생활고에 시달려야 했다. 우유를 살 돈도 없었고 달세방에서도 쫓겨나야 했다. 그때 두 명의 여자가 접근했고 주민등록등본을 떼 주면 돈을 준다는 유혹에 빠지고 말았다. 그녀의 사기범행은 이렇게 시작되었다.

그러나 판사가 선처를 하려고 해도 편취금액이 너무 컸다. 지금까지 재판에서 일정 금액이 넘고 합의가 되지 않으면 대부분 실형을 선고했기 때문이다. 그런데 의외의 일이 벌어졌다. 판사가 다른 사기사건과는 달리 그녀에게 관용을 베푼 것이다. 판사가 판결문을 읽어내려갔다.

"다만 편취한 금액이 ○천만 원이 넘지만 이 사건 각 사기범행을 주도한 사람은 ○○○, ○○○ 등이고, 단지 피고인은 생활비를 벌기 위하여 사기범행에 가담한 것으로 보이는 점, 편취한 금액 대부분을 ○○○, ○○○ 등이 가져간 것으로 보이는 점, 피고인이 고정적인 수입이 없이 24개월 된 어린아이를 혼자 키우고 있으며 만일 피고인이 구금되면 아이를 돌볼 사람이 없다는 점, 피고인이 이 사건 범행을 반성하고 있는 점을 고려해서 이번에 한해서만 이 사건 판결확정일로부터 3년간 형의 집행을 유예합니다. 보호관찰을 받으셔야 하고 80시간 사회봉사를 하십시오. 항소하시려면 1주일 안에 이 법원에 항소장을 제출하시면 됩니다."

선고가 끝나자 그녀는 재판부를 향해 몇 번이나 고맙다는 인사를 했다. 앞으로는 착실하게 살겠다는 말도 빠뜨리지 않았다. 기뻐서 어쩔 줄 모르는 그녀를 법원 경위가 법정 출입문까지 안내했다.

그러나 다음 순서의 피고인에게는 그런 관용이 주어지지 않았다. 음주운전으로 집행유예 중인데도 다시 음주운전을 한 피고인에게 징역 5월을 선고하면서 법정구속했다. 피고인은 한 번만 봐 달라고 애원했지만 판사는 들어주지 않았다. 또 다른 피고인 역시 집행유예 중임에도 동종 범죄를 저질러서 실형을 선고받음과 동시에 법정구속 되었다. 그 피고인 역시 눈물을 펑펑 쏟으며 선처를 호소했지만 받아들여지지 않았다.

거푸 두 명이 법정구속 되자 법정은 찬물을 끼얹은 듯 조용해졌다. 선고를 받으러 온 피고인 모두 바짝 긴장했다. 이번에는 사기로 구속된 피고인을 선고할 차례다.

판사가 판결문을 낭독하던 중 "피고인을 징역 6월에 처합니다."라고 말하자 피고인의 얼굴이 사색으로 변하는가 싶더니 "다만 피해자와 합의가 된 점을 참작하여 3년간 형의 집행을 유예합니다."라고 말하자 얼마나 기뻤던지 자신이 대기하고 있던 피고인보호실로 뛰어 들어갔다. 그러자 교도관이 황급히 붙잡고 "판결 선고가 아직 끝나지 않았습니다."라고 말하자 그제야 겸연쩍은 듯 본래의 피고인석으로 돌아가는 것이었다.

이제 선고할 사건이 한 건밖에 남아 있지 않았다. 양심적 병역거부 사건이 바로 그것이었다. 판사가 피고인을 호명했다. 키가 크고 외모가 준수한 청년이 방청석에서 걸어 나왔다. 판사가 판결문을 읽어 내려갔다.

"피고인은 종교적인 신념에 의해서 병역거부를 하고 있지만 대법원 판례 상 받아들여지지 않고 있다는 걸 피고인도 잘 알고 있을 겁니다.

다만 피고인이 최후진술에서 불출석 상태로 재판을 받고 싶다고 한 점, 신념에 따라서 병역을 거부한 점 등을 고려해서 특별히 구금은 하지 않겠습니다. 그러나 판결이 확정되면 당연히 구금됩니다. 신변 정리를 하시는 게 좋을 듯싶습니다."

판사가 판결문을 여기까지 낭독했을 때였다. 갑자기 피고인이 말했다.

"정리는 다 됐습니다."

"지난 기일에 구금되기 싫다고 했잖아요? 그래서 법정구속을 하지 않으려고 합니다."

"아닙니다. 대한민국헌법과 현실문제 상 대법원까지 간다 하더라도 별다른 방법이 없을 것 같습니다. 그래서 빨리 형을 마치기로 했습니다. 항소도 포기할 생각입니다."

"음······."

판사가 잠시 생각하다가 방청석을 바라보며 "부모님 나오셨어요?"라고 말했다. 그러자 부모로 보이는 사람 둘이 손을 들며 "예."라고 대답했다. 판사가 물었다.

"부모님도 같은 생각이세요?"

"예."

피고인의 부모는 의외로 표정이 밝았다. 아들의 결정을 자랑스럽게 생각하고 있는 것 같았다. 방청객들이 흥미롭게 그들 가족을 지켜보았다. 판사가 잠시 천장을 쳐다보았다. 뭔가 마음에 걸리는 게 있는 것 같았다. 교도소에 가는 것도 두려워하지 않고 신념에 따라 행동하는 젊은이를 판사는 안타까워하고 있는 것일까. 잠시 후에 판사가 입을 열었다.

"아드님이 이번에 교도소에 들어가면 상당기간 떨어져 지내야 합니다. 제 생각이긴 하지만……. 구속되기 전에 마지막으로 아드님과 점심을 함께 하시면 어떨까 합니다."

"그래 주시면 고맙지요."

"그럼 오후 2시에 다시 나오십시오. 그때 형을 선고함과 동시에 영장을 발부하겠습니다. 아드님과 점심 맛있게 드십시오."

아버지가 아들의 어깨를 다독거리고 어머니는 아들을 안았다. 나는 법정을 나서는 그들의 뒷모습을 지켜보았다. 여느 피고인들과는 달리 의연하고 당당했다. 그들의 저런 용기는 어디에서 나오는 것일까? 나는 그들 가족이 점심을 맛있게 먹기를 바랐다. 내가 해줄 수 있는 일이란 그것뿐이었다. 선고가 모두 끝났다. 판사가 자세를 고쳐 앉더니 오전 재판이 시작됨을 알렸다.

"지금부터 10시 재판을 시작하겠습니다. ○○○피고인, 앞으로 나오세요. 피고인은 진술을 거부할 수 있고……."

재판이 본격적으로 시작되고 나는 판사와 피고인 그리고 검사가 하는 말을 법정록에 빠르게 적어 내려갔다.

(2009. 12. 10.)

진실은 피고인만이 알고 있다

"진실이 뭘까? 누구 말을 믿어야 할까?"

법정을 향하면서 판사가 중얼거린다. ○○사건을 두고 말하는 것인지를 나는 잘 안다. 피고인은 공소사실을 완강히 부인하고 있다. 그러나 증인은 다르다. 피고인에게 불리한 말을 한다. 그렇다고 증인의 증언 외에 별다른 증거가 있는 것도 아니다. 어떤 판사는 재판을 바둑의 묘수풀이에 비유했다. 정해를 보고서 한 수씩 따라가 보면 어려운 것이 없으나 혼자서 풀려고 하면 쉽지가 않다는 거다.

"그 피고인, 진술할 때 보니까 표정이 전혀 흐트러짐이 없던데요. 진술에도 일관성이 있어 보이고요. 그런데 증인의 말을 들어보면 또 다른 생각을 갖게 되는 거예요. 피고인의 범행이 맞는 것처럼 느껴지는 것이지요. 정말 답답합니다."

판사가 고충을 토로했다. 이런 경우는 흔치 않았다. 정말 판단하기가 힘든 모양이었다. 나는 형사단독을 담당하고 있다. 일은 고되지만 보람을 느낄 때가 많다. 내 생각과 비슷하게 판결이 나오는 경우가 있는데 그때는 정말 기분이 좋다. 판사가 법정을 향하면서 고충을 토로한 바로 이 사건도 거기에 해당한다. 판사는 증인 한명으로는 실체적

진실에 접근하기가 힘들었던지 다른 증인을 신문했다.

재판이 시작되고 증인이 증인석으로 나왔다. 여자였는데 미성년자다. 그러나 스무 살이 넘어 보인다. 화장 때문이다. 하얀 얼굴에 짙은 눈썹, 반짝반짝 빛나는 귀걸이, 오뚝 선 콧날, 도톰한 입술, 어깨까지 늘어뜨린 머리, 풍만한 가슴, 굽이 아주 높은 구두, 엉덩이까지 올라간 반바지……. 외모로는 전혀 미성년자가 아니다. 그런데 한 가지 미성년자라고 볼만한 구석이 있긴 하다. 금방 울음이라도 터뜨릴 듯 겁먹은 표정이 바로 그것이었다.

증인이 선서를 마쳤다. 판사가 증인의 증언 내용은 선량한 풍속을 해할 염려가 있으므로 그 신문절차의 공개를 금한다는 결정을 하고 방청객의 퇴정을 명했다. 방청객들이 모두 법정을 나가고 판사가 검사에게 증인신문을 시작하라고 말했다. 검사가 증인에게 수사기록 제91쪽 진술조서 사본을 보여주면서 물었다.

검사 증인, ○○사건으로 경찰서에서 조사를 받으셨지요?

증인 예.

검사 그때 작성한 조서인데요. 조사받을 때 사실대로 말했던 거지요. 사실과 다르게 거짓말한 것 있으세요.

증인 거짓말한 건 없었는데, 너무 당황해서…….

검사 일부러 거짓말한 건 없는데, 당황스럽게 조사를 받다 보니까 혹시 사실과 다르게 표현되거나 아니면 제대로 이야기하지 못한 부분이 있을 수 있다 그런 취지입니까? 거짓말한 건 없었다는 거지요? 조서는 읽어봤습니까?

증인 예.

검사 증인이 말한 전반적인 취지대로 기재가 되어 있었지요. 증인이 말한 바와 다르게 쓰여 있거나 그런 거 없었지요?

증인 조금 보다가 빨리빨리 해야 돼서 몇 개 보다가 사인했거든요.

판사 제대로 끝까지 안 읽어 봤다는 말인가요?

증인 아, 그러니까 정확하게는 못 보고 처음부터 보기는 봤는데…….

검사 세세하게 보지는 못했고 전체적으로 훑어봤다 그 얘긴가요?

판사 검사님이 그대로 물어보세요. 증인의 진술조서는 증거로 채택하지 않겠습니다.

검사 재판장님, 왜 증거능력이 없다는 거지요?

검사의 목소리가 약간 높고 도전적인 말투다. 분위기가 갑자기 가라앉았다. 잠시 침묵이 흐른다. 증인의 진술이 증거로 채택되지 않으면 검사가 불리해질 수도 있다. 피고인의 유죄를 입증하기 위해 검사가 신청한 증인이기 때문이다.

판사 증인이 나왔으니까 직접 물어보시면 되잖아요?

검사 물론 그건 그런데…… 증거능력을…….

판사 증인이 제대로 안 읽어 보았다고 했으니까…….

검사 읽어보긴 했는데 세세하게 읽어보지 않았다는 그런 취지 아닙니까?

검사의 말이 판사에게 하는 말인지 증인에게 하는 말인지 애매했다. 검사의 목소리가 이전보다 높아졌다. 나는 가슴이 두근거림을 느꼈다. 이런 경우는 처음이기 때문이다. 법정에 긴장감이 돌았다. 그때 증인이 나섰다.

증인 읽어는 보았어요.
판사 아까는 세세하게 읽어보지 않았다면서요.
증인 그러니까 조사받고서, 거기서 경찰 그분께서 빨리빨리 하라고 하니까 저도 당황스럽고 해서 제대로 정확하게 못 봤어요.
판사 음…… 그럼 이렇게 하지요. 지금 조서를 찬찬히 읽어보고 증언하시겠습니까.
검사 조서를 읽어보고 그 당시에 증인이 말했던 취지대로 되어 있는지…….
증인 그렇게 하겠습니다.

증인은 한참동안 꼼꼼하게 자신의 진술조서를 읽어 내려갔다. 그러고는 "예, 맞는 것 같은데요."라고 말했다. 그 다음부터는 어려움 없이 진행되었다. 그날 최종변론까지 마치고 2주 후로 선고기일을 잡았다.

그 후 이 사건은 무죄가 선고되었다. 증인의 진술에 신빙성이 떨어지고 다른 인정할 만한 증거가 없다는 이유에서였다. 나는 이 사건을 보면서 이런 생각을 해보았다. 만일 다른 판사가 재판했다면 어떤 결과가 나왔을까, 하고 말이다. 물론 무죄판결이 상급심에서 뒤집어질 수도 있다. 유죄냐 무죄냐 하는 것은 피고인 자신만이 알기 때문이다.

판사를 하다가 퇴임한 어떤 변호사가 그런 말을 했다. 판사는 피고인이 무죄라는 확신이 들어서가 아니라 피고인이 거의 유죄처럼 보이지만 진범이 아닐 수도 있다는 바늘 끝만큼의 의심 때문에 어쩔 수 없이 법 원칙대로 무죄를 선고한다고 말이다. '의심스러울 때는 피고인의 이익으로'라는 말이 그와 같은 의미가 아닐까 하는 생각을 해본다.

(2009. 11. 13.)

"판사님, 아들을 용서해주세요"

오래전에 나는 기본 업무 말고도 가정보호사건과 성매매사건을 담당한 적이 있다. 업무에 대한 부담은 크지 않았다. 두 달에 한 번씩 열리기 때문이다.

오늘은 가정보호 재판이 있는 날이다. 두 달에 한 번씩 하다 보니 판사실이 헛갈렸다. 4층인지 3층인지가 뚜렷하질 않았다. 나는 겸연쩍게 웃으면서 나를 보조하는 실무관에게 판사실을 물었다. 그가 4층 출입문 쪽으로 가면 맨 마지막 방이라고 했다.

나는 판사와 함께 법정을 향했다. 법정에는 사람들이 많았다. 판사가 행위자들에게 진술거부권 등을 고지했다(가정보호사건은 형사사건과 구별해서 당사자를 피고인이 아닌 행위자라고 부른다). 이어서 생업이 바쁜데도 법정에 출석해주셔서 감사하다고 말했다. 판사는 목소리가 좋았고 발음이 정확했다.

재판은 사건번호 순서대로 진행되었다. 행위자 한 사람만 나온 경우도 있고 피해자와 함께 나온 경우도 있었다. 피해자는 배우자가 대부분이지만 간혹 자녀들과 어머니도 있었다. 아버지가 자녀를 때린 경우는 교육적인 차원이라고 해서 이해할 수도 있지만(그 또한 정도에 어긋

나면 처벌 대상이겠지만) 아들이 어머니를 때린 경우는 도저히 납득이 되지 않았다. 패륜을 어떻게 이해한단 말인가. 그런데도 어머니는 아들 감싸기에만 급급하다.

"판사님, 아들을 용서해주세요. 요새는 아주 잘합니다. 한 번만 용서해주세요."

나는 재판에 참여하면서 가정폭력이 얼마나 심각한지 확인할 수 있었다. 아내를 의자로 내려친다거나 머리채를 흔들거나 재떨이를 던지는 남편들, 남편과 말다툼을 벌이다가 가위로 남편의 뒤통수를 찌르거나 이빨로 다리를 물어뜯거나 분을 못 이겨 가정을 팽개치고 가출하는 아내들, 자녀들이 보는 앞에서 엄마를 무자비하게 폭행하는 아버지들……. 그들에게 판사는 보호관찰, 사회봉사, 수강명령 등을 내렸다.

가정보호재판은 끝났다. 이제 성매매알선 등에 관한 재판이다. 남자도 있었지만 여자들이 많았다. 여자들 중에는 나이 많은 사람도 있었고 아주 젊은 사람도 있었다. 판사는 미풍양속에 저해된다면서 재판받을 행위자 한 명만을 남기고 모두 퇴정을 명했다. 행위자의 얼굴에는 기미가 가득했다. 머리도 단정치 못했다. 그녀의 모습을 보고 있노라니 문득 며칠 전에 있었던 일이 생각났다.

내가 택시를 타고 집을 향할 때였다. 도중에 홍등가가 보였다. 택시운전사가 마침 잘 됐다는 듯 말을 걸었다. 그때까지 택시운전사와 나는 아무 말도 하지 않고 있었다.

"한번 모실까요?"

"무슨 그런 말씀을."

나는 싱긋 웃으며 거절했다. 사실 나는 웃을 기분이 아니었다. 방금 문상을 다녀오는 길이었기 때문이다. 그런데도 내가 억지로나마 웃음을 보인 것은 택시운전사의 체면을 살려주기 위해서였다. 그런데 택시운전사는 나의 웃음을 잘못 이해한 모양이다.

"웬걸요. 할아버지들도 많이 찾습니다."

"제 말은 그게 아니고요. 아내에게 미안하잖아요."

나는 차마 문상 갔다 오는 길이라고는 말하지 못하고 아내를 둘러댔다. 그제야 택시운전사가 고개를 끄덕였다.

"맞습니다. 아내에게 봉사해야지요. 그래야 반찬이라도 한 가지 더 나오지요. 사장님, 제가 오늘 수입이 짭짤합니다."

택시운전사가 쾌활하게 웃으며 말했다.

"축하합니다. 손님이 많았던가 보지요."

"이런 불경기에 그럴 리가 있겠습니까."

"그럼 어떻게?"

"동료 기사가 귀띔을 하더라고요. 술집이나 군부대 앞에서 손님을 태우면 돈이 된다고요."

"술 취한 사람들이 택시를 많이 타서 그러나요?"

"그런 면도 있긴 하지만…… 그보다는…….'"

택시운전사가 잠시 머뭇거렸다. 말하기가 껄끄러운 모양이었다.

"말씀하시지요."

"제가 말이지요. 손님들 마음을 살짝 떠보는 겁니다. 사창가로 모실까요, 라고 말입니다."

"가자는 사람들이 있습니까?"

"그럼요. 오늘만 세 명이 있었습니다."

"그렇게나 많아요?"

"그게 바로 꿩 먹고 알먹는 장사가 아닙니까?"

"꿩 먹고 알 먹다니요?"

"들어보십시오. 사창가까지 가는데 택시비 받습니다. 거기에다 소개비까지 받지요."

"택시비는 알겠는데……. 소개비는 뭐지요?"

"손님 한 명당 2만 원씩 업주로부터 소개비를 받습니다. 택시비가 꿩이라면 소개비는 알이라는 거지요. 하하."

판사는 그녀는 물론이고 다른 행위자들에게도 세부적으로 묻지 않았다. 반드시 필요한 사실만 몇 가지 확인했다. 아무리 판사라고는 하지만 그들의 행위를 세부적으로 묻기가 어려웠던 모양이다. 그들의 성매매 창구는 다양했다. 소개팅으로 연결되는 전화방, 기업형 보도방, 개인 간의 채팅, 안마시술소…….

재판이 모두 끝났다. 다른 재판 같았으면 무사히 마쳤다는 사실에 안도의 한숨을 내쉬었을 것이다. 그런데 가정보호사건만은 어쩐지 마음이 편치를 못하다. 그들 때문이다. 남편이 아내를 폭행하고, 아내가 남편을 때리고, 부모가 자식을 때리고, 자식이 부모를 폭행하고……. 가정폭력이 나를 우울하게 했다. 우울함은 거기에 그치지 않았다. 애들을 키우기 위해 생계형 성매매를 한 중년의 여인, 값비싼 옷과 고급 공연을 보기 위해 성매매를 한 철없는 10대, 술기운에 돈을 주고 성매매를 한 젊은 사내……. 사는 방식이 어떻게 이리도 다른지……. 나는 길게 한숨을 내쉬었다.

이제 며칠만 있으면 추석이다. 나는 그들에게도 행복한 추석이 오기를 기대했다. 추석 하루만이라도 웃음꽃이 피는 가정이 되었으면 좋겠다고 생각했다.

(2009. 10. 12.)

"경찰관, 잠깐만요"

때는 1990년. 장소는 ○○법원 형사법정이다.

"모두 일어서 주십시오."

법원 경위의 우렁찬 소리에 나는 자리에서 일어났다. 판사가 들어서고 그 뒤를 참여관이 따랐다. 판사가 자리에 앉았다. 법원 경위가 다시 우렁차게 말했다.

"모두 자리에 앉아 주십시오."

모두 자리에 앉았다. 판결 선고가 시작되었다. '저승사자'라는 별명답게 판사는 줄줄이 실형을 선고했다. 가끔씩 "정상을 참작해서"란 말이 판사의 입에서 떨어지기도 했다. 그때마다 피고인은 판사의 다음 말이 끝날 때까지 숨도 크게 쉬지 못했다. 징역 ○년에 집행유예 ○년을 선고한다는 말을 듣고서야 길게 안도의 한숨을 내쉬었다.

선고가 끝나고 피고인들이 퇴정했다. 실형 받은 피고인과 집행유예 받은 피고인의 표정이 극명하게 갈렸다. 걸음걸이 또한 확연하게 차이가 났다. 판사는 휴정을 명했다. 나는 법정 밖에서 담배를 피웠다. 그때 피고인 가족들의 웅성거리는 소리가 들렸다.

"아버지, 판사가 '저승사자'래요."

"그래도 담당 판사와 친한 변호사는 있을 거 아니냐?"

"저 판사한테는 안 통한데요!"

"그럼 큰일 아니냐. 정말 낭패로세."

그들이 대화를 하다 말고 나를 힐끗 쳐다보았다. 나는 슬그머니 고개를 돌렸다. 담배를 끄고 법정으로 들어왔다. 재판이 계속되었다. 자신의 혐의를 부인하는 피고인은 한 사람도 없었다. 검사의 눈초리가 여간 매서운 게 아니다. 아마 그 때문일 것이라고 나는 생각했다.

변호인도 애써 다투려 하지 않는다. 국선 변호인은 은근히 피고인에게 자백을 강요하기도 한다. 매번 느끼는 거지만 피고인들은 대체로 말을 참 잘한다. 사연이 얼마나 절절한지 내가 다 눈물이 나오려 한다. 피고인의 말대로라면 자신이 없으면 가족 전체가 당장 굶어 죽을 것만 같다. 변호인이나 피고인이나 최후변론과 최후진술은 매번 똑같다. "이번 한 번만 선처해 주신다면 다시는 죄를 짓지 않도록 하겠습니다."였다.

이제 마지막 사건이다. 교통사고 사건인데 피고인이 부인을 했다. 증인으로는 사고 현장을 조사했던 경찰관이 나왔다. 나는 경찰관에게서 주민등록증을 교부 받아 판사에게 보여 주었다. 판사가 신분을 확인하고 다시 내게 주었다. 경찰관이 선서를 했다. 어깨 위까지 올라간 오른손이 가볍게 떨렸다. 선서가 끝나고 경찰관이 선서서 하단에 이름을 적고는 이름 바로 옆에 도장을 찍었다. 나는 증인여비 수령용지에도 경찰관의 도장을 받았다,

검사는 경찰관에게 겁부터 주었다. 위증을 하면 그에 합당한 처벌을 받을 것이라고 했다. 경찰관이 잔뜩 긴장했다. 판사는 경찰관에게 긴장하지 말라고 했다. 그제야 경찰관이 부동자세를 풀었다.

검사, 변호인, 판사의 신문이 모두 끝났다. 판사가 경찰관에게 수고했다며 돌아가도 좋다고 했다. 나는 자리에서 일어났다. 증인여비를 경찰관에게 주기 위해서였다. 내가 주민등록증과 함께 봉투를 경찰관에게 내밀었다.

그런데 이게 웬일인가. 경찰관이 한사코 증인여비 수령을 거부하는 것이었다. 나는 반복해서 경찰관을 불렀다. 하지만 경찰관은 손을 좌우로 흔들어대기만 했다. 난감했다. 나는 판사 쪽으로 고개를 돌렸다. 판사가 빙그레 웃더니 나지막하게 말했다.

"사무실에 오면 그때 주도록 하시지요."

어쩔 수 없었다. 나는 마지막으로 "증인!"하고 경찰관을 불렀다. 경찰관이 뒤를 돌아보았다.

"이건 가져가셔야지요?"

나는 봉투가 아닌 주민등록증을 흔들어 보였다. 그런데 이게 또 뭔가. 경찰관은 뒤로 돌아보지 않고 막무가내로 손만 좌우로 흔들어대는 것이었다. 나는 다시 경찰관을 불렀다.

"경찰관, 주민등록증을 가져가야지요!"

그러나 이미 늦었다. 경찰관은 법정을 빠져나가고 있었다. 방청석에서 웃음소리가 터져 나왔다. 판사는 서둘러 폐정을 선언했다. 그런데 법정을 나서는 판사의 뒷모습이 좀 이상하다. 어깨가 가볍게 들썩이나 했더니 급히 오른손을 입으로 가져가는 것이었다. 판사도 웃고 있었다.

지난 4월이었던가. 나는 우연히 텔레비전에서 낯이 익은 얼굴을 보았다. 그런데 놀랍게도 바로 그 판사였다. 그가 국회의원에 무소속으로 출마를 한 것이다. 아마 그 경찰관도 지금은 퇴직했을 것이다. 벌써 15년이 흘렀으니 말이다.

(2005. 11. 16.)

조정과 우산

　판사(判事)의 判(판)이라는 글자를 쪼개어 분석해보자면 이렇다. 뜻을 나타내는 선칼도방(刂(=刀) : 베다, 자르다) 부(部)와 음(音)을 나타내는 半(반 : 둘로 나누는 것)으로 이루어졌다는 것을 알 수 있다. 즉 칼로 물건을 잘라 나누는 것을 의미한다. 옛날 증문(證文)을 판서(判書)라고 해서 서로 나누어 가진 후 나중에 맞추어 보았다고 한다. 거기에 유래해서 나누는 일도 맞추는 일도 판(判)이라고 했다고 한다.

　우리 민사항소부는 1주일에 한 번, 수요일에 재판을 한다. 오전 10시에 선고가 끝나면 그때부터 본격적으로 재판에 들어간다. 오전에 하는 재판은 주로 신건이라 재판장이 미리 쟁점을 정리해서 원고와 피고에게 설명해준다. 나는 그럴 때마다 재판장이 어쩌면 저렇게 사건을 정확하게 파악하고 있을까, 라는 생각에 놀라곤 한다. 다른 한편으로는 판사는 위로 올라갈수록 일이 많아진다고 하는데 그게 사실임을 확인하기도 한다.

　오늘 재판은 출발부터 좋다. 변호사가 선임되지 않아서 은근히 걱정했는데 의외로 원고와 피고가 재판장이 하는 말을 잘 알아듣는다. 물론 재판장도 원고와 피고가 하는 말을 주의 깊게 들었다. 나는 언젠가 재판장에게 재판할 때 가장 중요한 게 무엇이냐고 물었다. 그러자 일체의 망설임도 없이 당사자가 하는 말을 많이 그리고 주의 깊게 듣는 것이라고 했다. 경청의 중요성을 강조한 것이다. 오늘도 재판장은 당사자가 하는 말을 많이 그리고 주의를 기울여 경청했다. 그러다가 무슨 느낌을 받았는지 피고의 의중을 살짝 떠보았다.

"금액이 많지도 않은데……. 물론 피고 주장이 전혀 근거가 없다는 얘기는 아닙니다. 한 4백만 원에 합의할 생각은 없으세요?"

피고가 잠시 머뭇했다. 재판장의 제안을 나름대로 생각하는 눈치였다. 아무리 좋은 판결도 조정이나 화해보나 못하다는 법률 격언이 있다. 판결은 한 사람을 만족시키는 데 그치지만 조정이나 화해는 모두를 만족시킬 수 있기 때문이다. 이런 이유로 해서 판사들은 판결보다는 조정이나 화해에 많은 공을 들이는 게 사실이다. 재판장도 이번 사건을 조정이나 화해로 유도하려는 모양이었다.

"원고는 어때요? 얼마 되지 않은 돈 가지고 자꾸 왔다 갔다 하는 것도 그러잖아요? 7월 말까지 지급하는 것으로 하면 어떻겠어요? 그때까지 피고가 지급하지 않으면 연 20퍼센트 이자를 물어야합니다. 시중은행 이자를 감안하면 적지 않은 액수에요."

"만족할 만한 수준은 아니지만 재판장님 말씀대로 하겠습니다."

"피고는 어떠세요?"

"저도 억울한 면이 없는 건 아니지만 그렇게 하겠습니다."

원고와 피고가 동의했다. 쌍방이 조금씩 양보해서 이루어낸 결과다.

재판장이 조정문안을 작성하는 동안 나는 당사자들의 표정을 살폈다. 처음 법정에 들어설 때는 원수처럼 으르렁거렸는데 지금은 표정이 많이 좋아졌다. 나는 그것만으로도 다행이라고 생각했다. 판결로 갔다면 두 사람은 계속 좋지 않은 관계로 남을지도 모를 일이었다. 조정문안 작성이 끝난 모양이다. 재판장이 원고와 피고에게 조정문안 초안을 보여주었다. 당사자들이 문안을 읽어보고는 말미에 서명을 했다. 이것으로 1심을 거쳐 항소심까지 올라온 사건이 조정으로 완결되었다. 재판장이 그들에게 마지막으로 당부했다.

"두 분께서는 수십 년간 거래하였고 앞으로도 계속해야 할 입장이신데 이번 기회에 그동안 서운했던 감정을 푸셨으면 합니다. 밖에 비가 많이 옵니다. 우산 꼭 챙기시기 바랍니다."

우산이라는 말에 문득 부산가정법원 M 법원장이 쓴 〈조정과 우산〉이라는 수필이 생각났다. 내용을 요약하자면 이러했다.

법원장이 조정에 회부된 사건을 재판하는데 얼마 안 되는 금액 차이로 결렬될 위기에 처했다. 도저히 조정이 성립될 것 같지 않아 고민하고 있을 때 피고가 "오늘도 비를 맞으며 재판받으러 왔고 요즈음은 일거리도 없어 참 힘들다."라고 중얼거리는 소리를 들었다. 법원장이 기회는 이때다 싶어 여직원에게 연락해서 자기 방에 우산이 두 개가 있으니 그중 하나를 가져오라고 했다. 속으로는 은근히 헌 우산을 가져왔으면 하고 바랐는데 눈치 빠른 여직원이 정말로 헌 우산을 가져왔다.

법원장이 우산을 건네자 피고가 몇 번을 거절하다가 비 맞고 갈 것을 걱정했던지 마지못해 받았다. 법원장이 조금 뜸을 들이다가 50만 원만 양보해서 합의를 보는 게 좋지 않겠느냐고 설득을 해서 마침내 조정이 성립되었다. 법원장이 집에 와서 자랑삼아 사모님에게 헌 우산 덕분에 조정을 이끌어냈다고 하니 깜짝 놀라면서 하는 말이 "그 우산 내가 제일 아끼는 까스텔바작인데, 그걸 내 허락 없이 남 주나……." 라며 면박을 주더라는 것이다.

나는 수필을 읽고 나서 법원장에게 이렇게 말했었다.

"사모님한테 칭찬을 들을 줄 알았는데 면박을 당했다는 부분이 아주 인상적이었습니다. 글이란 것이 반전에 묘미가 있다고 한다면 바로 이런 경우를 두고 하는 말이 아닌가 싶습니다."

물론 조정이 완벽한 제도는 아니다. 부작용도 따른다. 당사자 일방이 조정의 대상이 되는 사실을 숨기거나 조정제도를 소송지연의 전략으로 이용할 수도 있다. 당사자 사이의 역학관계, 조정기일 내에 모든 것을 결정해야 한다는 압박감, 조정안을 거부할 경우 최종적 판결에 불이익을 받을지도 모른다는 염려 등에 의해 조정안에 동의하더라도 불만이 쌓일 수 있다.

그러나 이런 부작용을 감안하더라도 조정의 중요성을 결코 간과할 수 없다. 가장 나쁜 조정도 가장 좋은 판결보다 낫다는 법률 격언이 그래서 여전히 유효하다. 지금도 판사들은 조정이나 화해에 많은 공을 들인다. 판결은 당사자들을 완전히 갈라놓지만 조정이나 화해는 일정 부분 이전의 관계를 회복시켜 줄 수 있다는 생각 때문이다.

나는 서두에서 판사(判事)의 判(판)이 '서로 나누어 가진 후 나중에 맞추어 보는 것'이라고 했다. 나누는 것을 판결이라고 한다면 서로 맞추어 보는 것은 조정이 아닐까 하는 생각이 들기도 했다. 판결까지 가면 시간도 오래 걸리고 비용도 많이 든다. 감정도 그만큼 상한다. 서로가 조금씩 양보해서 조정이나 화해로 끝나는 사건이 많았으면 하는 바람이다.

(2014. 6. 20.)

어느 사형수의 마지막 유언

법원에서 근무하다 보면 많은 사람을 만나게 된다. 그중에는 판사도 있고 일반직도 있고 법원을 찾는 재판당사자들도 있다. 내가 그들에게 먼저 말을 걸어서 이런저런 이야기를 듣는 경우도 있지만 그보다는 우연치 않게 그들에게서 자신들이 경험한 재미나는 이야기를 직접 듣거나 제 3자를 통해 간접적으로 전해 듣기도 한다.

여기에 옮겨놓는 이야기도 그중 하나라고 할 수 있을 것이다. 내가 10여 년 전에 그러니까 법원으로 치면 최소 단위인 시 법원에 근무할 때 환갑이 지난 판사가 계셨는데 그분은 검사, 변호사, 판사를 두루 거친 특이한 이력의 소유자였다. 그분의 외모를 간략하게 설명하자면 키가 크고 허리가 구부정했으며 머리가 헝클어지고 얼굴이 까무잡잡했다. 거기에 한 가지 덧붙이자면 지독한 애연가이기도 했다. 나는 선임계장이라서 그분과 매일 점심을 같이 먹었는데 그때 신기하고 재미난 이야기를 많이 들을 수 있었다. 그분은 어렸을 때부터 천재라는 소리를 들을 만큼 비상한 기억력의 소유자였다. 물론 과장이랄까 그런 게 섞여 있을 수도 있겠지만 그분에게서 직접 들은 이야기를 여기에 그대로 옮겨볼까 한다. 시대적 배경은 그분이 검사 초임 발령을 받은

1970년대 중반이고, 그때는 박정희 정권의 유신독재가 한창 기승을 부리던 시기였다.

"박 검사, 어땠어요? 흉측한 모습을 보고 겁을 먹지는 않았어요?"

정 부장검사가 자기 방에 들어서는 박 검사를 보며 말했다. 박 검사는 한숨부터 쉬었다. 얼마나 시달렸던지 얼굴이 백지장처럼 창백했다. 그의 입술 주위는 서리가 내린 것처럼 하얗게 탈색되어 있었다. 박 검사는 반쯤 풀어 헤쳐진 넥타이를 고쳐 매며 말했다.

"부장님, 그런 덴 줄 알았으면 절대 가지 않았을 겁니다."

"그러니까 자네를 보냈지. 그런 자리에 누가 가려고 하나. 검사 생활 20년째인 나도 한 번도 가지 않았는데. 퇴임한 검사들이나 현직에 있는 검사들이나 99퍼센트는 그곳엘 가지 않았어. 그러고 보니 자네는 억세게 운이 없는 검사군, 하하. 그런데 이 검사는?"

"이 검사는 속이 좋지 않다면서 집으로 곧장 갔습니다."

"그 사람, 덩치 값도 못하는구먼. 그렇게 호기를 부리며 검찰청을 나서더니만……. 박 검사, 어쨌든 고생했네. 자, 우리 퇴근할까. 내가 술 한 잔 사지. 오늘 있었던 일이나 들어볼까."

정 부장검사와 박 검사는 검찰청을 나섰다. 박 검사는 아직도 다리가 휘청거렸다. 생각 같아서는 당장이라도 집으로 도망치고 싶었다. 그러나 그럴 수 없었다. 박 검사 자신이나 함께 집행에 참여한 이 검사나 이제 겨우 검사 생활 6개월째다. 정 부장검사로 말하자면 그에게는 저승사자보다도 무서운 존재였다.

"자, 한잔 쭉 들이키게."

정 부장검사가 박 검사에게 술을 권했다. 박 검사는 거침없이 한 잔 들이켰다. 짜릿한 기운이 온몸에 퍼졌다. 박 검사는 그제야 살 것 같았다. 정 부장검사가 말했다.

"자네가 아니면 갈 사람이 없었어. 김 검사는 집사람이 임신 중이라며 마다하고, 강 검사는 집에 우환이 있다고 마다하고……. 아무리 찾아봐도 자네밖에 없었네. 미안하이. 그건 그렇고……. 오늘 있었던 일이나 빨리 얘기해 보게. 무척 궁금하구먼. 사람이 저형되는 모습을 어디 보기가 쉽나."

"에고, 부장님 말도 마이소."

박 검사는 평소에 사용하지 않던 경상도 말까지 썼다. 그만큼 정신 없이 지나간 하루였다. 박 검사는 양복 주머니에서 담배를 꺼냈다. 그 러고는 정 부장검사에게 양해를 구했다. 박 검사는 담배를 피워 물었 다. 오늘 있었던 일을 담배연기 속에 홀홀 풀어 날릴 요량이었다. 정 부장검사는 호기심에 가득 찬 표정으로 박 검사의 다음 얘기를 기다 렸다.

"그러니까 말이지요."

박 검사와 이 검사가 교도소에 도착했을 때는 아침 10시가 넘어 있 었다. 소장은 보이지 않았다. 대신 부소장이 박 검사 일행을 자기 방 으로 안내했다. 박 검사 일행은 소파에 앉고 부소장은 두 손을 가지런히 모은 채 꼿꼿이 섰다. 소장의 출타가 마치 자기 책임인 양 죄송스러워하는 기색이 역력했다.

"소장님께서 영접을 해야 하는데……. 급한 일로 법무부에 들어가셨습니다. 소장님께서 죄송하다는 말씀을 영감님들께 꼭 전해달라고 하셨습니다."

부소장은 아들뻘에 불과한 검사들을 영감님이라고 부르며 깍듯하게 예우했다. 검사들도 그게 당연하다는 듯 다리를 꼬고 앉은 채 담배를 피우며 보고를 받았다.

"공무로 가신 일인데……. 어쩔 수 없죠. 그나저나 오늘 집행할 사형수는 몇 명이지요?"

"이런 말씀을 드려서 대단히 죄송합니다만 여섯 명입니다."

"아니, 그렇게나 많아요?"

"영감님들께서도 잘 아시겠지만 전 법무부장관께서는 독실한 불교신자이십니다. 그러다 보니 재임 기간에 단 한 명의 사형집행도 없었습니다. 그런데 이번에 새로 부임하신 장관께서는 기독교신자이십니다. 죄를 지었으면 그에 상응하는 벌을 받아야 한다는 원칙을 고수하시는 분이시지요."

"그럼 몇 년 만에 사형집행이 이루어지는 것입니까?"

"3년 만입니다."

박 검사는 담배를 피워 물었다. 부소장이 얼른 재떨이를 그의 앞에 가져다 놓고는 공손한 태도로 라이터를 켰다. 박 검사는 담배에 불을 붙였다. 그런데 검사라는 위치와는 관계없이 담배를 쥔 그의 손이 심하게 떨렸다. 그럴 수밖에 없는 것이 벌써부터 그의 머릿속에는 양 손이 결박 지어지고 얼굴에 검은 천이 씌워진 채 무릎을 꿇고 있는 사형수의 모습이 떠올랐기 때문이다. 부소장이 사형집행장을 향하면서 말했다.

"영감님들은 그냥 지켜만 보시면 됩니다."

사형집행장에는 교도관들과 종교인들이 사형수들을 둘러싸고 있었다. 사형수가 여러 명이라 그런지 종교인도 많았다. 목사도 있었고 신부도 있었고 스님도 있었다. 박 검사 일행이 들어서자 집행장에 있는 사람들이 자세를 바로 했다. 사형수들은 일렬횡대로 서 있었다.

박 검사와 이 검사는 자리에 앉았다. 분위기가 음산했다. 박 검사의 손이 이전보다 더욱 심하게 떨렸다. 자신의 의지와는 무관하게 박 검사는 집행장 분위기에 압도당했다. 그러고 보니 생각나는 게 있었다. 박 검사는 교도소에 들어서는 순간부터 어딘지 모르게 음산한 분위기를 느꼈던 것이다.

박 검사도 익히 알고 있었다. 사형집행이 있는 날에는 교도소가 쥐 죽은 듯 조용하다고 말이다. 분명 오늘도 그랬다. 교도소는 조용하다 못해 적막하기까지 했다. 박 검사는 수감자들이 본능적으로 사형집행 사실을 알고 있다고 믿었다. 박 검사는 부소장과 담소를 나눌 때 그것에 대해서 물었다.

"부소장님, 수감자들이 사형집행 사실을 정말 본능적으로 느끼는 걸까요?"

부소장이 피식 웃었다.

"그럴 리가 있겠습니까? 사형집행일에는 아침 일찍 교도관들이 수감자들에게 오늘은 사형집행이 있는 날이니 정숙해달라고 귀띔을 한답니다."

박 검사는 사형수들이 의외로 건강하다고 생각했다. 혈색도 좋았고 풍채도 좋았다. 부소장의 말에 따르면 그들도 사형판결이 확정되고 나서 1년 정도까지는 살려고 발버둥을 친다고 했다. 재심도 신청하고 상소권회복도 신청하고 할 수 있는 일은 모두 다해본다고 했다. 그러다가 1년이 지나면 체념한다는 것이었다. 교도소에서도 그들에게는 특별대우를 해주고 수감자들도 사형수들을 각별히 모신다고 했다. 그래서 저렇게 건강이 좋다는 것이었다.

박 검사는 사형수들에게 사형집행 사실을 고지한 다음 집행당사자 한 명만 남겨두고 퇴실시켰다. 사형수는 무릎을 꿇었다. 박 검사가 사형수에게 할 말이 없냐고 물었다. 사형수가 마지막 유언을 남겼다. 그것을 집행관리가 받아 적었다. 다음으로 목사가 사형수를 위해 기도를 했다.

기도가 길게 이어졌다. 사형수는 고개를 푹 숙인 채 목사의 기도를 들었다. 기도가 끝나자마자 교도관이 재빨리 사형수의 손을 낚아챘다. 그러고는 밧줄로 결박을 했다. 다시 사형수의 머리에 보자기를 씌웠다. 순식간에 일어난 일이었다. 교도관이 사형수를 일으켜 세웠다.

사형수가 일어나다가 비틀했다. 교도관이 사형수를 부축했다. 사형수는 무릎을 펴지 못했다. 그의 바지 사이로 물줄기 같은 게 떨어졌다. 오줌이었다. 교도관은 안 되겠다 싶었던지 목에 걸린 밧줄을 잡아 끌었다. 사형수가 소처럼 질질 끌려갔다.

사형수가 사형대 의자에 섰다. 목 위에 밧줄이 걸렸다. 덜컹 소리를 내며 나무 바닥이 아래로 떨어졌다. 동시에 사형수가 허공에 대롱대롱 매달렸다. 박 검사는 얼굴을 돌리고 사형수는 잠시 다리를 파드닥거리다가 조용해졌다. 시간이 조금 지난 뒤 사형수의 몸뚱이가 지하로 떨어졌다.

박 검사와 의사가 지하로 내려갔다. 발을 한 발짝씩 내디딜 때마다 나무계단이 삐걱 소리를 냈다. 교도관의 말에 의하면 50년 넘게 청소를 하지 않고 있다는 것이었다. 사방에 거미줄이 쳐져 있고 구멍이 숭숭 뚫린 벽 사이로 바람이 들어왔다. 의사가 청진기를 사형수의 가슴에 갖다 댔다. 불과 몇 초였지만 박 검사에게는 굉장히 길게 느껴졌다. 의사가 청진기를 거두면서 심각한 표정을 지었다.

"아직 숨이 멎지 않았습니다. 애를 좀 먹이겠습니다."

교도관이 다시 사형수를 매달았다. 이번에는 시간이 꽤 길었다. 족히 30분은 걸렸을 것이다. 교도관이 사형수를 끌어내리고 의사가 죽었는지를 확인했다. 이번에는 의사가 고개를 끄덕였다. 죽었다는 표시다. 의사가 허탈한 표정을 지으며 말했다.

"어차피 갈 거, 단번에 가면 얼마나 좋겠습니까. 그래도 이분은 그나마 나은 편입니다. 어떤 사형수는 두 시간을 죽지 않고 발버둥을 칩니다. 그런 이야기 들어보셨습니까? 일정한 시간이 지날 때까지 죽지 않으면 살려준다고요. 전부 거짓말입니다."

박 검사는 도저히 사형집행을 계속할 수가 없었다. 온몸이 떨리고 구토가 나오기 시작했다. 박 검사만 그런 게 아니었다. 함께 참여했던 이 검사도 몹시 고통스러워하고 있었다. 이들은 잠시 집행을 멈추고 밖으로 뛰어나갔다. 박 검사는 화단에 퍼질러 앉은 채 토하기 시작했다. 이 검사는 토하는 것만으로는 부족했던지 아예 드러누워 버렸다. 교도관이 물을 가져왔다. 이 검사가 물을 마시고 나더니 갑자기 소리를 빽 질렀다.

"박 검사, 나는 더 이상 이런 야만적이고 흉포한 일을 지켜보지 못하겠다. 나는 돌아갈 테니 당신 혼자서 집행하라."

이 검사가 비틀비틀 교도소를 빠져나갔다. 다시 사형집행이 시작되었다. 점심도 거른 채다. 이제 한 사람밖에 남지 않았다. 그는 왜소한 체격을 가진 양심수였는데 여느 사형수들보다 의연했다. 마음의 동요 같은 것도 찾아볼 수 없었다.

그는 유언도 남기지 않았다. 종교인의 기도도 거절했다. 그의 표정은 담담했다. 죽음을 목전에 두고 있으면서도 어떻게 저리 얼굴이 평온할까? 교도관이 그를 일으켜 세웠다. 그가 자신을 에워싸고 있는 사람들에게 허리를 숙여 인사를 했다. 마지막으로 박 검사에게 목례를 했다. 사형수의 목에 밧줄이 걸리고 그가 앉아 있던 바닥이 덜커덩 소리를 내며 아래로 떨어졌다. 박 검사는 의사를 대동하고 아래층으로 내려갔다. 사형수는 숨이 멎었는지 미동도 하지 않았다. 그때 사형수의 가슴에 달린 빨간 명찰이 박 검사의 눈에 들어왔다. 순간 박 검사는 빨간 명찰을 제거해야한다는 강한 충동을 느꼈다. 사형수는 이미 죽었고 그는 더 이상 사형수가 아니었기 때문이다. 그러나 그마저도 머리에서만 맴돌 뿐 실제 행동으로는 옮겨지지 않았다. 의사의 사망확인이 끝나고 시신이 실려 나갔다. 박 검사는 시신의 뒷모습을 처연한 표정으로 바라보고 있었다.

박 검사와 정 부장검사는 동이 틀 때까시 술을 마셨다. 다음날 박 검사와 이 검사는 출근하지 않았다. 다음날도 술로써 하루를 보냈다. 물론 박 검사와 이 검사만 그런 건 아니었다. 사형집행에 참여했던 교도관과 모든 사람들이 그날의 충격을 잊기 위해 사형 당일과 다음날도 폭음을 했다. 그렇게 하지 않으면 마음이 괴로워서 견딜 수 없기 때문이었다.

여기서 판사는 자신이 경험한 이야기를 마쳤다. 내가 너무도 충격적이고 생생하기도 해서 잠시 멍한 표정을 짓자 한 마디 덧붙이기는 했었다. 자신이 검사 생활을 몇 년 하지 못하고 변호사로 개업한 이유도 이 사건과 무관치 않다는 것이다. 그러나 이 부분은 어딘가 미심쩍은 구석이 있다. 내가 이렇게 말하는 이유는 그분은 평소에 방랑자적인 기질을 갖고 있는데다 검찰의 상명하복과는 맞지 않는 자유분방한 성격을 갖고 있었기 때문에 설령 그 사건이 아니었다 하더라도 검사 생활을 그만두었을 것이라는 게 나의 조심스러운 의견이다. 그야 어쨌든 그분은 내가 알고 있는 판사 중에서 내게 글의 소재를 가장 많이 제공해준 아주 고마운 분이었다. 그런데도 나는 그분의 죽음을 알지 못했고 장례식에도 참석하지 못했다. 늦게나마 고인의 명복을 빈다.

(2017. 12. 10.)

빚으로부터의 해방

오늘 점심때였다. 회생위원들과 점심을 먹고 사무실로 돌아오다가 도로변에 세워진 승합차 뒷면에 커다랗게 씌어진 '빚을 빛으로 바꿔줍니다'라는 문구를 보고 일행 모두가 웃었다. 사정을 모르는 사람들은 웃고 있는 우리를 이해하지 못 할 수도 있다. 어쩌면 당연하다. 우리 같은 회생위원들만 문구를 이해할 수 있다. 은어 비슷한 말이기 때문이다.

나는 회생재판부에서 개인회생위원으로 근무하고 있다. 개인회생절차란 지급불능 상태에 빠진 채무자가 일정한 소득이 있고, 3년간 일정한 금액을 갚으면 채무를 면제해주는 제도를 말한다. 여기에서 말하는 채무자란 급여소득자 또는 영업소득자를 말하고, 일정한 소득이란 매달 월급이나 연금, 사업소득 등 정기적이고, 확실한 수입을 계속하여 얻을 가능성을 말한다. 채무총액은 무담보 채무의 경우 5억 원, 담보부 채무의 경우 10억 원을 넘지 않아야 하고, 채무총액이 자신이 소유하고 있는 재산(부동산, 동산, 예금, 임대차보증금반환채권 등)보다 많아야 한다. 종래 면책결정(파산절차에 의한 면책을 포함함)을 받은 채무자는 5년을 경과해야 한다.

회생위원들이 가장 중점적으로 조사하는 부분은 재산과 소득이다. 채무자가 채무초과 상태에서 재산을 처분하거나 은익하거나 임의로 특정인에게 변제하는 경우가 있는데 이럴 때는 법원에서 소명을 요구하고 소명을 제대로 하지 못하면 기각한다. 소득을 정확히 신고하지 않는 경우도 있다. 실제 소득보다 낮게 소득증명을 꾸며 법원에 제출하는 경우가 대표적이다. 어떤 채무자는 월 230만 원이 적힌 사장 명의의 소득증명원을 제출했으나 조사해보니 실제 소득은 4백만 원이 넘었다. 채무자가 직장을 허위로 신고하는 경우도 있다. 어떤 채무자는 유통회사에서 일한다며 사업자등록증과 소득확인서, 급여 통장 사본 등을 냈지만 조사 결과 이 주소지에 회사는 없었다. 조사해보니 대리인이 거짓 소득확인서를 써주고, 입금내역도 회사 이름으로 만든 사실을 확인했다. 이런 경우는 얼마 되지 않지만 모두 기각사유에 해당한다.

　개인회생 업무를 처리할 때 가장 고민이 되는 부분은 아무래도 변제율이 아닐까 한다. 변제율에 따라서 채권자와 채무자의 이해가 달라지기 때문이다. 채무자는 소득에서 자신 및 피부양자의 생활에 필요한 생계비를 제외한 나머지 금액을 변제에 제공한다. 법원으로부터 생계비를 얼마나 인정받느냐에 따라 변제금액도 달라질 수밖에 없다. 생계비와 변제율은 반비례 관계에 있다. 변제율은 채무총액에서 총변제금액을 나눈 값이다. 변제율이 높으면 생계비가 그만큼 적게 책정되었다는 의미고, 변제율이 낮으면 생계비가 그만큼 높게 책정되었다는 의미다. 채권자로서는 변제율이 높으면 받아갈 돈이 많아지니 그만큼 유리하겠지만 채무자의 입장에서는 생계비가 줄어들면 자신이나 가족이 누릴 수 있는 삶의 질이 떨어질 수밖에 없으니 불리할 수밖에 없다.

이럴 때는 회생위원이 양자의 입장을 조율할 수밖에 없다. 그런데 개인회생절차가 '성실하나 불운한 채무자의 회생'과 '채권자의 정당한 권리의 보호' 사이에서 조화를 이루는 제도라서 쉽지가 않다. 소득에 비해 변제율이 지나치게 높으면 채무자가 도중에 변제금을 납부하지 못해 개인회생절차가 폐지될 수도 있다. 이런 점을 감안해서 낮은 변제율을 인정해주면 채권자가 불만이다. 채무자가 숨겨놓은 재산이 있다는 둥, 자기는 못 먹고 못 입으며 모아놓은 돈을 빌려줬는데 채무자는 잘 먹고 잘 살고 있으면서도 돈을 갚지 않는다는 둥 하면서 이의 신청서를 제출한다. 이에 대해 채무자는 자기는 숨겨놓은 재산이 전혀 없고 소득도 숨기지 않았으며 잘 먹고 잘 산다는 주장 역시 사실이 아닐 뿐만 아니라 이미 원금은 이자로 다 충당되었다고 주장한다.

변제율을 놓고 언론에서도 상반된 기사를 내보낸다. 어떤 언론사는 채권자 편을 들어서 지나치게 낮은 변제율에도 법원이 인가를 해줌으로써 채무자의 도덕적 해이를 부추긴다고 비판한다. 반면에 어떤 언론사는 채무자 편을 들어서 법원이 채무자의 어려운 사정을 무시하고 지나치게 높은 변제율을 강요한다고 주장하면서 채무자에게 최저생계비에도 미치지 못하는 돈으로 살아가라고 하는 건 채무자회생법의 기본취지에도 맞지 않다고 한다. 사실 이런 기사를 볼 때마다 개인회생

업무를 담당하는 나로서는 여간 곤혹스러운 게 아니다. 법원은 공정하고 중립적인 위치에 있어야 하는데 어느 한쪽만 강요당한다는 느낌이 들기 때문이다.

회생위원은 특별한 경우가 아니면 직접 채무자를 면담한다. 어떤 채무자는 개인회생이 아니면 도저히 살아갈 수가 없다며 무릎을 꿇고 애원하는가 하면, 어떤 채무자는 암이 심각하게 진행돼 언제 죽을지 모르는데 자식들에게 빚진 아버지로 기억되고 싶지 않다며 회생을 인가해달라고 눈물을 흘린다. 어떤 여성 채무자는 유흥업소에 잘못 빠져 고율의 사채로 자살을 고민하다가 우연히 개인회생절차를 알게 되어 회생신청을 했다면서 빚으로부터 해방되어 단 한 순간만이라도 자유롭게 살게 해달라고 호소한다. 이렇게 사정들이 애틋하다보니 어느 여성 회생위원은 채무자의 손을 잡고 함께 울어주었다고 한다.

나는 지난 2년 동안 개인회생위원으로 일하면서 빚으로 고통 받는 사람들을 많이 만났다. 개인회생을 신청하는 채무자들을 자세히 살펴보면 대부업체에서 30퍼센트 수준의 고금리로 돈을 빌리는 서민들이 의외로 많았다. 이들은 이른바 생계형 대출 가구로 원금은 상환하지도 못한 채 이자만 납입한다. 심지어 기존 대출이자를 내고 나면 생활비가 부족해 다시 돈을 빌리는 악순환을 반복했다.

결국 최저생계비만으로 살아가야하는 채무자로서는 대부업체의 고금리에 시달리다 변제금도 납부하지 못한 채 개인회생절차가 폐지되는 운명을 겪게 되고, 대부업체 및 다른 채권자를 피해 이리저리 도망

다니며 살 수 밖에 없게 되는 것이다.

나는 회생위원을 '빚을 빛으로 바꿔주는 사람'이라고 말하기도 한다. 빚진 사람들을 빛의 세계로 안내하는 역할을 회생위원들이 하고 있기 때문이다. 회생위원들이 승합차의 뒷면에 새겨진 '빚을 빛으로 바꿔드립니다'라는 문구를 보고 빙그레 미소 지은 이유도 바로 그 때문이다.

나는 승합차에 저런 문구를 새긴 사람들이 누구인지 알지 못한다. 채무자를 고객으로 유치하려는 법무사일 수도 있고 변호사일 수도 있을 것이다. 아니면 대부업체나 사채업자일 수도 있을 것이다. 그도 아니면 교회 다니는 사람의 승용차일 수도 있을 것이다. 교회 건물 같은 곳에서도 가끔 저런 문구가 씌어져 있었기 때문이다.

나는 지난 30여 동안 법원에 근무하면서 여러 업무를 두루 거쳤다. 민사, 형사, 가사, 등기, 경매, 공탁, 가족관계……. 법원 업무는 거의 다 해봤다. 이들 업무 중에서 가장 보람 있었던 업무 하나를 꼽으라면 서슴없이 개인회생을 선택하겠다. 그런데도 어딘가 모르게 허전하다. 선량하나 불운한 채무자들의 초췌한 얼굴이 자꾸만 떠오른다. 그들은 사회적 약자이고 좀 더 관대하게, 따뜻한 마음으로 대해줬어야 하는데 이런저런 이유로 그러지 못했다는 아쉬움 때문이었다.

(2017. 12. 20.)

3부 법원 사람들

내가 바라는 법원은 누구나 부담 없이 찾아오는 마음 편한 법원이었다.
소외된 사람들의 쉼터가 되고 억울한 사람들의 이웃이 되는
따뜻한 법원이었다. 법원사람들은 이런 법원을 만들기 위해 노력했다.
소외된 사람들이 법원을 찾았을 때 편히 쉬어갈 수 있도록
사무실을 단장하고, 법정을 꾸미고, 향내 나는 화장실을 만들었다.
법원이 억울한 사람들의 사연을 들어주는 따뜻한 이웃이 되기 위해
법정에서, 사무실에서, 민원실에서 최선을 다했다.
그러나 여전히 국민의 마음을 얻는 데는 부족했음을 느낀다.
아직도 많은 국민이 사법부를 신뢰하지 않고 있음은
법원사람들의 노력이 부족했음을 말한다.
그래도 희망을 버리지 않는다. 노력하고 또 노력하다보면
국민의 마음을 얻게 되는 날이 올 것이라 믿는다.

나의 법원 인생은 사무관에서 끝났다

일요일이다. 점심을 먹고 느긋하게 낮잠을 즐기려는데 아내가 나를 잡아끌었다. 주변 나들이라도 하자는 것이다. 나는 휴일이면 오후에 낮잠을 즐기는 버릇이 있다. 그런데 아내가 방해를 하고 있다. 유일한 낙을 빼앗기는 것 같아 내심 섭섭했지만 아내의 청을 거절할 수가 없었다. 아내가 앞서고 내가 뒤따랐다. 아파트 주차장으로 발길을 돌리는 것으로 보아 승용차를 몰고 시외로 나갈 모양이었다.

아내가 데려간 곳은 진해에 있는 진해 내수면환경생태공원이었다. 얼마 전까지만 해도 양어장이었는데 생태공원으로 바뀌었다고 했다. 날씨가 따뜻해서 그런지 아니면 유명해서 그런지 공원은 사람들로 북적거렸다. 아내는 그런 모습에 무척 고무된 듯했다. 힐끗 나를 바라보면서 살짝 웃어보였는데 마치 '잘 오셨지요?'라고 묻는 것 같았다. 나도 아내의 기분을 맞춰주었다.

"진해에 이렇게 좋은 곳이 있었나? 혼자만 구경하지 말고 나도 좀 데리고 와 봐."

"그래서 이렇게 데리고 왔잖아요. 우리 앞으로 자주 구경 다녀요."

아내가 유쾌하게 웃었다. 그런데 어쩐 일인지 내 마음은 그렇지가 않았다. 쓸쓸함이 밀려오나 싶더니 마음이 뒤숭숭해지는 것이었다. 아직은 한가하게 여행을 다닐 때가 아닌데……, 애들 뒷바라지를 위해서도 몇 년은 더 일을 해야 하는데……, 나는 머리를 흔들었다. 이런 좋은 날에 무슨 그런 생각을 하고 있지……. 나는 정문을 지나서 안으로 들어갔다.

그런데 몇 걸음 걷지 않아 특별한 나무가 눈에 들어왔다. 겨울인데도 벚꽃이 피었다. 내가 고개를 갸우뚱했더니 아내가 봄과 가을에 두 번 피는 꽃이라고 해서 이름도 '춘추벚꽃'이라고 설명했다. 봄에 피는 벚꽃보다는 크기도 작고 윤기도 부족했다. 물론 화려하지도 않았다. 나는 1년에 두 번 피기 때문에 그럴 것이라고 생각했다. 그래도 이게 어디인가. 요즘 같이 꽃 보기 힘든 철에 시든 꽃이나마 볼 수 있다는 게 행운이라는 생각도 들었다.

아내가 나를 나무 앞에 세우고 사진을 찍었다. 셔터를 누르려다말고 내 얼굴이 너무 굳어 있다고 해서 살짝 웃었다. 아내와 나는 흔들의자에 앉았다. 저수지에 오리가 몇 마리 헤엄치고 있었다. 겉으로 보기에는 무척 평온했지만 사실을 알고 보면 그렇지도 않을 것이다. 오리는 물 위에 떠 있기 위해서 발을 쉴 새 없이 움직이고 있을 터였다. 그런 모습을 보고 있노라니 우리네 삶도 저렇지 않을까 하는 생각이 들었다.

집으로 돌아오는 길에 서점에 들렀다. 아내가 내게 선물하고 싶은 책이 있다고 했다. 나도 서점에 들르기 좋아하는 터라서 아내의 말을 즐겁게 받아들였다. 서점에는 사람들이 많았다. 특히 중고등학생이 많았다. 아내는 아르바이트하는 학생에게 휴대전화를 열어보였다. 거기에 책 이름이 적혀 있는 모양이었다. 종업원이 서점 중앙에 설치된 컴퓨터를 두드리더니 금방 책을 가지고 왔다. 일본 작가 우치다테 마키코가 쓴《끝난 사람》이라는 책이었다. 아내는 계산대에서 포인트가 얼마나 적립되었는지 확인했다. 적립된 포인트로 책을 사려는 모양이었다. 그런데 계산이 잘 안되는 모양이었다. 직원이 반복해서 컴퓨터를 검색했다. 나는 그냥 서 있기도 무료해서 책을 들여다보았다.

　　정년퇴직이라…… 이건 뭐 생전장례식이다.

　처음부터 심상치가 않다. 정년퇴직이란 단어에 어떤 긴장감 같은 걸 느꼈다. 나도 6개월만 있으면 정년퇴직이다. 그런데 책속의 주인공이 느끼는 감정과는 사뭇 달랐다. 정년퇴직이 서운한 건 사실이지만 그렇다고 장례식에 비유할 만큼 충격적이라거나 비극적이지는 않았다. 아마도 그런 것 같다. 책속의 주인공은 정년퇴직을 하면 더 이상 출근할 곳이 없을 수도 있겠지만 나는 그렇지가 않다. 법무사로 제2의 인생을 살아갈 수도 있는 것이다. 생각이 거기에 이르자 팽팽했던 긴장감이 조금씩 풀리기 시작했다.
　나는 책을 읽어내려 갔다. 이럴 때 돋보기안경이 있으면 얼마나 좋을까? 나는 노안이다. 나이가 들면 자연스레 찾아온다고들 하지만 그래도 불편함이 이만저만한 게 아니다. 특히 책을 읽을 때는 불편함이 더했다. 평소에는 돋보기안경을 휴대하고 외출하는데 오늘은 깜빡 잊었다. 그렇다고 종업원에게 돋보기안경이 없느냐고 물을 마음이 아직까지는 없었다. 나이가 들면 자존심이 강해진다고 하는데 나도 그렇게 변해가는 것 같았다.

나는 띄엄띄엄 책을 읽었다. 어느 정도 예상했던 내용들이다. 퇴직 후 할 일이 없다는 둥, 자기는 아직도 얼마든지 일할 수 있는데 강제로 쫓아낸다는 둥, 정년퇴직하는 날에만 고급승용차로 집까지 데려다준다는 둥 대부분 나이 든 사람들의 푸념 일색이었다. 나는 아내를 힐끗 쳐다보았다. 아직까지 계산대 앞에 서 있다. 웬만하면 그냥 돈으로 지불하지, 언제까지 저렇게 서 있을 거야. 나는 다시 책을 읽어내려 갔다.

'떨어진 벚꽃, 남아 있는 벚꽃도 다 지는 벚꽃'인 것이다. 절대 속마음을 들켜서는 안 된다. 아무렇지 않은 얼굴로 승용차에 올라타는 거다. '뒷모습이 아름다워야 한다.'

나의 샐러리맨 인생은 전무에서 끝이 났다.

내가 불과 몇 줄 읽지 않았을 때였다. 아내가 계산을 끝냈는지 나가자고 했다. 나는 다음 내용이 어떻게 전개될지 궁금했지만 집에 가서 읽기로 했다. 그런데 어쩐 일인지 발걸음이 무거웠다. 자꾸만 마지막 문장이 나를 괴롭혔다.

'나의 샐러리맨 인생은 전무에서 끝이 났다.'

나는 호흡이 가빠짐을 느꼈다. 가파른 계단을 올라와서가 아니었다. 비록 60대에 접어들었지만 체력이 그 정도까지 약해지지 않았다. 이유는 다른 데 있었다. 책속의 주인공이 남의 이야기가 아니라 바로 나의 이야기였기 때문이다.

나의 법원 인생은 사무관에서 끝이 났다.

나는 뭔가에 홀린 사람처럼 계속해서 같은 말을 반복하고 있었다.

(2017. 12. 5.)

15년 정든 양복아, 잘 가거라!

"세탁소 아저씨가 그러는 거 있지요. 천이 닳아서 세탁을 할 수가 없대요. 이제 버려야겠어요."

아내가 옷걸이에 걸려있는 양복을 보며 말한다. 나는 고개를 끄덕였다. 그래, 벌써 15년이야. 나는 양복을 바라본다. 군데군데 천이 흘러내리고 오그라들었다. 하긴 그럴 거야. 이제 그만 버릴 때도 되었어. 그런데 내 마음이 왜 이렇게 애잔한 걸까.

내가 그 양복을 산 건 15년 전이다. 1990년에 진주지원에 근무할 때였다. 내 기억으로 20만 원 정도 준 것 같다. 당시에는 큰돈이었다. 내 월급의 절반에 해당하는 액수였다. 그러나 돈이 문제가 아니었다. 그 양복 속에는 내 젊음이 고스란히 담겨있었다. 17년의 공무원 생활이 켜켜이 묻어있었다.

1988년 4월이었다. 나는 그때 면접시험장에 있었다. 수험생들 모두가 말쑥하게 차려입었다. 깨끗한 양복에 하얀 와이셔츠, 화사한 넥타이를 맸다. 나는 그들이 부러웠다. 저들에 비하면 나는 얼마나 초라한가. 낡은 양복이라도 있었으면 얼마나 좋을까. 나는 그때 점퍼를 입고 있었다. 수험생 중 점퍼를 입은 사람은 나밖에 없었다.

나는 초조했고 불안했다. 행여 옷차림 때문에 불이익은 당하지 않을 것인가. 아, 얼마나 힘들게 여기까지 왔는데. 나는 차례를 기다리면서 불안감을 감추지 못했다. 이럴 줄 알았으면 세탁소에서 빌려서라도 입고 올 걸 그랬어. 온갖 생각이 나를 괴롭혔다. 그때였다. 면접관을 보조하는 듯한 사람이 내게 작은 소리로 말하는 것이었다.

"양복을 입고 오지 그랬어요?"

"그게…… 실은 양복이 없습니다."

"양복이 없어요?"

그가 놀란 표정을 지었다. 입맛을 쩍쩍 다시기까지 했다. 내 불안은 더해갔다. 여기에서 떨어지면 나는 더 이상 갈 곳도 없다. 서른한 살 늦깎이를 받아주는 곳은 이곳밖에 없다. 나는 주위를 둘러본다. 지금 이 순간에도 다른 수험생들은 면접 공부에 한창이다. 그런데 나는 어떠한가. 엉뚱한 문제로 고민이나 하고 있지 않은가.

드디어 내 차례가 되었다. 내 신경은 온통 옷차림에 가 있었다. 면접관이 나를 보자마자 인상부터 찡그렸다. 내게 몇 가지 질문을 하는데 짜증기가 섞여 있다. 나는 그럴수록 아랫배에 힘을 주었다. 여기서 무너지면 끝장이다.

나는 비교적 또렷하게 대답했다. 면접관의 표정이 조금씩 누그러지기 시작했다. 안경을 벗더니 엷게 웃기까지 하는 것이었다. 그래서일까, 가슴 밑바닥에서부터 뜨거운 무엇이 치고 올라왔다. 갑자기 눈앞이 희뿌옇게 변하더니 콧등이 시큰해지는 것이었다. 나는 지금도 면접관의 마지막 말을 잊지 못한다.

"공부 많이 하셨습니다. 그동안 고생했습니다. 합격하면 열심히 하세요."

그 후 2년이 지났다. 1990년이다. 그때야 비로소 나는 양복 한 벌을 살 수 있었다. 제법 메이커 있는 양복이었다. 그 양복을 나는 지난 주 토요일까지 입었다. 가을과 겨울에나 입을 수 있는 양복이었는데도 말이다. 그만큼 애착이 가는 양복이었다.

이 양복과 함께 한 지 벌써 15년이 되었다. 그동안 월급도 많이 올랐다. 결혼도 했고 눈에 넣어도 아프지 않을 두 아이도 생겼다. 풍족하지는 않지만 먹고 사는 데는 지장이 없다. 지난해에는 아파트 분양도 받았다.

나는 양복을 어루만진다. 오래된 친구와 헤어지는 것처럼 마음이 아프다. 나는 몇 번이고 같은 말을 되풀이한다. 15년 정든 양복아, 잘 가거라. 내 목소리에는 울음이 배어있었다.

(2005. 5. 2.)

어느 실무관의 민원인 응대법

Q 실무관이 기분이 좋은 모양이다. 제법 콧노래까지 부른다. 서류 봉투 접는 손이 가볍기만 하다. 무슨 좋은 일이 있는 것일까. 나는 그의 행동을 유심히 지켜본다. 아니나 다를까, 그가 전화기를 든다. 목소리에 힘이 들어가 있다.

"야, 서기보시험 합격 축하한다."

"......"

"뭐, 동명이인이라고?"

"......"

"응, 알았다. 내 술 한잔 살게. 전화 끊는다."

며칠 전에 법원 서기보시험 합격자를 발표했다. 합격자 명단에 그의 친구 이름이 있었던 모양이다. 당연히 Q 실무관은 기분이 좋았을 것이다. 그래서 해준 축하 전화다. 그런데 동명이인이라니! 그의 얼굴에 낙담하는 기색이 역력했다. 하지만 그런 기분도 잠시였다. 그를 곤혹스럽게 하는 민원 전화가 한 통 걸려온다. 그는 한 시간 가까이 전화통에 매달려 있어야했다.

나는 조서를 작성하면서도 귀를 쫑긋 세웠다. 그는 민원인에게 무척 친절했다. 깍듯이 선생님이라고 불렀다. Q 실무관은 목소리도 좋았고 깔끔하기까지 했다. 어디 하나 흠잡을 데가 없었다. 물론 평소에도 나는 그가 친절하다는 걸 잘 알고 있었다. 그런 그도 더는 참기가 힘들었던 모양이다. 애원조로 말했다. 전화통에 매달린 지 40여 분만의 일이었다.

"선생님, 저는 송달하고 봉투 싸는 일을 주로 해요. 법률적인 문제는 잘 몰라요. 설령 안다고 해도 말해주기가 곤란해요. 민사소송이라는 게 그렇잖아요. 쌍방 대립되는 문제가 대부분입니다. 선생님도 그 부분은 이해하셔야 합니다."

그렇다면 전화내용은 무엇이었을까? 사실 따지고 보면 내용은 별게 아니었다. 어느 재판부에서나 일어날 수 있는 일인데 민원인이 했던 말을 자꾸만 반복하다보니 전화가 길어졌던 것이다. 이해를 돕기 위해 간략하게나마 전화 내용을 재구성해보았다. 존칭은 생략했다.

민원인 왜 함부로 내 사건을 조정에 회부했나?

실무관 그게 아니다. 본격적인 재판에 앞서 절차를 협의하기 위해 여는 재판인 준비절차인데 조정실에서 한다는 얘기다.

민원인 나는 공개재판을 받고 싶다. 나는 억울하다.

실무관 억울한 심정 나도 이해한다. 판사한테 물어보고 올 테니 잠시 후에 다시 해 달라.

민원인 알았다. 끊지 않고 기다리겠다.

(Q 실무관, 쏜살같이 판사실로 뛰어간다. 그사이 다른 실무관이 민원인과 통화를 한다. 인터넷 어쩌고 대통령이 어쩌고 하는 걸로 보아 민원인의 '협박성' 발언이 계속 되는 모양이다. 3분도 지나지 않아 Q 실무관이 헐레벌떡 뛰어온다.)

실무관 판사가 법정에서 준비절차를 하도록 했다.

민원인 아무개 판사는 어디로 갔나?

실무관 다른 곳으로 발령이 났다.

민원인 왜 그렇게 자주 바뀌나?

실무관 아니다. 2년에 한 번씩 바뀐다.

내용은 이렇게 간단했다. 물론 민원인은 이보다 훨씬 많은 말을 쏟 아냈을 것이다. 중간 중간에 협박과 욕설도 했을 것이다. 하지만 Q 실무관은 언성 한 번 높이지 않았다. 그의 인내가 참 대단했다. 더욱 놀라운 일은 통화 중에 그가 직접 판사실까지 뛰어 올라갔다는 사실 이다. 이런 Q 실무관을 누가 친절하지 않다고 하겠는가?

(2006. 4. 4.)

법원에 다시는 눈물이 없기를

창원에 폭설이 내렸다. 창원기상대 발표로는 2.5센티미터라고 하지만 그보다 많이 내린 것 같다. 이른 아침부터 아파트 관리사무소에서는 ○○초등학교는 9시까지, ○○중학교는 9시 30분까지, ○○여자중학교는 10시까지 등교해도 된다는 안내방송을 내보냈다. 작은애는 신이 났다. 자기가 다니는 ○○고등학교는 아예 폭설로 휴교를 했다는 것이다.

나는 출근하기 위해 시내버스를 탔다. 버스가 폭설로 거북이 운행을 하는 바람에 평소에는 15분이면 갈 거리를 50분이나 걸렸다. 법원 여기저기에도 눈이 쌓였다. 나는 현관을 들어서면서 캐노피(현관 위쪽을 가리는 지붕처럼 돌출된 것) 공사를 잘했다고 생각했다. 공사 전에는 캐노피 철판에 녹이 슬어 비가 오기라도 하면 녹물이 흘러내리기도 했는데 지금은 그렇지 않다.

현관 복도에 들어서자 승강기 맞은편에 서 있는 서각이 눈에 들어왔다. 어린애 키 정도의 서각이었는데 일반 서각과는 달랐다. 서각 사면에 '다시는 눈물이 없기를'이란 글자가 새겨져 있다. 처음 서각을 보았을 때는 그곳에 글자가 새겨져 있다는 걸 몰랐다. 신비한 동물이나 특이한 나무의 문양인 줄만 알았다. 그만큼 글자체가 독특했다.

그런데 오늘따라 서각이 애잔하게 느껴졌다. 서각에 새겨진 '다시는 눈물이 없기를'이란 글귀 때문만은 아니었다. 나는 그런 애잔함이 오랜만에 내린 폭설 때문일지도 모른다고 생각했다. 주변 풍경에 따라서 마음도 바뀌기 때문이었다.

그런데 그건 틀린 생각이었다. 원인은 다른데 있었다. 서각의 유래가 나를 애잔하게 만들었다. 어제 K 창원지방법원장이 지은 《창원이야기》를 읽었다. 거기에서 K 법원장이 쓴 '다시는 눈물이 없기를'이라는 글을 읽게 되었고 서각의 유래를 알게 되었다. 나는 글을 읽으면서 K 법원장이 참 좋은 친구를 두었구나, 라는 생각을 했었다.

제 초등학교 친구가 있습니다. 고등학교를 마치고 고향을 지키면서 막내임에도 노모를 90세 중반까지 모시다가 지난해에 하늘로 소천하실 때까지 지극 정성으로 봉양했습니다. 농사를 지으면서 서각에 소질을 깨달아 20년 정도 취미로 서각 작품에 매진하여 지금은 한국서각작가협회 구미시 지부장도 맡고 있고, 의용 소방대원 일도 자원봉사로 하고 있습니다.

친구들이 연대보증 요청하면 무조건적으로 인감날인을 해주어 농촌에서는 큰 액수인 1억 이상을 대위변제하는 슬픔도 겪었지만 그럴 때도 주채무자인 보증 요청한 친구에게 비난 한마디 하지 않는 친구입니다. 이 친구는 천렵을 해서 붕어나 미꾸라지를 잡을라치면 비닐봉지나 통에 담아 1시간 30분을 운전해서 창원 관사까지 내려오곤 합니다. 같이 매운탕 끓여 먹고 새벽에 고향으로 갑니다. 지금까지 사소한 사건 하나 부탁한 적이 없습니다. 글자 그대로 죽마고우입니다. 얼마 전에는 농어촌 후계자 대상 야간대학 과정도 마무리했습니다.

이런 친구가 자기가 아끼는 서각 작품 두 점을 가지고 왔습니다. 하나는 제 개인에게 경구로 삼으라는 취지로 각을 새기고, 하나는 법원을 방문하는 당사자가 "다시는 눈물 없기를"을 바라는 소망을 500년이 넘은 소나무 고목재 4각 면에 새겼습니다. 죽마고우 친구는 안빈낙도로 농사를 지으면서 서각에 입문하여 전국대회 입상을 여러 차례 한 바 있는 서각 예술 작가이기도 합니다.

부산전시회 참석한 후 귀로에 창원에 들러 서각작품을 창원법원 예술법원용으로 재능기부하고 저와 함께 진주 어머니를 생전에 한 번 더 보고 싶다고 해서 같이 다녀왔습니다. 제가 서울 근무할 시절에는 수시로 고향을 지키는 제 어머니 문안을 올리기도 했습니다. 올 초까지 95세이신 자신의 모친을 병수발하면서 같은 집에서 모신 효자이기도 합니다. 법원을 찾는 모든 당사자가 법관의 판단을 잘 이해하고 승복하여, 그리고 법원과 직원도 모든 지혜를 발휘하여 "사필귀정, 파사현정"의 재판을 함으로써 그 누구도 더 이상 억울한 눈물이 없기를 염원하면서 각을 새겼다고 합니다. 이런 친구를 곁에서 보는 저는 참으로 인복이 넘친다 할 것입니다.

글은 여기까지다. 글에서 나오는 '사필귀정'은 누구나 아는 말일 것이다. 그런데 '파사현정'은 사뭇 낯설다. 풀이하면 이렇다. "잘못 사로

잡혀 있는 생각, 그릇된 견해를 타파하여 바른 도리를 드러내는 것"을 말한다. 사람과 동물의 차이점은 어디에 있을까? 도덕심에 있다고 한다. 동물에게는 그게 없고 사람에게는 그게 있다는 것이다. 누구나 잘못된 생각을 할 수 있다. 누구나 그릇된 견해를 가질 수 있다. 그런 의미에서 '파사현정'을 인생의 좌우명으로 삼아도 좋지 않을까 싶다.

나는 현관에서 서각을 바라보고 있다. 이런저런 상념에 잠기다가 문득 손으로 쓰다듬고 싶다는 충동을 느꼈다. 나는 그래서는 안 되는 줄 알면서도 서각을 천천히 쓰다듬었다. 그런데 딱딱하고 거칠었다. 미끄럽다거나 부드러움 같은 것도 느껴지지 않았다. 순간 나는 서각에 서려 있을 작가의 아련한 아픔 같은 걸 느꼈다. 밖에는 솜털 모양의 눈이 내리고 있었다.

(2014. 12. 8.)

H 판사에 대한 추억

점심을 먹고 카페에 들렀다. 카페는 2층이었는데 검찰청 뒤편에 있었다. 나는 계산대로 가서 '카페라테'를 주문했다. 종업원이 준 영수증과 차임벨을 받아들고 창가에 앉았다. 점심때라서 그런지 손님이 많았다. 그들 중에는 낯이 익은 사람들도 보였는데 민사재판부 구성원들이었다. 그들은 모두 밝게 웃고 있었다. 보기에 좋았다. 나도 저런 시절이 있었는데, 라는 생각에 이르러서는 어떤 추억에 빠져들기도 했다. 나의 기억은 10여 년 전 저편으로 거슬러 올라갔다.

봄비가 내렸다. 3월인데도 봄기운을 느낄 수 없었다. 바람이 세게 부는데다 날씨까지 추웠기 때문이다. 나는 몸을 잔뜩 웅크렸다. 우산을 쥔 손이 가볍게 떨리기까지 했다. 물론 나만 그런 건 아니었다. H 판사도 추운 모양이었다. 입술이 파랬다. 입술에 루주 좀 발랐으면 좋았을 걸 하는 생각이 들었다.

"계장님, 뭘 드시겠어요?"

판사가 내게 물었다. 나는 판사를 바라보았다. 하얀 얼굴이다. 활짝 웃는 모습이 아름답다. 마치 하얀 목련 같다. 화사한 봄옷을 입었다면 더욱 좋았을 것이라고 생각했다. 그러나 그건 욕심이다. 오늘처럼 쌀쌀한 날은 더욱 그렇다. 지금 입고 있는 검은색 겨울코트도 잘 어울린다.

"판사님 좋으신 걸로 아무거나 하시지요?"

나는 말을 하고 나서 속으로 아차 했다. '아무거나'란 말이 아무래도 이상했기 때문이다. 물론 이번에만 내가 의사표시를 그렇게 한 건 아니다. 매번 습관적으로 그렇게 대답하곤 했었다. 내가 줏대가 없는 것일까? 왜 얼버무리고 마는 것일까? 의사만은 명확히 표현해야 하는데 그게 잘 안 된다.

"저도 아무거나 좋아요. 계장님 좋은 걸로 하세요."

그런데 판사까지 '아무거나'란 말을 쓴다. 반갑다. 그렇다면 이 말이 꽤나 널리 퍼졌다는 얘기다. 사실 누군가가 내게 불쑥 무엇을 먹자고 했을 때 대답하기 곤란한 경우가 많다. 비도 오고 바람까지 부는데 마냥 길거리에 서 있을 수도 없었다. 나는 머리를 긁적거리며 말했다.

"저번에 갔던데 있지요. 설렁탕요?"

"그게 좋겠네요. 오늘같이 쌀쌀한 날에는 따뜻한 국물이 최고예요."

판사도 좋다고 했다. 우리는 검찰청 쪽으로 걸어갔다. 검찰청 직원들이 우르르 청사를 나선다. 모두들 추운 모양이다. 걸음이 빠르다. 우리 재판부는 매주 목요일에 점심을 함께 먹는다. 그날이 재판하는 날이기 때문이다. 점심 식사비는 언제나 판사가 낸다. 내가 가끔씩 한번 내려고 해도 그게 안 된다. 계산대 앞에서 막무가내로 나를 밀어내는데 도리가 없었다.

식당에는 평소보다 사람이 많았다. 아무래도 추운 날씨 때문인 듯하다. 판사는 수육까지 한 접시 주문한다. 설렁탕 한 그릇이면 충분한데 매번 이렇다. 수육은 부드럽고 맛있었다. 생김치에 걸쳐 먹으니 더욱 맛있었다. 설렁탕이 나왔다. 나는 부추와 양념장을 설렁탕에 집어넣었다. 소금으로 맛을 내는 것보다는 이게 좋았다. 그때 문득 설렁탕의 유래가 떠올랐다.

"판사님, 설렁탕이란 말이 어떻게 나온 줄 아세요?"

"모르겠는데요. 계장님은 아세요?"

"우리나라는 농업 국가였지요. 그래서 해마다 '선농단'이라는 제단을 쌓고 왕이 풍년을 기원하는 제사를 지냈답니다. 이날에는 사람들이 구름처럼 몰려들었습니다. 나라에서는 모여든 백성들을 먹이기 위해 제단에 바쳐진 소를 잡아서 고깃국을 끓였습니다. 이 음식을 '선농단에서 끓인 것'이라 하여 '선농탕'이라고 했답니다. 그러던 것이 '설렁탕'으로 바뀌었고요."

"호호, 그런 유래가 있었네요. 백성들을 위한 음식이니 맛있게 먹겠습니다."

판사가 밥을 뜨더니 국에 말았다. 수저를 쥔 손이 하얗고 파랗다. 실핏줄까지 보인다. 손가락도 가냘프다. 외모 또한 가냘프다. 어디를 보나 평범한 여성이다. 그러나 법정에만 들어서면 그렇지 않다. 판사의 본분으로 돌아간다. 결기가 넘치고 강단지다. 하지만 여자의 본성만은 숨길 수 없는 모양이다. 따뜻한 마음이 도처에 흐른다. 특히 사회적 약자에게는 더욱 그렇다. 그래서 법정은 언제나 훈훈하다.

그토록 마음 따뜻한 판사가 올 7월에는 미국으로 떠난다. 연수를 받기 위해서다. 나는 앞으로 4개월 남짓밖에 판사와 근무할 수 없다. 언젠가 법정을 향하면서 내가 한 말이 떠오른다. H 판사가 인품도 뛰어나고 실력도 좋고 재판진행이 아주 깔끔해서 "판사님 같은 분이 대법관에까지 오르시면 좋겠어요."라고 했더니 "아휴, 그런 소리 하지 마세요. 저보다 훌륭한 판사님들이 얼마나 많은데요."라며 황급히 손사래를 쳤었다.

H 판사는 1년 후에 돌아온다. 그러나 그때쯤이면 나는 다른 곳에 가 있을 것이다. 아쉽다. 하지만 어쩔 수 없는 일이다. 만남과 헤어짐은 언제나 상존하는 법이다. 함께 있을 때 잘해주는 게 진정으로 좋은 사람이다.

내 기억은 여기서 멈췄다. 차임벨에 불이 깜빡였기 때문이다. 나는 계산대로 가서 '카페라테'를 들고 왔다. '카페라테'에는 하트가 그려져 있었다. 나는 '카페라테'를 마시면서 창밖을 바라보았다. 교회가 보였다. 나는 그제야 지금 내가 앉아 있는 자리가 H 판사와 함께 설렁탕을 먹었던 자리라는 걸 깨달았다. 언제부터였는지는 모르지만 식당이 카페로 바뀐 것이다. 나는 감회가 새로웠다. 밖에는 10년 전에 내렸던 비가 다시 내리고 있었다.

(2017. 3. 17.)

스물두 평 아파트에 사는 대법관

22평 아파트에 사는 대법관이 있다면 놀랄 것이다. 설마 그럴까 하는 사람도 있을 것이다. 그러나 사실이다.

1995년인가 1996년인가로 기억된다. 나는 그때 시골 등기소에 근무하고 있었다. 어느 날 새로 오신 법원장이 등기소에 격려 차 나왔다. 법원장은 키가 작은 편이었다. 마치 그 모습이 이웃집 아저씨 같았다. 서민적인 풍모의 전형이었다.

말씨도 수더분했다. 꾸밈이라고는 없었다. 표정도 온화했다. 얼굴에는 잔잔한 미소가 흘렀다. 법원장의 그런 모습에 긴장할 직원은 없었다. 모두들 자연스럽게 법원장과 이야기했다. 나도 마찬가지였다. 할 말 못할 말 다했다. 법원장은 내 말을 듣고 고개를 끄덕이기도 하고 수첩에 적기도 했다.

그분에 대한 일화는 많다. 1990년대까지 흑백텔레비전을 보았고, 사모님은 월남바지를 입었다. 당시 월남바지는 서민층 부녀자들이 즐겨 입었다. 일종의 통바지였는데 허리띠로 고무줄을 넣었다. 도대체 누가 이런 부인을 보고 법관의 아내라고 할 것인가.

일반 사람들은 그렇게 생각한다. 판사, 부장판사, 수석부장판사, 법원장, 대법관 이 정도의 위치에 오르면 잘 사는 줄 안다. 그런데 그분은 전혀 그렇지 않았다. 가족은 물론 자신도 빈궁하게 살았다. 오죽했으면 아이들이 집에 친구 데려오는 걸 꺼려했을까.

한번은 감사관이 법원장으로 있던 그분에게 감사결과를 보고했다. 보고서를 쭉 읽고 나더니 "감사관님, 제가 보기에 과도하게 지적을 하신 것 같습니다. 해당 직원이 사기가 꺾이지 않도록 최대한 선처를 해 주시면 어떻겠습니까?"라며 의견을 구하기도 했다.

그분과 함께 근무했던 사람들은 입을 모은다. 그분 지갑 속에는 항상 만 원짜리 지폐가 몇 장밖에 들어있지 않았고, 음식도 가장 값싼 것만 드셨다. 자신이 다른 법원으로 떠나갈 때 직원들의 전별금도 받지 않았다(당시에는 전별금을 주고받는 게 관행이었다). 반대로 떠나는 직원에게는 반드시 전별금을 주었다.

그분은 대법관이 되고 나서도 오피스텔을 얻어서 생활했다. 출근할 때는 전철이나 시내버스를 이용했다. 그분은 청렴했다. 재물에도 관심이 없었다. 그분 곁에는 골프채도 없었고 테니스채도 없었다. 두꺼운 법전과 법서만이 그분 책상의 좌우에 가득 쌓여 있을 뿐이었다.

그래서였을까, 사람들은 그분을 가리켜 '딸깍발이 대법관'이라고 불렀다. 딸깍발이란 가난한 선비를 일컫는 곁말이다. 선비는 청렴에서 출발한다. 삶이 청렴하면 사물도 공정하게 보인다. 청렴과 공정은 그래서 법관의 기본 덕목이 될 수밖에 없는 것이다.

사법부에 대한 국민의 기대가 크다. 권력을 견제하고 사회적 약자를 보호하는 사법부를 국민들은 원한다. 사람은 가도 이름은 남는다. 달리 표현하면 법관은 가도 판결문은 남는다. 그것도 영구보존한다. 대대손손 보게 하려 위함이다.

그분은 지금 D대학교에서 법학을 가르친다. 변호사의 길을 걷지 않았다. 그분은 청빈한 법관이었다. 법관을 천직으로 여겼던 사람이다. 나는 그런 기대를 해본다. 그분처럼 청렴하고 외풍에 흔들리지 않는 딸깍발이 대법관, 딸깍발이 법관이 많이 나왔으면 하고 말이다.

(2008. 8. 29.)

"L 검사, 당신이 판사야?"

"제가 말입니다. 초임 판사 시절에 몹시 당황했던 기억이 있습니다."

직원들이 음식을 먹다 말고 L 판사 쪽으로 고개를 돌렸다. 그분은 검사, 판사, 변호사를 두루 거쳤다. 1970년대에 검사로 공직에 첫발을 내디뎠으니 40여 년 경력의 원로 법조인인 셈이다. 지금은 내가 근무하고 있는 시 법원에서 임기 5년의 판사로 재직 중이다.

"제가 판사로 발령받고 얼마 안 되었을 때입니다. 부장님께서 제가 작성한 판결문을 읽어보시더니 그러시는 거예요. 법조문을 찾아보고 판결문을 썼느냐고요. 제가 당황해서 말을 못하니까 법조문을 찾아보라는 겁니다."

"그래서요?"

A 계장이 물었다. 얼굴에는 호기심이 가득했다. 물론 A 계장만 그런 건 아니었다. 다른 직원들도 몹시 궁금해 하는 눈치였다. 나도 궁금하기는 마찬가지였다. 내가 법원에 근무하고 있긴 하지만 판사들의 세계는 잘 알지 못했다.

"부장님께 솔직히 말씀드렸지요. 담당 변호사가 답변서에다 그렇게 주장했고, 저도 확실한 것 같아서 안 찾아봤다고요. 그렇게 말하고는 당장 찾아보겠다면서 부장님 방을 나왔습니다."

"찾아보니 어떻습니까?"

"부장님 말이 맞았어요. 얼마나 부끄럽던지……. 판사로 임용 받은 지 얼마 되지 않아서 검사 시절의 타성을 그대로 갖고 있었던 거예요."

"검사 시절에는 어땠는데요?"

이번에는 내가 물었다.

"검사요? 검사들은 잘 안 찾아봅니다. 한번은 이런 일이 있었어요. 제가 궁금한 게 있어서 법전을 찾아보니까 부장검사님이 그러는 거예요. 'L 검사, 당신이 판사야?'라고 말입니다. 그분 말씀이 검사들은 피의자를 조사해서 사건만 해결하면 된다는 겁니다. 법전 찾아보는 일은 판사들이나 하는 거라면서요."

모두들 웃었다. 다시 A 계장이 말했다.

"판사님, 질문 한 가지 더 드려도 되겠습니까?"

"그러시지요."

"법무사의 소액사건 대리를 어떻게 보십니까?"

"저는 찬성합니다."

"변호사들은 반대하는 것 같던데요. 혹시 인기 발언은 아니신지요?"

"인기 발언요? 천만예요. 저는 법무사들의 소액대리뿐만 아니라 일반직이 담당하는 간이판사 제도도 찬성합니다. 이유를 말씀드릴까요?

프랑스, 독일, 영국, 미국 등에서는 간이재판소가 있고, 대부분의 간이 판사가 비법률가입니다. 영국과 미국에서는 형사사건의 90퍼센트 이상이 치안판사(간이판사) 단계에서 종결됩니다."

"그래요?"

"일본은 말이지요. 전후 급증하는 사건을 처리하기 위해 간이재판소를 창설했습니다. 간이재판소 판사는 정규 법조인과 법원의 일반직 중에서 선발하는데, 대부분은 법원일반직 출신입니다. 간이재판소에 대응되는 구검찰청에서는 부검사와 사무관이 처리하는 사건이 전체 형사사건의 약 70퍼센트를 차지합니다."

그날 L 판사는 이것 말고도 많은 걸 들려주었다. 주로 각국의 사법절차에 관한 것들이었다. 나는 부끄러움을 많이 느꼈다. 판사가 일반직보다도 오히려 더 많이 일반직의 위상과 역할을 연구하고 있기 때문이었다. 그야 어쨌든 L 판사는 그날 내게 소중한 사실 하나를 가르쳐주었다. 그날 이후 궁금하거나 의심이 가면 항상 법전을 찾아보는 습성이 몸에 배었다.

사실 그게 아니라 하더라도 법전은 내게 더없이 소중한 존재다. 법전이야말로 나에게 가족을 부양할 양식을 주기 때문이다. 법전에서 애들 교육비가 나오고 병원비가 나오고 생활비가 나오기 때문이다. 그래서 나는 항상 법전에 감사한 마음을 가지며 살아가고 있다.

(2008. 8. 29.)

이발사의 첫사랑

구내이발소 쪽문 틈새로 사장님 얼굴이 보인다. 텔레비전에서 재미있는 장면이 나오는 모양이다. 크게 웃고 있다. 내가 문을 열자 자리에서 벌떡 일어선다.

"새해 복 많이 받으세요!"

56세라는 나이에 걸맞지 않게 목소리에 힘이 넘쳐흐른다. 나는 이발용 의자에 앉으면서 덕담을 건넨다.

"사장님께서도 새해에는 모든 일이 잘 풀리시면 좋겠습니다."

"감사합니다."

그가 두루마리휴지로 내 목을 감싸고, 수건을 두르고, 어깨 부위에서부터 하얀 천을 두른다. 그런 다음 머리에 물총처럼 생긴 분무기로 물을 뿌리며 말한다.

"염색을 하셨군요."

"새치가 추해보여서요."

"10년은 젊어 보이십니다."

"부끄럽습니다. 나이를 숨기는 것 같아서……."

나는 말끝을 흐렸다. 사장님 머리는 백발이었는데, 머리를 위로 빗어 올린 것이 꽤나 기품이 있어 보였다. 나는 그런 모습을 보면서 아름답게 늙는 것이 저런 것이구나, 라는 생각이 들었다. 사장님 부인도 필시 아름다울 거라고 나는 지레 짐작했다. 사장님이 무료했던지 말을 건넸다.

"공무원봉급이 오른다지요?"

"1.7퍼센트라고 하는데……. 물가상승률에도 훨씬 못 미칩니다."

"어쨌든 오르니까 저도 기분이 좋습니다."

"그래요?"

"제가 구내이발소에서 직원들을 상대로 이발을 하고 있잖아요. 직원분들이 출근하면 저도 출근하고, 퇴근하면 저도 퇴근하고, 노는 날은 함께 놀고……. 그런 면에서 저도 절반은 공무원이나 마찬가지지요."

"하하, 듣고 보니 그렇군요."

이발소 사장은 가위질이 매우 능숙했다. 40여 년의 경력에서 나온 솜씨일 것이다. 그런데 그의 행색이 조금은 이상하다. 겨울 날씨에 어울리지 않게 반소매 와이셔츠를 입었다. 내가 춥지 않으냐고 묻자 그가 웃으면서 말했다.

"괜찮습니다."

"집에서도 그렇게 입고 있습니까?"

"아닙니다. 보일러도 돌리지 않는데요."

"굉장히 추울 텐데요."

"전기장판을 사용하고 있습니다. 한 푼이라도 아껴야지요."

"예……."

나는 사장이 보기보다 인색하다고 생각했다. 가장이 저러면 처자식들이 고생일 텐데……. 남편이 경제권을 쥐고 있는 집안은 대개 그랬다. 내가 조사한 사건 중에서 황혼이혼을 당하는 상당수가 경제권을 쥐고 있는 남자였다.

"사모님이 뭐라고 하지 않던가요?"

"집사람과 사별한지 오래되었습니다. 20년도 넘었는 걸요."

"이걸 어쩌나……. 제가 괜한 질문을 했나 봅니다."

"괜찮습니다. 그게 무슨 대단한 일이라고요."

"어떻게 돌아가셨습니까?"

"사고였습니다."

"재혼은 하지 않으셨습니까?"

"애가 셋 딸린 홀아비한테 누가 결혼하자고 하겠습니까?"

"……."

"밥하고, 빨래하고, 아이들 씻기고, 공부시키고……. 제가 이래봬도 일류 요리사입니다. 딸 둘은 결혼을 했습니다. 사위들이 오면 제가 만든 음식만 먹으려고 해요. 장인어른이 만든 음식이 세상에서 제일 맛있다나요. 제가 월급쟁이였다면 아이들을 키우지 못했을 겁니다. 이발소는 자영업이라서 시간을 조절할 수 있잖아요. 아들놈이 빨리 결혼을 해야 며느리 밥이라도 얻어먹을 수 있을 텐데……."

"그동안 고생 많이 하셨습니다."

"저야 뭐 고생한 게 있나요. 애들이 고생을 많이 했지요. 엄마 없이 크면서 얼마나 힘들었겠어요."

"……"

"……"

어색한 침묵이 잠시 흘렀다. 사장이 먼저 말을 꺼냈다.

"자, 머리를 감을까요?"

사장이 나를 세면대로 안내하더니 정성스럽게 머리를 감겼다. 손이 무척 부드러웠다. 강약 조절도 잘했다. 필요한 부위에서는 힘을 넣고 그렇지 못한 부위에서는 힘을 뺐다. 그런데 이상한 일이었다. 그의 손 놀림이 빨라지면 빨라질수록 내 가슴도 급하게 뛰는 것이었다.

바로 그 순간이었다. 그의 손이 갑자기 보고 싶어졌다. 어떻게 생겼을까? 손등과 손바닥이 거북등처럼 심하게 갈라지지는 않았을까? 굳은살은 또 얼마나 많이 배겼을까? 그런데 도무지 눈을 뜰 수가 없었다. 계속해서 눈가로 눈물 섞인 뜨거운 물이 흘러내리는 것이었다. 겨우 내가 할 수 있는 말이란 이런 것이었다.

"사장님의 손이 정말 자랑스럽습니다. 마치 저희 어머니 손처럼 말이지요. 제 어머니가 7남매를 바느질과 행상으로 키웠다면 사장님은 3남매를 이발로 키웠습니다. 그런데, 그런데 말입니다. 손이 어떻게 생겼더라도 두 분의 손은 자식들에게는 더 없이 소중하고 자랑스러운 손이었습니다. 사장님의 자녀들은 어떨지 모르겠지만 저는 그걸 깨닫기까지 무려 53년이 걸렸습니다."

이발소 사장이 내 말을 알아들었는지는 나도 모르겠다. 방금 전보다 분명한 게 있다면, 그의 손이 훨씬 부드럽게 움직였다는 것이고, 말수가 급격히 줄어들었다는 것이다. 나는 속으로 그런 생각을 했다. 혹시 사장님께서 20여 년 전에 사별한 부인을 생각하고 있지는 않을까, 하고 말이다.

(2011. 1. 4.)

"나도 한때는 장사였지요"

법원 뒤에 야트막한 야산이 하나 있다. 점심때면 나는 이 야산을 찾았다. 본시 법원에서 하는 일이라는 게 그랬다. 커피 한잔 마음 놓고 마실 여유가 없었다. 고심 끝에 나는 최대한 점심시간을 줄이기로 했다. 벌써 1년째다.

노인은 오늘도 보이지 않았다. 노인이 농사짓던 밭에는 채 거두지 못한 배추들이 널브러져 있었다. 노인은 지금 어떻게 지내고 있을까. 혹시 돌아가시지는 않았을까. 그럴지도 모른다. 뇌졸증이 어디 그리 쉽게 나을 병인가. 나는 노인이 만들어놓은 평상에 걸터앉았다. 그랬다. 이맘때면 노인은 일을 하다가도 내게로 발길을 돌리곤 했다. 활처럼 휘어진 허리가 지금도 눈에 선하다.

작년 여름이었을 게다. 나는 이곳에서 노인을 만났다. 방금 일을 마친 탓인지 노인의 목덜미에서는 땀이 쉼 없이 흘러내렸다. 거칠게 숨을 몰아쉬기도 했다. 나는 평상에서 일어났다. 노인이 내게 앉으라고 권했지만 나는 그대로 서 있었다. 노인이 말했다.

"벌써 점심때가 다 된 모양입니다."

노인의 목소리에는 힘이 없었다.

"어르신, 점심 식사를 하셔야지요?"

내 말에 노인이 고개를 저었다. '창원시'라고 쓰인 하얀 모자가 검은 얼굴과 묘한 대조를 이루고 있었다. 풀어헤친 작업복 사이로 땀이 계속해서 흘러내렸다.

"밥도 맛이 없어요. 뭐든지 예전 같지 않아요!"

노인이 토해내듯 말했다.

"나도 한때는 장사였지요. 근방 세 개 면에서는 내 힘을 따를 사람이 없었습니다!"

회한에 가득 찬 듯 노인은 몇 번이고 하늘을 쳐다보곤 했다.

"저기 보이는 곳 있지요, 저 댐 말입니다. 저 댐 공사할 때 저는 전표(공사장 등에서 일용 근로자에게 현금 대신 지급하는 쪽지)를 두 장씩 받았습니다. 어떤 날은 세 장도 받았습니다. 그만큼 일을 많이 했다는 얘기지요. 지게도 특수하게 맞추어서 사용했습니다. 남들보다 서너 배는 짊어져야 직성이 풀렸으니까요."

노인은 댐을 가리켰다. 손이 심하게 떨렸다.

"건강은 절대 자신할 게 못됩니다. 내 나이 아직 일흔도 안 되었습니다. 정확히 예순여덟이지요. 그런데 풍을 맞았습니다. 작년이었지요. 감기에 걸리고 기침을 하다가 그만 뇌혈관이 터진 겁니다. 의사가 하는 말이 조금만 병원에 늦게 도착했어도 죽었을 거라고 합니다. 그날 이후 건강 삼아 이렇게 농사를 짓고 있는 겁니다."

노인은 담배를 피워 물었다.

"나도 한때는 잘 나갔지요. 하루에 백만 원 넘게 벌기도 했습니다. 수도공사가 제 전문이었지요. 소싯적부터 저는 그 기술을 배웠습니다. 6·25사변 전까지만 해도 수도기술자가 드물었습니다. 이북에서 내려온 몇몇 사람이 고작이었습니다.

저는 안 가본 곳이 없습니다. 특히 이곳 창원은, 내 손길이 미치지 않은 곳이 없지요. 나는 누구보다 힘이 셌어요. 서너 사람도 들지 못할 수도관을 혼자서 가뿐하게 들어 올리곤 했습니다. 힘이란 게 그래요. 힘은 쓰면 쓸수록 느는 거예요. 요즘 사람들 덩치만 컸지 힘은 없어요."

노인의 말을 빌리면, 노인은 분명 장사였다. 쌀 세 가마니를 짊어지고 다녔다. 주량도 대단했다. 소주 한 되에 막걸리 한 되를 섞어서 마셨다. 그래도 취하지 않았다. 담배 역시 하루에 서너 갑을 피웠다.

"돌아보면 너무 거칠게 살았어요. 하긴 그렇게 살았기에 그나마 처자식을 굶기지는 않았지만요!"

노인은 고개를 숙였다. 어깨가 심하게 흔들렸다. 기침 때문만은 아닐 것이다. 지나온 삶의 무게가 노인을 아프게 짓누르고 있을 터이다. 지금도 귓가에 선하다. 노인이 내게 말한다.

"아무쪼록 건강하이소, 젊은 양반!"

그랬다. 노인은 장사였다. 그러나 지금은 아니다. 노인은 힘들게 하루를 버티고 있다. 나는 평상 주위를 서성거리며 귀를 기울였다. 행여 노인의 소리를 들을 수 있을까 해서였다. 그러나 노인의 소리는 들리지 않았다. 굽고 비틀린 나무들 사이로 들려오는 소리, 그것은 매양 음울한 바람소리뿐이었다.

'건강하이소, 할아버지!'

내가 노인에게 해줄 수 있는 말은 이 말뿐이었다.

(2004. 1. 13.)

"계장님, 이름 하나 지어 주세요"

이게 뭐야. 내가 무슨 이름을 짓겠다고 이 난리야. 정말이지 내가 고민에 빠졌다. 나는 서가에 꽂혀 있는 책들을 뒤지기 시작했다. 그러나 헛일이다. 도움이 될 만한 책은 아무리 찾아도 없다. 이제 약속한 날짜가 며칠 남지 않았다. 나는 애꿎게도 의자만 밀었다 당기기를 반복했다. 그러니까 설을 며칠 앞둔 어느 날이었다. 직장 후배가 나를 찾아왔다.

"계장님, 이름 하나 지어주세요."

"이름?"

"처제가 아이를 낳았습니다. 딸입니다."

"알았다. 한글로 지으면 되겠지?"

"안 됩니다. 한자로 지어 주세요."

"한자?"

"한글은 안 됩니다."

이래서 시작된 이름 짓기다. 나는 최대한 내 경험을 살리려 했다. 나는 지난 1년간 법원에서 개명을 담당했다. 개명은 이름이 등록부에 기록되어 공시되면 그 이름에 대한 사회적 신뢰가 쌓이고, 이를 바탕으로 사회적 질서를 형성하기 때문에 법원의 허가를 받도록 하고 있다. 그러나 일반 재판보다는 엄격하지는 않다. 태어날 때 자신의 의도와는 무관하게 누군가가 지어줬기 때문이다.

개명 사유로는 놀림감, 흔한 이름, 사실상 부르고 있는 이름, 항렬자가 아니어서, 호칭하기 어려워서 등등 다양했다. 특히 놀림감과 호칭하기 어려운 이름이 많았다. 실례를 들어보면 문동이(文童伊), 박아지(朴兒知), 염병(炎兵), 도야지(都也知), 망아지(亡兒知), 간난이(干欄伊), 일성(日成), 정일(正日), 조총연(趙總衍), 총각(總角), 강도년(姜度年), 월경(月景), 여우(如雨), 호모(好模), 고재봉(高在鳳)…… 정말 이런 이름이 있을까 의문이 들기도 하지만 법원 공무원 교재에서 실례로 거론한 이름이니 사실로 받아들여도 좋을 것이다. 어떤 젊은 여자는 개명허가 신청서를 제출하면서 이렇게 하소연했다.

"우리 아버지가 제 이름을 동네 이장님한테 부탁한 모양이에요. 이장님은 우리 집에 딸이 많다 보니까 딸 그만 낳으라고 말자(末子)라고 지었대요. 어렸을 때부터 이름 때문에 얼마나 시달림을 당했는지 몰라요. '끝자'라고 놀려대는데 정말 죽겠더라고요."

그러고 보니 '자(子)' 자가 말썽이다. 말자, 춘자, 순자, 영자……. '순(順)' 자도 만만치 않다. 명순, 호순, 갑순, 종순……. 개명을 하려는 이름에는 유독 이런 이름들이 많았다. 어디 이뿐인가. 이름 때문에 이혼까지 당했다는 여자, 사업에 실패했다는 남자, 나이 마흔이 넘을 때까지 결혼을 하지 못하고 있다는 노총각……. 모두가 이름 탓이다. 그러나 미신으로 돌리기에는 이들의 현실이 너무도 절박하다.

어제였다. 퇴근길에 후배가 이름을 지었냐고 물었다. 나는 아직 연구(?) 중이라고 얼버무렸다. 그러면서 은근슬쩍 후배의 마음을 떠보았다. 한자는 잘못 지으면 뜻도 모호해지고 듣고 부르기에도 어렵다는 말까지 했다. 그러면서 이름 하나를 예로 들었다.

"주귀자라는 이름이 있었다. 한자로 쓰면 朱貴子가 되지. 나무랄 데 없는 이름이야. 그런데 한번 이름을 불러봐. '죽이자'로 들리지. 그런 의미에서 한글 이름도 괜찮다. 우리 애들 이름도 한글 아니더냐. 큰아이가 '새하', 작은아이가 '산하'다. 부르기도 좋고 기억하기도 좋지. 안 그래?"

나는 내친김에 아내까지 끌어들였다.

"내 집사람 이름이 미숙(美淑)이 아니냐. 집사람이 고등학교에 다닐 때였단다. 미숙이가 세 명이라서 키 순서대로 별도의 이름을 붙였다네. 큰 미숙(아내), 중간 미숙, 작은 미숙, 이렇게 말이다. 한글로 지으면 이런 불편은 없다."

나는 방에서 나왔다. 거실을 왔다 갔다 했다. 머리를 틀어쥐기도 했다. 그래도 마땅히 생각나는 이름이 없다. 설령 생각이 난다하더라도 선뜻 이름을 지을 수가 없다. 한자 이름을 짓는 데에는 나름대로의 방식이 있기 때문이다. 지격(地格), 총격(總格), 획수(劃數), 금목수화토(金木水火土) 등등.

나는 시계를 보았다. 아침 8시다. 진작부터 아내는 출근시간에 늦겠다며 잔소리를 해댔다. 나는 아내의 말에 아랑곳하지 않았다. 혼자서 중얼거리기까지 했다.

"한글로 지으면 얼마나 좋나."

보다 못해 아내가 톡 쏘아붙였다.

"왜 그리 한글 이름만 고집해요? 세상 사람이 모두 당신 마음 같을 줄 알아요."

그때였다. 머리가 혼란스러웠다. 그러나 오래가지는 않았다. 나는 머리를 세차게 흔들었다. 그래, 맞아. 한글이든 한자든 취향에 맞게 이름을 지으면 그만인 것이야. 어느 하나만 고집할 일은 아닌 것 같아. 세상이 얼마나 복잡한데. 어, 그런데 이상한 일이다. 갑자기 그럴듯한 이름이 떠오르는 것이었다. 소희(素姫), 하얀 아가씨라는 뜻이다.

"소희, 어때?"

"어디서 많이 듣던 이름인데요. 혹시《태백산맥》에 나오는 그 소희 아니에요?"

"맞아. 그럼 희우는?"

"당신 이름 아니에요. 농담 그만하시고 빨리 식사나 하세요. 그러다가 정말 지각해요."

나는 식탁에 앉았다. 아내가 국을 내왔다. 나는 수첩에 소희라는 이름을 적었다. 후배가 어떤 표정을 지을까. 나는 현관문을 나섰다. 비가 오고 있었다. 봄비일 것이다. 어쩐지 기쁜 비일 것 같다는 생각이 들기도 했다. 기쁜 비, 한자로 쓰면 희우(喜雨)가 되는데 내 이름이다.

(2005. 5. 18.)

"법원에 다니는 내 친구야!"

밤중에 공원에서 친구를 만나는 것도 괜찮다. 호젓해서 좋은 것도 있지만 그보다는 시원한 바람으로 가슴이 탁 트여서 좋았다. 내가 "맥주라도 사올까?"라고 물었을 때 친구는 고개를 저었다. 집에서 매실로 만든 음료수를 가져왔는데 그걸 마시면 된다는 것이었다. 그러면서 내게 플라스틱 물병을 내밀었다.

"한번 마셔봐라. 입 안댔다."

친구는 음료수병 꼭지에 입을 대지 않았음을 강조했다. 나는 피식 웃었다. 마치 보라는 듯 음료수병 꼭지에 입을 대고는 쭉쭉 빨았다. 친구가 놀란 눈으로 나를 쳐다보았다. 그러나 그것도 잠시였다. 친구도 나를 따라했다. 아니 나보다도 빨아들이는 강도가 훨씬 심했다. 친구가 얼마나 음료수병 꼭지를 세게 빨았던지 "쭉, 쭉." 하는 소리가 내 귀에까지 들렸다.

나는 친구 어깨에 손을 얹었다. 어깨가 단단했다. 마치 통나무 같다. 그럴 만도 할 것이다. 친구는 30년 가까이 현장노동자로 일하고 있다. 50세가 넘은 지금도 야근을 거뜬히 해낸다. 친구는 체력만큼은 여느 젊은이에게도 뒤지지 않았다. 그런데 그렇게 강한 친구가 오늘따라 힘이 없다.

"친구야, 나는 아직 젊다. 얼마든지 일할 수 있다. 너도 알다시피 나는 대학생이 둘이다. 막내는 겨우 중학교 3학년이야."

친구의 목소리는 절절했다. 친구는 자기가 다니는 회사가 두 달 전에 다른 회사에 팔렸다고 했다. 처음에는 인수회사가 100퍼센트 고용승계를 보장한다고 했다. 그런데 지금은 다른 소리를 하고 있다는 것이다.

"내가 다니는 회사는 직원이 3백 명이다. 그런데 인수하는 회사에서는 인원이 그 정도까지는 필요하지 않다는 거야."

"그럼 일부를 구조조정 한다는 얘기 아니야?"

"확정된 건 아니지만…… 그렇다고 봐야겠지."

친구는 회사 분위기도 많이 바뀌었다고 했다. 회사가 팔리기 전에는 누가 면회라도 오면 20~30분 넘기기가 일쑤였다. 그런데 지금은 얼굴만 보고 바로 들어온다는 것이다. 2~3분도 채 걸리지 않는다고 했다. 물론 근무시간에 잡담을 하는 직원도, 자판기 앞에서 커피를 마시는 직원도 보기 드물다고 했다.

나는 그제야 친구가 나를 불러낸 이유를 알았다. 친구는 누군가에게 하소연이라도 하고 싶었던 것이다. 그런데 그 대상이 바로 나였다. 하지만 내가 그를 도울 만한 일은 딱히 없었다. 그저 친구의 하소연을 들어주는 게 고작이었다.

"희우야, 회사는 정년이 없다. 공무원은 정년이 보장되지 않니."

친구가 시계를 보았다. 11시가 다 되어간다. 친구가 집사람이 퇴근

할 시간이라면서 자리에서 일어났다. 친구 집사람은 회사에 나간다고 했다. 구체적으로 어떤 회사이며 무슨 일을 하는지는 말하지 않았다. 대신 이런 말은 했다. 오후 2시에 출근해서 밤 11시에 집에 들어온다고 말이다.

"법원에 다니는 내 친구야! 너 기억하니? 고등학교 때 내가 만들어준 책꽂이 기억나지. 내가 책꽂이를 주면서 그랬지. 공부 열심히 하라고 말이야. 그래, 나는 네가 자랑스럽다. 다음에 만나자, 친구야!"

친구는 내가 살고 있는 아파트까지 데려다주고는 돌아섰다. 팔을 유난히 흔들어대며 걷는 품이 나를 의식하고 있음이 분명했다. 자기는 외롭지 않다는 걸 일부러 보여주는 것 같기도 했다. 그래서일까, 친구의 뒷모습이 더욱 쓸쓸해 보였다. 시간이 지날수록 어둠속을 걸어가는 친구의 모습이 작아져 갔다.

그때 갑자기 비가 쏟아졌다. 나는 마음이 급해졌다. 친구가 자꾸만 눈에 밟혔다. 나는 냅다 아파트 관리실로 뛰어갔다. 경비원 아저씨에게 우산을 빌려서 친구를 향해 뛰어갔다. 숨이 목에까지 차올랐지만 전혀 힘들다는 느낌이 들지 않았다. 어떻게든 친구에게 우산을 씌워주고 싶었다.

얼마나 뛰어갔을까, 친구의 뒷모습이 보였다. 그런데 방금 전의 당당했던 모습은 찾아볼 수가 없었다. 축 처진 두 어깨만 눈에 들어왔다. 그 모습에 나는 눈시울을 붉혔다. 빗물인지 눈물인지 모를 물방울이 내 뺨을 타고 흘러내렸다.

(2008. 7. 25.)

사무관이 되면 팔자를 고친다는데

이번 설에는 둘째 형님이 감기몸살로 참석하지 못했다. 첫째 형님이 돌아가셔서 사실상 맏이 역할을 하고 계신 분이다. 나하고는 띠동갑이라서 올해 일흔 살이다. 지난 1월에 큰딸의 주선으로 칠순을 기념하기 위해 4박 6일로 해외여행을 다녀왔다며 둘째 형수님이 자랑을 했다. 나는 속으로 미안함을 느꼈다. 내 나이 먹는 줄만 알았지 형님 연세가 일흔이 되었다는 걸 까맣게 모르고 있었기 때문이다. 미리 알았다면 여행 경비라도 드렸을 텐데, 하는 아쉬움이 남았다.

형님의 빈자리는 의외로 컸다. 차례를 지내는데 매끄럽지 못했다. 부창부수(夫唱婦隨)라고 했던가. 그나마 다행스러운 건 둘째 형수님이 차례 지내는 순서를 약간은 알고 있다는 사실이었다. 덕분에 매끄럽지 못한 면이 있긴 했지만 무사히 차례를 마칠 수 있었다. 넷째 형님이 물었다.

"지금도 민원실에 있나?"

민원실은 내가 10년 전에 일했던 부서다. 넷째 형님은 내가 아직도 그곳에서 근무하고 있는 줄로 알았다. 2004년이었다. 나는 종합민원실에서 민원안내를 보고 있었다. 그때는 지금처럼 사무실이 따로 있는 게 아니라 청사 출입문을 들어서면 바로 왼쪽에 있었다. 책상 하나 갖다 놓고 덩그러니 앉아 있는 내가 무척 초라하게 보였던 모양이다. 나를 만나러온 형님이 반가워하기는커녕 잔뜩 찡그렸다. 법원 계장이면 제법 그럴듯한 사무실에서 근무하는 줄 알았는데 민원안내나 하고 있으니 한심했을 수도 있을 것이다. 형님은 내가 청사를 구경시켜주는 내내 얼굴이 굳어 있었다.

"그때가 언젠데. 지금은 가족관계등록을 보고 있어."

"민원실장은 계급이 어떻게 되지?"

"서기관이야."

"자네는 언제 서기관 되지?"

"조금 더 있어야 해."

"너무 조급해하지 마라. 사무관만 해도 대단한 거다."

그렇게 말하고는 조카에게 지방을 가져오라고 했다. 넷째 형님은 지방을 방바닥에 펼쳐놓고는 사무관이 되면 팔자를 고친다면서 '현고학생부군신위(顯考學生府君神位)'의 '學生'을 가리켰다.

"현고학생부군신위(顯考學生府君神位), 여덟 자지. 이걸 팔자라고 한다. 그런데 사무관이 되면 사후 예후까지 달라진다는 거야. 제사를 지낼 때 쓰는 지방과 묘비에 '현고학생부군신위'에서 '학생'이 빠지고 '사무관'이 들어간다는 거지. '현고사무관부군신위(顯考事務官府君神位)', 이렇게 말이지. 이만하면 대단한 거 아냐?"

"행정부서는 어떤지 모르지만 법원은 그렇지도 않아. 이름만 관리

자일뿐 하는 일은 6~7급과 비슷해."

"우리는 아닌데. 교육청 가면 사무관 힘이 대단하다."

"그건 교육청 얘기고. 법원은 그렇지 않아."

"그건 그렇고…… 내가 죽었을 때 지방을 어떻게 써줄까?"

"현고교장부군신위(顯考校長府君神位)가 아닐까?"

"그거 봐라. 내내 여덟 자잖아. 사무관이 되면 팔자를 고치는데 교장은 팔자도 못 고치잖아. 교장이 돼도 힘든 건 매한가지다. 그래서 교감, 교장을 포기하는 선생들이 늘어난다. 교사는 어차피 호봉제이니 평교사가 편하다는 거야."

형님은 37년째 재직 중이다. 2년제 교대를 졸업하고 한번도 쉰 일이 없다. 교감이 되기 위해 평교사 때는 도서벽지를 전전했다. 1988년에는 통영에 있는 욕지도의 작은 학교에 근무했는데 그때는 나도 통영지원에 근무했던 터라 자주 만났었다. 내가 군에서 제대하고 방황하고 있을 때 대학에 가라며 입시학원을 보내주었고, 대학에 들어가서는 학비도 보태주었다. 그래서인지는 모르겠지만 37년의 재직기간에 어울리지 않게 형님이 가진 재산은 김해 변두리 지역에 위치한 22평 아파트가 전부다.

그런 생각 때문이었을까, 가슴이 뭔가에 울컥 맺혔다. 나는 급히 가슴을 두드렸고 넷째 형수님이 부엌으로 달려가서 물을 가져왔다. 형님이 내 등을 두드려주는데 나도 모르게 눈시울이 뜨거워졌다.

(2015. 2. 20.)

세상을 떠난 사람들의 서류 앞에서

아침 6시면 집을 나선다. 출근 때문이다. 30분 간격을 두고 엄청나게 차가 밀린다. 아침 6시에 출근하면 사무실까지 40분 정도밖에 걸리지 않는다. 그런데 6시 30분에 출발하면 사정은 달라진다. 무려 한 시간 이상이 걸린다. 물론 7시 이후에 출발하면 사정은 이보다 훨씬 심각해진다. 도로가 극심한 병목현상을 보이기 때문이다.

사람들은 혹 그렇게 물을 수도 있을 것이다. 법원 공무원이 무슨 일이 그렇게 많아 아침 일찍 출근하느냐고. 그런데 그게 아니다. 법원도 법원 나름이다. 편한 부서가 있는가 하면 바쁜 부서도 있다. 내가 좋다고 언제나 편한 부서만을 고집할 수는 없다. 그러면 직원들에게 눈총을 받는다. 한번 편한 데 있었으면 다음에는 바쁜 데서 일하는 게 직장인의 도리다. 그게 마음에도 편하다.

나는 사무실에 도착하자마자 컴퓨터부터 켠다. 모든 작업이 전산으로 이루어지기 때문이다. 컴퓨터가 정상으로 돌아오기까지는 시간이 좀 걸린다. 나는 캐비닛에서 서류를 꺼낸다. 어제 미뤄두었던 서류를 간추린다. 주로 상속과 관련된 서류들이다. 상속등기는 여느 사건과는 달리 여간 복잡한 게 아니다. 물론 간단한 사건이 없는 건 아니다. 그러나 그런 경우는 상대적으로 적다.

내가 굳이 조기 출근을 서두르는 이유도 바로 여기에 있다. 상속등기는 복잡하기 때문에 무엇보다도 머리가 맑아야 한다. 그래야만 능률적으로 일을 처리할 수가 있다. 내 생각은 그렇다. 아침처럼 머리가 맑을 때는 없다. 특히 6시에서 9시 사이가 그러하다. 내가 이렇게 말할 수 있는 건 일정 부분 우리만의 특수한 상황이 있기 때문이다.

우리는 9시부터 근무를 시작한다. 그때부터 사무실이 바쁘게 움직인다. 등기소를 특별하게 생각할 필요는 없다. 일반 은행 정도로 생각하면 된다. 등기소는 하루 종일 사람들로 북적거린다. 등기부등본 떼는 사람, 확정일자를 받는 사람, 법률관계를 문의하는 사람. 거기에다 민원전화까지. 이런 상태가 몇 시간 이상 계속되면 누구든 머리가 흐릿해진다.

이렇게 흐릿한 머리로는 상속등기를 처리하기가 힘들다. 그래서 생각해낸 게 아침에 일찍 출근하는 것이다. 어쨌든 아침 작업은 나를 만족시켰다. 마치 기름을 친 것처럼 머리가 휙휙 잘도 돌아간다. 나도 모르게 콧노래까지 흘러나온다. 그런데 어느 순간 콧노래가 싹 가시고 콧등이 시큰해지는 것이다. 이런 느낌이 올 때면 나는 멍하니 천장을 바라보곤 했었다.

상속등기는 사람이 사망했을 때 하는 것을 말한다. 사망한 사람의 재산을 유족이 물려받는 법률행위다. 이른 아침부터 죽은 사람의 제적등본을 들여다본다는 게 여간 꺼림칙한 게 아니다. 직업이 직업이니만큼 상속등기를 아니할 수도 없다.

내 나이 올해 마흔여덟 살이다. 1958년도에 태어났다. 그런데 상속등기를 하다보면 유독 1950년대에 태어난 사람들을 많이 만나게 된다. 나이로 치면 40대 후반, 50대 초·중반이다. 모두들 한창 활동할 나이다. 직장에서나 가정에서나 가장 중요한 위치에 있는 사람들이기도 하다. 그런데 그들이 죽었다. 남자도 있고 여자도 있다. 그들에게는 스무 살 넘은 자식도 있고, 미처 열 살도 안 된 자식도 있다. 어디를 보나 한창 돈이 들어갈 나이다.

그런데 진짜 나를 슬프게 하는 사람들이 있다. 마흔도 못 돼 죽은 사람들이다. 병원에서 죽은 사람들도 있고 도로에서 죽은 사람들도 있다. 사망 장소로 보아 전자는 아파서 죽었을 것이고 후자는 교통사고나 기타 사고로 죽었을 것이다. 유족으로는 젊은 처와 어린 자식들뿐이다. 그들의 슬픈 모습을 보고 있노라면 나도 모르게 눈시울이 축축해진다.

그래도 어쩔 것인가. 나는 아픔을 뒤로하고 상속등기를 처리한다. 이번 사건은 상속인 사이에 협의가 되었다. 처가 모든 재산을 물려받았다. 그런데 열 살도 안 된 자식이 두 명이나 있다. 어떻게 저 어린 것들과 세상을 살아갈 것인가. 나는 묵연히 천장만 바라본다.

내가 하는 일이라는 게 매일 이와 같았다. 그렇다고 마냥 슬퍼할 수만은 없었다. 나도 갑자기 어떻게 될지 모를 일이다. 무슨 대책이라도 세워놓아야 할 것 같다. 그래서 생각해낸 게 아내와 아이들을 위해 그럴듯한 보험 하나 정도는 들어놓자는 것이었다. 나는 아내에게 내 생각을 밝혔다. 그런데 의외였다. 아내가 펄쩍 뛰었다.

"그것도 중요하긴 하겠지요. 하지만 더 중요한 게 있어요. 살아 있을 때 가족에게 잘해주는 거예요. 저하고 아이들은 그것으로 충분해요."

나는 아내의 말에 고개를 끄덕였다. 그게 바로 해답이다. 그래, 가족에게 잘해주자. 그것만이 가족에게 물려줄 수 있는 최고의 재산이다. 그제야 마음이 평온해지는 것이었다.

(2005. 9. 8.)

어느 사무관 승진자의 황당 합격기

　아침을 구내식당에서 먹기로 했다. 밥맛도 없었거니와 혹여 사무실까지 걸어가다 보면 무슨 좋은 생각이 떠오를지 몰랐기 때문이다. 나는 이른 아침부터 소설을 쓰고 있었다. 어쩌면 보완하고 있었다는 표현이 좀 더 정확할지도 모르겠다. 전에 썼던 〈검은 휘파람〉이라는 콩트를 단편소설로 개작을 하고 있기 때문이었다. 그런데 작품에서 주인공의 증인신문 부분이 미흡했다. 그것을 실감나게 묘사를 해야 하는데 생각나지를 않았다. 그래서 사무실까지 걸어가면서 구상해보기로 했던 것이다.

　출근하기 전에 아이들 얼굴이나 보고 갈까 해서 거실로 나갔다. 아이들은 식탁에 앉아서 밥 대신 과일을 먹고 있었다. 이유를 물으니 그게 속이 편하다고 했다. 애들도 성적 때문에 스트레스를 많이 받는 모양이었다. 큰애가 어제 영어 듣기 시험을 했는데 1번부터 틀렸다고 했다. 내가 그러면 도대체 몇 개나 틀렸느냐고 물었더니 빙그레 웃으면서 한 개 틀렸다는 것이다. 그것도 너무 당황해서 그랬다며 억울한 표정을 지었다.

　그때 마침 생각나는 사람이 있었다. 올해 법원사무관 승진시험에서 합격하신 분인데 그분의 시험 이야기가 꽤나 재미있다. 작년 시험에서는 종료 20분을 남겨놓고 답안지를 옮겨 적다가 깜빡 조는 바람에 과락이 나와서 떨어졌다. 시험장에서 조는 사람은 가끔 보았지만 답안지를 옮겨 적다가 졸았다는 사람은 본 적이 없다. 그것만으로도 그분은 화제가 될 만했다.

그런데 그분에게 또 한 번의 황당한 일이 발생했다. 바로 올해 시험에서였다. 승진시험을 치르고 월요일에 출근 하자마자 답안지와 시험지를 자신의 실무관에게 주며 한번 맞춰보라고 했다. 자기 딴에는 잘 봤다고 생각했기에 여유 있게 결과를 기다렸다. 그런데 실무관의 표정이 밝지를 않았다. 걱정이 되어 물어보니 1번부터 8번까지 모조리 틀렸다는 것이다.

그분께서는 화가 나서 시험지를 뺏어버렸다. 그리고 합격자 발표가 있을 때까지 답안을 맞춰보지 않았다. 당연히 합격도 기대하지 않았다. 다른 수험생으로부터 점수를 질문받을 때마다 한 과목이 과락이어서 떨어졌다고 했다. 그런데 합격자 발표 때 보니 자기 이름이 명단에 들어 있었다. 자신은 물론 직원들도 모두 놀랐다. 일찌감치 포기하고 있었던 터라 놀라움은 더욱 컸다.

아무리 생각해도 이상했다. 분명 떨어졌어야 하는데 합격했다. 그때 갑자기 엉뚱한 생각이 드는 것이었다. 그렇다면 한 번 더 맞춰보자. 설령 과락이 나왔더라도 지금에 와서 떨어뜨릴 수 있겠느냐. 그런 배짱도 생겼다. 그래서 이번에는 다른 실무관에게 답안지와 시험지를 주며 맞춰보라고 했다. 그런데 역시 마찬가지였다. 15번까지 내리 틀렸다. 참으로 희한한 일이었다. 한 과목에서 저렇게 많이 틀렸으니 분명 과락이다. 그런데 합격을 했다. 아무리 생각해도 이해가 되지 않았다. 그때였다. 채점을 하던 실무관이 소리를 질렀다.

"계장님, 2012년 답안지잖아요."

그는 2013년 답안지가 아닌 2012년에 치른 답안지를 가지고 채점을 했던 것이다. 나는 우리 애들에게 그분 얘기를 들려주려다가 그만두었다. 출근할 시간도 되었거니와 애들에게 말해봤자 믿지 않을 것 같았기 때문이다. 그해 시험에서 그분은 성적이 우수했다. 합격자 130명 중에서 20등 안에 들었다. 지금 그분은 사무관으로 열심히 근무하고 있다.

나는 집을 나섰다. 되도록이면 빨리 걸었다. 그러면 생각이 좀 더 빨라지지 않을까 해서였다. 그러나 좋은 생각이 떠오르지 않았다. 나는 서두르지 않았다. 법원까지는 아직 많이 남아 있고 그래도 생각나지 않으면 내일 다시 시작하면 되었다. 내가 그렇게 생각하는 이유는, 시간은 언제나 내 편이고 나는 그걸 잘 알고 있기 때문이었다.

(2013. 10. 2.)

친절한 홍 실무관

"찐무~운, 와~씁니다."

그의 목소리가 들렸다. 나는 고개를 들어 벽에 걸린 시계를 쳐다보았다. 시계바늘이 오후 3시 30분을 가리키고 있다. 오늘은 조금 늦었다. 평소에는 2시 30분에서 3시 사이에 신문을 가지고 왔었다. 그가 신문을 민원대에 얹어놓더니 달력 있는 데로 갔다. 그러더니 8월 27일을 손가락으로 짚으며 뭐라고 말했다. 나는 그가 하는 말을 알아들을 수 없어 홍 실무관에게 물었다.

"저 친구, 뭐라고 하는 거지?"

"8월에는 노는 날이 27일, 하루밖에 없대요."

"한 달에 한 번 논다고. 그럼 별로 좋은 일도 아니잖아. 그런데 뭐가 좋아서 저렇게 웃고 있지?"

"평소 표정이 저러잖아요."

"그랬었나?"

기억을 더듬어 올라가 보니 정말 그는 항상 웃고 있었다. 심지어 사설이나 칼럼이 마음에 들지 않아서 내가 신문을 끊겠다고 했을 때도 그는 웃고 있었다. 물론 목소리나 행동은 그게 아니었다. 내가 신문을 끊겠다고 하자 얼마나 놀랐던지 그는 알아듣지 못하는 말만 되풀이했고, 그것도 부족했던지 손짓 발짓 다해가며 하소연을 했다. 그때도 그의 의사를 대변해준 사람은 홍 실무관이었다.

"신문을 끊으면 자기는 지국장한테 혼난대요. 제발 끊지 말아 달래요."

나는 그의 처지가 하도 딱해서 계속해서 신문을 보기로 했었다. 그런데 오늘은 그가 여느 때처럼 금방 사무실을 나서지 않고 머뭇거렸다. 그러다가 홍 실무관에게 말까지 걸었다. 홍 실무관도 그의 말을 잘 받아주었다. 홍 실무관은 말을 별로 하지 않았다. 표정이며 손짓으로 의사를 전달하는 경우가 더 많았다. 홍 실무관이 나를 보며 말했다.

"자기도 나이가 나하고 같대요. 마흔 살. 그래서 기분이 좋대요."

그는 민원용 컴퓨터에 앉아 인터넷을 검색하기 시작했다. 자주는 아니지만 저렇게 인터넷 검색을 할 때가 있었다. 홍 실무관은 그가 경제에 밝다고 했다. 법률상식도 풍부하다고 했다. 말이 저래서 그렇지 사람은 더없이 좋다는 것이다. 내가 봐도 그랬다. 그는 항상 얼굴이 밝았다. 화낸 얼굴을 본 적이 없었다. 그때 문득 궁금증이 발동했다.

"저 사람은 뭘 해서 먹고 살지?"

"새벽에는 조간신문 배달하고, 오전에는 목욕탕에서 일하고, 오후에는 석간신문을 배달한다나 봐요."

"목욕탕에서 일을 해?"

"장애인들이 목욕하는 것을 도와준대요."

"자기도 장애인이잖아?"

"언어장애라서 그 정도 일은 할 수 있대요."

"한 달 수입은?"

"85만 원이래요. 그런데 요즈음은 새벽 신문배달을 하지 못 해서 수입이 63만 원으로 줄었대요."

"63만 원? 그것으로 한 달 생활이 되나? 돌봐주는 사람이 있나 보지?"

"없어요. 오히려 자기가 어머니를 부양하고 있대요."

"결혼은?"

"안 했어요. 아니 못 했겠지요. 이거 내 정신 좀 봐. 옥수수가 다 타겠네!"

홍 실무관이 황급히 자리에서 일어났다. 낮이 길어서 그런지 오후 4시만 되면 배가 출출했다. 간식으로 뭘 먹을까 궁리를 하다가 이 실무관의 제안으로 감자와 옥수수를 번갈아 삶아먹기로 했다.

"오쭈주가 마지쩌요……."

그는 언어장애인이다. 일반 사람들도 직원들도 그의 말을 잘 알아듣지 못했다. 나도 역시 마찬가지였다. 그가 하는 말을 잘 알아들을 수가 없었다. 그러나 홍 실무관은 달랐다. 그녀는 그가 하는 말을 대부분 알아들었다. 내가 이유를 물으니 그녀가 이렇게 말했다.

"대화를 자주 하다 보니 저도 모르게 알아듣게 되더라고요."

대화라? 그게 정답이었다. 우리는 동물이나 식물과 대화를 한다는 사람을 신문이나 방송을 통해 종종 보았다. 그 사람들은 동물이나 식물이 말하는 소리를 알아듣는다고 했다. 하물며 사람이 사람의 말을 알아듣지 못해서야 말이나 되겠는가?

모두 관심 부족 때문일 것이다. 일부러 그의 말에 귀를 기울이지 않았기 때문에, 애써 그가 하는 말을 외면했기 때문에, 우리가 알아듣지 못했던 건 아닐까? 그는 세상 사람들에게 말을 많이 하고 싶었을 것이다. 세상 사람들과 친구가 되고 싶었을 것이다.

그러나 그와 친구가 되고자 하는 사람은 많지 않았다. 아니 어쩌면 없을지도 몰랐다. 그가 홍 실무관을 그토록 좋아하는 이유를 이제야 알 것 같았다. 열린 마음으로 홍 실무관이 그를 이해하고, 그가 하는 말을 받아주었기 때문에, 그가 홍 실무관을 좋아하고 친구로 삼고자 했던 것이다. 나는 그의 표정으로 그걸 알 수 있었다.

홍 실무관은 옥수수를 먹다 말고 물품 창고로 들어갔다. 그곳에서 그동안 모아둔 폐지와 지나간 신문들을 들고 나왔다. 홍 실무관이 그것을 주자 그가 무척 기뻐했다. 그의 웃는 모습이 그렇게 천진난만할 수가 없었다. 나는 그때 문득 깨달았다. 가진 것이 없다고 해서 가난한 것만은 아니다. 얼마든지 부자로 살 수 있다. 자기가 가진 것에 만족하면 말이다. 그게 바로 행복이다.

(2012. 8. 6.)

허 법무사에게

허 법무사, 아니 사랑하는 아우야, 어제 전화 고마웠다. 휴대전화 상태가 좋지 않았지만 그래도 알아듣는 데는 별 지장이 없었다. 이런저런 이야기 끝에 자네가 어렵게 말을 꺼냈었지.

"형님, 이번에는 합격할 줄 알았는데……."

자네는 차마 말을 잇지 못했었다. 자네 목소리에는 안타까움 같은 게 배어 있었어. 아우야, 나는 확실하게 말할 수 있다. 자네가 사무관 승진시험에 응시했다면 틀림없이 합격할 수 있었다고 말이야. 자네는 그만큼 실력이 뛰어났지.

언제였더라, 아마 3월 중순쯤 되었을 것이다. 자네가 나한테 전화를 했었지. 나는 으레 사무관 승진시험과 관련한 전화인줄 알았어. 처음 사무관 승진시험에 응시하는 자네에게는 여러 정보가 필요했으니 말이야. 그런데 자네는 전혀 뜻밖의 말을 했지.

"형님, 저 퇴직하기로 했습니다."

그 말을 듣고 내가 얼마나 놀랐는지 자네는 모를 것이야. 퇴직이라, 퇴직이라. 나는 정신없이 같은 말만 되풀이했었다. 내가 정신을 차렸을 때 갑자기 쓸쓸함이 밀려오는 것이었어. 그런 내 마음을 알기라도 한 듯 자네가 간절하게 말했지.

"형님, 다음에는 꼭 합격하셔야 합니다."

지금에서야 하는 말이지만 자네 전화를 받고 나는 며칠 동안 공부를 할 수 없었지. 그러다가 어느 순간 문득 그런 생각이 드는 것이었어. 자네를 기쁘게 하는 일은 내가 합격해서 만나는 길뿐이라고 말이야. 그렇게 생각하니 마음이 한결 편해지는 것이었어.

그때부터 다시 공부를 시작했지. 나름대로 최선을 다했지만 결과는 좋지 않았어. 합격자 발표 날에 마음이 무척 아프더구나. 떨어질 거라고는 전혀 생각하지 못했으니 말이야. 그날 저녁 나를 위로해주는 술자리에서 사무관 한 분이 내게 그러더구나. 충격이 가시기까지는 한두 달 걸린다고 말이야.

아우야, 지금 법원 내부통신망에는 퇴직 인사가 줄을 잇고 있단다. 그래도 고위직으로 퇴직하는 분들은 인사말에 여유가 있어 보이더구나. 하지만 주사로 퇴직하는 분들은 절절함 같은 게 배어 있었어. 인천지방법원에 근무하는 어느 계장님은 퇴직인사에서 이렇게 말하더구나.

"숱한 밤을 갈등과 망설임 끝에 20여 년 동안 저와 제 가족에게 더없이 든든하고 포근한 울타리가 되어 주었던 이곳 정든 법원을 뒤로하고 서둘러 낯설고 불안한 세파 속으로 뛰어들려 하니 그 길이 스스로 결정한 길임에도 만 가지 감회에 젖게 됩니다."

나는 그분의 퇴임사를 읽으면서 동병상련의 아픔을 느꼈단다. 나도

언젠가는 저 길을 가야 할 것이기에 말이야. 그런데 말이다. 아우야,
자네는 퇴직하면서 그런 글마저 남기지 않고 법원을 떠났어. 흔적 한
줄 남기지 않고 떠나는 자네의 마음이 얼마나 아팠을까! 지금도 내
가슴이 아려온다.

아우야, 내가 너무 감상에 젖고 말았구나. 자네를 축하해주어야 할
자리에서 눈물만 보이고 있으니 말이지. 아우야, 아직도 귀에 생생하
구나. 어제 자네가 그랬었지. 내가 법무사 수입을 물었을 때 현직에
있는 만큼은 가져간다고 말이야.

그 말을 듣고 나는 무척 기뻤었다. 사무관 승진의 성취감도 크겠지
만 한편으론 법무사의 장점도 있을 거라는 생각도 들었어. 아우야, 자
네는 잘 해낼 거야. 성격 좋고, 성실하고, 거기에다 실력까지 갖추었으
니 말이야.

아우야, 그런데 말이다. 지금 생각하니 자네 개업식 때 화환 하나
보내주지 못했구나. 늦게나마 화환을 보낸다.

'허 법무사 님, 개업을 축하합니다. 번창하십시오.'

(2008. 6. 20.)

담배 유감

법원에는 흡연 장소가 몇 군데 있다. 그 중 한곳은 검찰청과 경계 지점에 있는데 그러다보니 그곳 직원들과 담배를 피우는 경우가 더러 있다. 나는 담배를 피우지 않지만 내가 근무하는 사무실이 흡연구역과 가깝기 때문에 휴식이 필요할 때면 그곳을 찾곤 한다. 물론 혼자 가는 건 아니다. 흡연자인 K 사무관과 가는 경우가 많다. 나는 직원 중 누가 담배를 많이 피우는지 대충은 안다. 그곳에서 자주 보이는 사람이 담배를 많이 피우기 때문이다.

물론 내 생각이 틀릴 수도 있다. 단지 머리를 식히기 위해서 나오는 직원도 많을 것이기 때문이다. 어쨌든 사람이 그리울 때면, 세상 돌아가는 이야기라도 듣고 싶으면, 무슨 정보라도 얻고 싶으면, 흡연구역인 그곳을 찾았다.

그런데 오늘은 낯선 얼굴이 보였다. 검정색 외투를 입고 고개를 숙인 채 담배를 피우고 있는 모습이 조금은 쓸쓸해 보였다. 그러나 그의 우울감에 찌든 얼굴이 K 사무관이 나타나는 순간 밝게 변했다. 그는 검찰청 직원이고 K 사무관과 고향 친구였다. 그들은 둘 다 골초였다. 나는 그들 중간에 끼어 양쪽에서 뿜어대는 담배 연기에 곤혹스러워했다. 그런데도 그 자리를 떠나지 않았다. 이상하게도 담배 연기를 맡고 있으면 불안하던 마음이 어느 정도 안정이 되었다. K 사무관이 담배 연기를 내 얼굴에 풀풀 날리며 말했다.

"담배를 처음부터 안 피웠어요?"

"피우다 끊었지."

"어떻게 끊었어요?"

"그냥 안 피우면 돼."

"그런 게 어딨어요. 담배 끊기가 얼마나 힘든데요. 비결이 있으면 가르쳐 주세요?"

내가 처음부터 담배를 피우지 않았던 것은 아니다. 나도 한때는 하루에 두 갑 이상을 피우던 골초였다. 그러다가 2000년 1월 1일부터 담배를 끊었고, 그날 이후 쭉 금연을 하고 있다. 흔히들 여간 독종이 아니면 담배를 끊기가 힘들다고 한다. 오죽했으면 담배를 끊는 사람과는 대화도 하지 말라고 했을까. 그런데 나는 그렇지가 않았다. 처음 3일은 힘들었지만 그 다음부터는 견딜 만했다. 10일 정도 지나고부터는 내가 얼마나 힘들게 여기까지 왔는데, 라며 스스로를 채찍질했다. 나는 금연을 시도하는 사람들에게 담배를 줄이면서 금연을 시도하면 실패할 확률이 크니 금연을 결심한 바로 그 순간부터 아예 피우지 말라고 조언을 한다.

한국 사람들에게 알아주는 인심이 하나 있다면 그게 바로 담배 인심일 것이다. 그런데 담뱃값이 대폭 인상되면서 이제는 그런 인심도 기대하기 어려워졌다. 지난 일요일에 목욕탕을 나오면서 거북한 광경을 목격했다. 어떤 할머니가 담배를 피우며 걸어가는 젊은이를 붙잡고는 한 개비만 달라고 했다. 젊은이가 엉겁결에 담배를 갑째로 주었는데 할머니의 행동은 거기서 그치지 않았다. 행인들에게 계속 담배를 구걸했다. 할머니가 피우려는 것인지 다른 누구에게 갖다 주려 하는 것인지 알 수 없었지만 어쨌든 마음이 아팠던 게 사실이다. 그런데 할머니보다 더 슬픈 광경을 목격했다. 어떤 할아버지가 담벼락에 쭈그려 앉아 주워온 꽁초를 풀어헤쳐서 신문지에 말아 피우고 있었다. 얼마나 불쌍해 보였던지 지나가던 학생 세 명이 돈을 모아서 담배 세 갑을 사다 주었다.

내가 K 사무관과 그의 친구에게 이런 얘기를 들려주니 동시에 혀를 끌끌 찼다. 나는 담뱃값이 너무 비싸다면서 농담조로 "간접흡연도 따지고 보면 흡연이니까 담배 살 돈이 없으면 담배 피는 사람 옆에 바싹 붙어서 흡연자들이 내뿜는 연기를 맡고 있으면 안 될까?"라고 말했다. 그러자 K 사무관이 "담배 맛을 느끼려면 연기가 폐 속으로 들어가야 하는데 간접흡연은 그게 안 되잖아요."라고 말하는 바람에 멋쩍게 웃어야 했다.

흡연구역에서 흡연자들은 정부를 성토하는 말들을 엄청나게 쏟아냈는데 주로 이런 말이었다. 지금 대통령과 여당의 지지율이 떨어지는 이유가 다른데 있는 게 아니다. 재벌이나 기업들이 내야 할 법인세는 건드리지 않고 담뱃값 인상, 연말정산, 공무원연금개혁 등 서민과 월급쟁이 호주머니만 쥐어짜대니 지지율이 오를 수가 없다. 나는 그들이 하는 말을 듣고 싱긋 웃었다.

"그래도 흡연이 도움이 될 때도 있잖아. 화가 났을 때 담배를 한 대 피우면 진정도 되고."

"물론 그럴 때도 있지요. 힘든 일을 하다가도 담배를 피우면 피로가 풀리기도 하고, 심심하거나 외로울 때 피우면 기분전환이 되기도 하지요."

그러자 그동안 가만히 듣고만 있던 검찰청 직원이 슬그머니 끼어들었다.

"피의자 조사할 때도 담배 덕을 볼 때가 가끔 있는데요. 한바탕 심하게 추궁한 다음에 담배를 한 대 주면서 '잘 알아서 판단해라.'라고 하면 의외로 쉽게 부는 경우가 있어요. 그래서 수사관들 사이에서는 그런 담배를 '자백용 담배'라고들 부르지요."

"자백용 담배? 이름 한 번 멋있네요."

"담배를 맛있게 피우기는 최불암이 최고가 아닐까 합니다. 오래 전에 〈수사반장〉이라는 드라마가 있었지요. 사건을 해결하고 나서 최불암이 범인에게 담배를 한 대 권하고 자신도 허탈한 표정으로 담배를 피우잖아요. 그 모습이 너무 멋있더라고요. 물론 요즘은 흡연 조장한다고 그런 장면을 내보내지 않지만요."

"〈수사반장〉 참 재밌었지요. 어떤 도둑이 최불암을 보자마자 진짜 형사반장인 줄 알고 자수를 했다잖아요."

그들은 한 개비를 피운 거로는 부족했던지 다시 한 개비를 뽑아들었다. 사무실로 돌아가면 몇 시간 후에나 나올 것 같아 미리 한 개비를 더 피워둘 모양이었다. 나는 그런 모습을 보면서 한마디 했다.

"담뱃값이 인상되어도 끊기가 굉장히 힘들지요. 그래서 이런 말도 있답니다. 혈연, 지연, 학연, 흡연 중에서 흡연이 가장 끊기가 힘들다고요."

"맞아요, 하하하!"

"그래도 스트레스 받는 일만 없으면 끊을 수 있을 것 같은데……."

그들이 허공을 바라보며 말했다. 마침 그때 임어당 선생의 《생활의 발견》이란 책이 생각났다. 책에서 선생은 '담배 예찬론'을 펼쳤는데 담배 애호가들에게는 이 말보다 더 듣기 좋은 말은 없을 것이다.

담배를 피우는 풍습이 생긴 뒤로 궐련은 크게 인간의 창조력을 북돋아 주어 상당히 오랜 세월에 걸쳐서 공적을 쌓아 왔다.

(2015. 2. 4.)

내가 형사처벌 대상자였다니

아주 오래전 이야기이다. 내가 법원에 들어오기 전에 있었던 일이니 30년 하고도 수년이 더 지났다. 나는 그때 깊은 산속에 위치한 절에서 고시공부를 하고 있었다. 그러다 보니 예비군훈련 소집통지서를 받지 못했고, 여러 경로를 통해 내가 연락을 받았을 때는 이미 예비군 중대장에게서 고발을 당한 상태였다. 나는 부랴부랴 경찰에 출두해서 조사를 받았다. 경찰관이 나를 보자마자 질책부터 했다.

"당신 오늘 나를 만난 게 운 좋은 줄 알아. 내가 얼마나 바쁜 사람인 줄 알아. 1주일에 사나흘은 출장이야."

"죄송합니다."

"오늘 안 나왔으면 기소중지하려고 했어."

"기소중지라니요?"

"그런 게 있어. 기소중지되면 사회생활 하는데 막대한 지장을 초래하지."

40대 초반쯤 되어 보이는 경찰관은 체격이 우람하고 인상이 험하게 생겼다. 그는 처음부터 나에게 반말을 했다. 기분이 나빴지만 그렇다고 내색을 할 수는 없었다. 나는 조사를 받는 입장이다. 공연히 그의 기분을 건드려 어떤 불이익을 당할지 알 수 없었다. 어쨌든 나는 초등학생이 선생님에게 꾸중을 듣는 것처럼 그의 질책을 다소곳이 받아들였다. 나의 공손한 태도에 그가 기분이 좋은 모양이다. 제법 유쾌한 목소리로 말했다.

"뭐하다가 예비군훈련을 받지 못했어?"

"저…… 그게……."

"괜찮아. 사실대로 말해. 혹시 알아. 정상이 참작될지."

"실은…… 고시공부를 하다가……."

"고시공부?"

"사법시험을 준비하고 있었습니다."

"진작 말하지 그랬어. 이 친구야."

갑자기 경찰관의 태도가 달라졌다. 반말은 여전했지만 위압적인 태도는 찾아볼 수 없었다. 경찰관은 나에게 많은 호의를 베풀었다. 법대를 졸업했으니 장차 법조인이 될 것이고 그런 의미에서 미리 조서를 작성해보는 것도 도움이 될 것이라며 나보고 직접 작성하라고 했다. 나는 경찰관의 제의를 거절할 수도 없고 해서 직접 조서를 작성했다. 마지막에는 내가 무슨 이유로 예비군훈련을 받지 못했는지 호소력 있게 기술했다. 경찰관이 내가 작성한 조서를 읽어보더니 흡족한 표정을 지었다.

"역시 법대 출신이라 솜씨가 남다르군. 글 쓰는 실력도 보통이 아니고 말이야. 특히 예비군훈련을 왜 받지 못했는지 호소하는 대목은

아주 좋았어. 하지만 기대는 하지 않는 게 좋을 거야."

"……"

"검찰청에 자네 사건을 약식으로 올릴 거야. 약식은 서면으로 하는 재판인데, 대부분 청구한 대로 결정이 떨어지지. 벌금이 나올 거니까 제때 납부해야 해."

그로부터 몇 개월이 지났다. 그러나 경찰관이 말했던 것과는 달리 벌금통지서는 날아오지 않았다. 나는 세월이 흐르면서 그 일을 잊었다. 그러다가 법원서기보 면접시험을 치를 때 기소유예 처분받았다는 걸 알았다. 면접관이 나를 보며 "기소유예처분 받은 전력이 있네요." 라고 물었기 때문이다. 나는 순간 당황했고 예비군훈련을 제때 받지 못해서 그렇게 됐다고 해명했다.

그 후 최종합격자 발표가 있을 때까지 나는 마음을 조아렸다. 혹시 기소유예처분으로 불합격 할지도 모른다는 불안감이 나를 괴롭혔다. 그러나 합격이었다. 나는 그제야 안도의 한숨을 내쉬었다. 그리고 얼굴도 본 적 없는 담당 검사에게 마음속으로나마 고마움을 표시했다.

나는 지금까지 글을 써서 몇 번의 상을 탔다. 그러나 생활에 보탬이 될 만큼 그렇게 큰 상은 아니었다. 군대 있을 때 〈전우신문〉에 수필을 기고해서 상을 탄 것, 대학 다닐 때 학보사에서 주최하는 문학상에서 상을 탄 것, 대학교축제 백일장에서 상금을 탄 것, 언론사에 글을 기고해서 약간의 원고료를 받은 것 등이 전부다.

그보다는 글을 써서 해를 입지 않은 것만으로도 크게 다행으로 생각하고 있다. 그런 말도 있지 않은가. 칼로써 흥한 자 칼로 망한다고 말이다. 글이라고 예외일 수는 없을 것이다. 글로써 흥한 자 글로 망하지 말란 법도 없을 것이다. 나는 그런 의미에서 언제나 글을 쓸 때 이런 생각을 한다. 신중 또 신중, 조심 또 조심해서 글을 쓰자, 라고 말이다. 글은 전파력이 강해서 한번 잘못 쓰면 회복할 길이 난망함을 잘 알고 있기 때문이다.

(2013. 8. 14.)

청첩장을 받아보며

친분 있는 법무사에게서 전화가 걸려왔다. 공탁과 관련된 질문이었다. 답변은 해주었지만 뭔가 찝찝했다. 나는 법원 공무원 교재인 〈공탁실무편람〉을 찾아보았다. 아니나 다를까, 잘못 답변해준 부분이 있었다. 나는 전화를 걸어 다시 설명해주었다. 그리고 자책했다. 공탁업무를 담당한 지 1년이 다 되어가는 데도 이렇다. 이래서 공탁이 어렵다고들 하는가 보다.

나는 이왕 책을 펼친 김에 해당 부분을 자세히 공부해보기로 했다. 하지만 몇 줄 보지 못했다. 공탁보조를 하는 L 실무관이 압류가 들어왔다며 압류통지서와 기록을 가지고 왔기 때문이다. 그는 언제나 웃는 얼굴이고 업무에 매우 밝았다. 민원인에게도 무척 친절했다. 그가 기록을 내 책상 위에 올려놓으며 말했다.

"사무관님, 혼자 계시니 외롭지요?"

L 실무관은 내가 법원 내부통신망에 올린 글을 거의 빼놓지 않고 읽는 열혈 애독자다. 아내와 애들이 여행을 떠난 사실을 어제 내부통신망에 올린 글을 통해 알고 있다고 했다. 그는 단순하게 글만 읽는 게 아니었다. 오자나 탈자를 발견해서 내게 알려주기도 했다. 물론 가

끔씩 비평도 했다. 나는 그의 비평을 허투루 듣지 않았다. 그의 의견이 바로 직원들의 생각일수도 있기 때문이었다. 나는 압류통지서에 도장을 찍으며 말했다.

"외롭기는 하지."

사실이었다. 나는 외로움을 느꼈다. 어쩌면 불편함을 느끼고 있다는 표현이 더 정확할지도 모르겠다. 오늘 아침만 해도 그렇다. 아내는 냉장고 마지막 칸에 사과가 있으니 아침식사 하기 전에 먹으라고 했다. 그런데 귀찮아서 그냥 지나쳤다. 물론 사과만 그런 게 아니었다. 비타민도, 철분도 먹지 않았다.

"수고했어."

나는 L 실무관에게 두 손으로 기록을 건네주었다. 그가 기분 좋게 웃으며 자기 자리로 돌아갔다. 그때 총무과에 근무하는 S 실무관이 수줍게 웃으며 청첩장을 내밀었다. 나는 결혼식에 참석하겠다고 말하고는 청첩장을 뜯었다.

　　저희 두 사람이 소중한 분들을 모시고 사랑의 결실을 맺으려 합니다. 오로지 믿음과 사랑만을 약속하는 귀한 날에 축복의 걸음 하시어…….

역시 요즘 젊은 사람들은 다르다고 생각했다. 내가 결혼할 때만 해도 한자투성이의 청첩장이 대부분이었다. 어지간한 사람은 읽기에도 버거울 정도로 한자가 많이 섞여 있었다. 가령 이런 식이었다.

貴下(귀하)의 平安(평안)하심을 仰祝(앙축)하나이다. 아뢰올 말씀은 ○○○의 長男(장남) ○○君(군)과 ○○○의 三女(삼녀) △△孃(양)이 仲秋佳節(중추가절)을 맞아…….

나는 청첩장을 읽으면서 고민에 빠졌다. 축의금은 얼마를 해야 하나? 어느 취업포털 사이트에서 이와 관련하여 설문조사를 했다. 직장인 1년 경조사비가 144만 원이라고 했다. 평균 경조사비는 6만 원이고 홀수로 내는 관례에 따라 5만 원과 7만 원이 많다고 했다. 회사 동료의 경우에는 5만 원이 대부분이라고 했다. 호텔 같은 곳에서 예식하는 경우는 음식이 비싸기 때문에 더 많이 낸다고 했다. 물론 자기가 받은 만큼 낸다는 사람도 많았다.

며칠 전에 축의금과 관련하여 재미있는 판결을 보았다. 공무원 자녀의 결혼축의금도 뇌물에 해당한다는 대법원 판결이 그것이다. 1심은 유죄를 선고했지만, 2심은 축의금 부분을 일부 무죄로 판단했다. 5만 원에서 10만 원 사이의 축의금은 사회상규를 벗어나지 않고, 자녀의 결혼을 앞둔 부모가 친분을 떠나 업무상 접촉이 있는 사람에게 청첩장을 보내는 건 통상적 관례란 이유에서였다.

하지만 대법원은 전체적으로 대가 관계가 있으면 뇌물이라고 판단했다. 업체 관계자는 불이익을 받을까 우려하는 마음에서 축의금을 낼 수밖에 없는 입장이고, 명함을 교환한 정도의 사이에서 이뤄진 축의금은 사교적 의례로 보기 어렵다고 했다.

물론 법원에서는 이런 식의 경우에 어긋나는 행동을 하는 사람이 없다. 법원은 행정부처럼 인허가 관련 부서가 있는 것도 아니고 재량이 많은 것도 아니기 때문이다. 뭐든 검소해서 나쁠 건 없다. 부조금도 결국은 빚이다. 검소하게 예식을 치르면 혼주도 그만큼 부담이 적어질 것이다.

(2003. 12. 13.)

어느 부장판사의 슬픈 고백

더위가 한층 기승을 부리고 있다. 비도 한 방울 오지 않는다. 세상이 모두 타들어갈 것만 같다. 그래도 사람들은 들과 산과 바다와 강을 찾아 떠난다. 법원도 마찬가지다. 직원들이 적지 않게 휴가를 떠나서 그런지 사무실이 다소 한산하다. 그걸 말해주듯 점심 먹으러 가는 '밥조'도 일곱 명에서 네 명으로 세 명이나 줄었다. 점심은 돼지국밥이었다. ○○식당이란 곳인데 오늘따라 법원 직원들이 많이 찾았다.

"그나저나 이제부터 정말 S 계장이 정식 계장이 되었구면?"

"그게 무슨 말입니까?"

옆에 앉은 L 계장이 나를 쳐다봤다. 그는 정말 아무것도 모른다는 표정을 하고 있었다. 미처 내가 다음 말을 꺼내기도 전에 "어휴, 법복 입고 법정에 들어가려면 아직 멀었습니다."라는 S 계장의 푸념 섞인 목소리가 들려왔다. 그는 7월 11일자로 주사보로 승진을 했다. 그런데 법복은 한 달여 뒤인 지난주 금요일에야 지급받은 것이다. 나는 그에게 법복식을 가져야한다고 말했고, K 사무관은 착복식을 가져야 한다고 주장했다. 한발 더 나아가 K 사무관이 자신의 경험담을 말하는데 자신은 법복이 나온 바로 당일 날에 직원들에게 저녁을 샀다는 말까지 했다.

나는 법복과 관련된 어느 실무관의 이야기를 들려주었다. 그는 법복이 너무 입고 싶어서 야근을 하다가 자기 상관인 L 사무관의 법복을 입고 거울 앞에 한동안 서 있었다. 그런데 그 모습이 너무 자랑스럽게 보였다. 갑자기 가족에게 자랑도 할 겸 스마트폰으로 인증사진을 찍어놓자는 생각이 들었다. 그의 법복 입고 찍은 사진을 가족이 좋아했음은 물론이다. 나는 그 말을 듣고 마음이 애틋했었다. 막상 그런 시절이 오면 별것 아닌데, 라는 생각 때문이었다. 그러면서도 기억은 자꾸만 그때를 향해 달려가고 있었다.

내가 실무관에서 주사보로 승진하는 시점이었다. 지금은 능력검정시험으로 주사보 승진시험에 대한 부담이 대폭 줄어들었지만 내가 실무관으로 있을 때는 그렇지가 않았다. 승진시험이 존치하고 있어서 그야말로 경쟁이 치열했다. 실력이 웬만큼 좋은 사람도 한 번 만에 합격하기는 힘들어서 두 번 또는 세 번을 쳐야 했다.

물론 나는 머리가 나쁘고 노력을 하지 않아서 네 번 만에야 합격할 수 있었다. 힘들게 합격하다 보니 기쁨도 그만큼 컸다. 이건 정말 솔직한 고백인데 사무관 승진시험에 합격했을 때보다 기쁨이 더 컸다. 나는 실무관으로 있을 때 주사보 승진만 하면 여한이 없을 것 같았다. 계장들이 대단한 존재로 보였기 때문이다.

그런데 법원 생활을 어느 정도 하다 보니 그런 생각이 바뀌기 시작했다. 주사보가 되니 주사가 되고 싶고, 주사가 되니 사무관이 되고 싫었다. 사무관이 되고 나니 다시 서기관이 되고 싶다는 생각이 들기도 했다. 현재의 위치에서 만족하자는 평소의 생각 같은 것도 사라지고 없었다. 나도 그런 면에서 여느 직원들과 하나도 다를 게 없었다.

이와 관련하여 빼놓을 수 없는 분이 한 사람 있는데 지금은 퇴직하신 어느 부장판사이다. 지금도 그의 고백을 생각하고 있노라면 애틋한 감정을 느낀다. 그분과 친한 Q 사무관이 들려준 이야기라서 사실일 거라고 믿는다. Q 사무관이 들려주는 그분의 고백을 옮겨보자면 이러했다.

나는 시골에서 태어났다. 아주 부자는 아니었지만 아버지가 교사였기에 다른 아이들에 비해 여건이 좋았다. 시골 초등학교에다 시골 중학교를 졸업하고 항구도시에 있는 명문 고등학교에 시골 중학생으로서는 극히 이례적으로 만점을 받고 입학했다. 그 후 순전히 공부를 잘한다는 이유 하나만으로 서울대 법대에 진학했고 당연히 해야 할 일이라도 되는 것처럼 고시공부를 시작했다. 이때까지는 내 의지가 전혀 개입할 수 없었다. 나는 아직 어렸기 때문이다. 그런데 나이가 들고 학년이 올라가면서 목표라는 게 구체적으로 나타나기 시작했다. 가령 이런 것이었다. 고시공부 할 때는 판사가 되고 싶었다. 판사가 되어서는 부장판사가 되고 싶었다. 부장판사가 되어서는 행정권을 행사할 수 있는 수석부장판사가 되고 싶었다. 수석부장판사가 되어서는 고등부장판사가 되고 싶었다. 적어도 그 단계까지는 내 꿈이 실현될 줄 알았다. 그런데 고등부장 승진에서 탈락했다. 태어나서 처음 맛보는 쓴잔이었다. 충격은 컸다. 그러나 현실을 깨닫기까지는 불과 한 시간도 걸리지 않았다. 내 능력이 거기까지임을 깨달았던 것이다. 그날 바로 사표를 내고 변호사로 개업을 했다. 사람들은 내가 1년에 수십억 원을 번다며 수군거렸다. 그러나 실제로는 그렇지 않았다. 모두가 과장된 소문이고 풍문일 뿐이었다. 그러나 기분이 나쁘지는 않았다. 안 된다는 소문보다야 그래도 잘 된다는 소문이 낫다는 생각 때문이었다. 하지만 변호사도 체질에 맞지 않았다. 나는 그제야 판사에서 변호사를 하다가 다시 판사로 돌아온 어느 분의 이야기를 실감할 수 있었다. 그분은 잠깐 변호사를 했는데 얼마나 속을 태웠던지 얼굴이 간장색깔처럼 새카맣게 변해버렸다는 것이다. 내가 변호사에 회의를 느끼고 있을 때 어느 대학에서 교수 제의가 들어왔다. 나는 이것저것 따지지 않고 교수로 자리를 옮겼다. 나는 법원을 떠난 지금 한 가지 마음에 걸리는 게 있다. 내가 현직에 있을 때 업무에 너무 깐깐했고 그로 인해 마음에 상처를 받았을 직원들에게 미안한 마음을 가지고 있다는 것이다. 그 부분만 빼고는 정말 만족한 삶을 누리고 있다.

Q 사무관은 나에게 그분의 근황도 알려주었다. 하나만 소개하자면 이렇다.

젊은 제자들과 함께 생활하니 내가 늘 청춘인 것 같다. 학생들에게

시험을 출제하기 전에 주어진 시간 내에 답안을 작성할 수 있는지 내가 먼저 모범답안을 만들어본다. 아무도 없는 교수실에서 혼자 답안을 작성할 때는 정말 내가 학생으로 돌아간 기분이다. 배정된 수업시간도 적당하고 보수도 괜찮은 편이어서 인생 중 가장 행복한 시간을 보내고 있다.

대충 이런 내용들이었다. 나는 작년에 민사항소부에 근무하고 있었는데 우리 재판부의 재판연구원이 뜻밖에도 그분의 제자였다. 나는 반가운 마음에 그분에 대해서 물었고, 재판연구원은 교수님이 밥도 잘 사주고 무척 자상하다는 말을 내게 들려주었었다. 나는 자상한 것까지는 잘 모르겠고, 밥을 잘 사준다는 것에는 동의한다고 했다. 언젠가 그분과 대화를 나눌 기회가 있었는데 그때 그분이 내게 다른 것은 잘 도와주지 못하겠지만 맛있는 건 얼마든지 사 줄 수 있다는 말을 했기 때문이었다. 그분은 지금 행복한 삶을 누리고 있다. Q 사무관이 그분에게 직접 들었다는 말을 전해 듣는 것만으로도 그게 사실임을 확인할 수 있었다.

오늘 나는 돼지국밥을 먹었다. 아스팔트가 녹을 정도로 무더운 여름에 무슨 돼지국밥이냐고 묻는 사람도 있을 것이다. 그런데 그렇지가 않다. 나이가 들어가면서 차가운 음식보다는 따뜻한 음식을 더 찾게 된다. '밥조' 총무가 11시쯤에 내게 와서 점심에 뭘 먹고 싶으냐고 물었을 때 서슴없이 돼지국밥이라고 말했던 이유도 바로 거기에 있었다.

나는 자리에서 일어나기 전에 한 가지 제의를 했다.

"우리 사무실에 들어가면 S 계장에게 법복을 입혀 단체로 사진 한 판 찍읍시다."

"좋지요."

"그렇게 합시다."

모두들 찬성했다. 우리는 사무실을 향해 걸었다. 아스팔트에서는 목욕탕의 사우나 실에서 나오는 수증기처럼 더운 기운을 뿜어내고 있었다. 하지만 길어야 한 달이다. 이런 무더위도 보름 남짓 지나면 주춤할 것이다. 나는 세상 이치 또한 이와 같을 것이라고 생각한다. 아무리 더운 여름이라도 선선한 가을에 자리를 내주듯 우리 인생도 그와 같다는 생각을 해본다. 어떤 어려움이 있어도, 현재 자신의 위치가 아무리 불우하다 해도, 이보다 나을 날이 올 것이라는 희망만은 버리지 말았으면 하는 바람이다. 어느 부장판사의 고백은 그래서 내게 많은 것을 생각하게 한다.

(2015. 8. 4.)

유언장을 작성하며

나는 지금 50대이다. 하루가 다르게 건강에 대한 자신감이 떨어진다. 등산을 해보면 그런 현상을 금방 느낄 수 있다. 평소에 한 번만 쉬면 오르던 산을 두세 번은 쉬어야 했다.

며칠 전에는 이런 일도 있었다. 점심을 먹고 인근 공원으로 산책을 나갔다. 그런데 갑자기 눈이 부시고 시야가 흐려졌다. 현수막이나 간판에 새겨진 글씨들이 두어 개로 겹쳐서 보이기도 하고, 너무 흐릿해서 무슨 글씨인지 분간조차 할 수 없는 경우도 있었다.

나는 더럭 겁이 났다. 뇌졸중 전조증세가 그와 비슷하다는 기사를 읽은 적이 있기 때문이다. 급히 관사로 돌아와서 30분 정도 누워 있었다. 그러자 차츰 정상으로 돌아오는 것이었다. 나는 사무실 직원들에게 조금 전에 있었던 일을 얘기했다. 그러자 직원 중 한 분이 자기도 방금 그런 일을 겪었다고 했다.

"저도 밖에 나갔다가 고생했어요. 눈을 똑바로 뜨기가 힘들고, 눈이 아프고, 눈물이 나오기도 하고, 글씨가 겹쳐서 보이기도 하고……. 그런데 원인을 알고 보니 강렬한 햇빛 때문이었어요. 자외선이 너무 강해서 그런 현상이 일어나는 거래요. 너무 걱정하지 마세요."

직원의 말에 적이 안심이 되었다. 그렇다고 해서 걱정이 완전히 사라진 건 아니었다. 그런 일이 있고나서부터 불길한 예감이 시도 때도 없이 불쑥불쑥 나를 괴롭혔다. 내가 어느 날 갑자기 의식을 잃을 정도의 중병에라도 걸린다면, 교통사고라도 당한다면, 간밤에 자다가 불행한 일이라도 당한다면…….

아마 그런 걱정들 때문이었을 것이다. 나는 어제 밤늦은 시각에 유언장을 작성해보았다. 뜬금없는 행동처럼 보일 수도 있겠지만 반드시 필요한 일이라는 생각에는 지금도 변함이 없다. 어느 날 갑자기 나에게 불행이 닥쳐 아무런 유언도 남기지 못하고 세상을 떠난다면 그것처럼 허망한 일이 또 어디 있겠는가?

나는 먼저 유언장에 여태까지 한 일과 다 하지 못한 일을 썼다. 다음으로 내가 가지고 있는 물건들을 누구누구에게 나눠 준다고 쓰고, 마지막으로 주변 분들에게 감사의 말을 썼다. 그런데 이상한 일이었다. 유언장을 작성해놓고 보니까 지금까지 내가 어떻게 살아왔는지 알게 되었고, 앞으로 어떻게 살아야 할지 새로운 각오를 다질 수도 있었다. 다음은 내가 작성한 유언장이다.

평생을 함께했던 사랑하는 당신과 그리고 내 뼈 중의 뼈요, 살 중의 살이기도 한 나의 사랑하는 두 딸이 유언장을 읽을 때쯤이면 나는 이미 이 세상에 없을 것이다. 비록 화려한 인생도, 남에게 칭찬받는 일도 하지 못했지만 그래도 욕먹는 사람으로 기억되지 않음을 다행으로 생각한다.

사랑하는 당신 그리고 딸들아, 누구든 흙에서 나왔으니 흙으로 돌아가기 마련이다. 그러니 나의 죽음에 너무 슬퍼하지 마라. 내가 먼저 가서 기다리고 있다고 생각하면 마음의 부담이 덜어질 것이다. 사랑하는 당신과 딸들에게 몇 가지 유언을 남기겠다. 지키도록 노력하여라.

사랑하는 당신에게

내가 당신에게 4가지 유언을 하겠소. 첫째, 내가 죽거든 살아서는 절대 재산을 자식들에게 넘겨주지 마시오. 둘째, 남이든 친척이든 절대 보증을 서지 마시오. 셋째, 어려운 일이 있을 때마다 내가 가장 신뢰하는 ○○○와 의논하시오. 그 사람이 하는 말이라면 무엇이든 믿어도 좋소. 넷째, 나를 아는 모든 사람들에게 감사하다는 말씀을 전해 주시오.

사랑하는 두 딸에게

아버지가 사랑하는 큰딸과 작은딸에게 4가지 유언을 남기겠다. 첫째, 너희들은 어머니를 극진하게 모셔라. 아버지가 없는 어머니가 얼마나 외롭겠느냐. 둘째, 너희들은 의좋게 지내라. 언젠가는 어머니도 세상을 떠날 것이다. 그때는 세상에 너희 둘밖에 없다. 셋째, 너희들은 새겨들어라. 매사에 감사하고 긍정적인 사람이 될 수 있도록 노력하여라. 넷째, 너희들은 누구에게 도움을 받으면 반드시 그 두 배로 보답을 하라. 그러면 세상 사람들이 다 너희를 좋아할 것이다.

나는 유언장을 특별한 사람들만 작성하는 줄 알았었다. 그런데 막상 작성해보니 그게 아니었다. 누구든 작성할 수 있는 것이고, 작성하는 순간 새로운 삶이 시작되는 것 같았다. 살아가면서 성찰과 반성의 시간은 누구에게나 필요하기 때문에 평소에 한번쯤 유언장을 작성해봐도 좋지 않을까 한다. 마지막으로 법정 스님의 유언장을 소개한다.

남기는 말

1. 모든 분들에게 깊이 감사한다. 어리석은 탓으로 제가 저지른 허물은 앞으로도 계속 참회하겠습니다.

2. 내 것이라고 하는 것이 남아 있다면 모두 "(사)맑고 향기롭게"에 주어 맑고 향기로운 사회를 구현하는 활동에 사용토록 하여 주시기 바랍니다. 그러나, 그동안 풀어 논 말 빚을 다음 생으로 가져 가지 않으려 하니 부디 내 이름으로 출판한 모든 출판물을 더 이상 출간하지 말아 주십시오.

3. 감사합니다. 모두 성불하십시오.

2010. 2. 24.

법정(속명 박재철)

(2012. 5. 29.)

법원을 떠나는 최 실무관에게

요즈음 취직하기가 하늘에 별 따기라고 한다. 사기업체는 덜하지만 공무원은 어느 시험이든 대부분 수백 대 일을 넘는다. 법원도 어렵기는 마찬가지다. 법원에 들어오기 위해 지방대학생들은 대학 1학년이나 2학년 또는 3학년에 휴학계를 내고 서울에 있는 노량진 고시학원으로 향한다. 부모들의 부담도 이만저만 큰 게 아니다. 한 달에 100~120만 원 가량 올려 보낸다고 한다. 이렇게 어려운 과정을 거치며 들어온 법원이지만 떠나는 사람들도 있다. 오늘 소개하는 사람도 그 중 한 명이다.

출근해서 컴퓨터를 켰다. 그런데 메일이 한 통 들어와 있었다. 제목은 '퇴직인사 드립니다'였는데 보낸 사람이 최○○ 실무관으로 되어 있었다.

사무관님~

울산지법 최○○ 실무관입니다.

기억하시죠?

(예전 사무관님 글 소재 단골 주인공이었던 ^^)

퇴직 인사를 드리려고 합니다.

제가 가장 잘 하고 좋아하는 일을 찾아서 퇴직을 하려합니다.

울산119 구조단에 최종 합격하였습니다.

(소방공무원 구조직렬입니다. 특수부대 출신만 지원하는.)

제가 7년간 법원 생활을 하면서 마음속으로 가장 좋아했던 분 중 한 분이 사무관님입니다.

아무 연관도 없는 저를 좋게 봐주시고, 힘이 되는 글을 써주셔서, 사무관님 덕분에 좋은 이미지를 갖고 법원 업무를 시작할 수 있었던 것 같습니다.

부산소방학교 입교가 얼마 남지 않아 내일까지만 근무하고 퇴직을 합니다.

일정이 바쁘다는 핑계로 직접 인사드리지 못 할 것 같습니다. 죄송합니다.

언젠가 기회가 되면 더욱 편하고 기쁜 마음으로 봬요.

늘 행복하시고, 건강하세요!

사랑합니다 ^^

참, 창원지법 소수직렬인 관리직렬에 대해 앞으로도 많은 관심 부탁드립니다 ^^

메일을 다 읽고 나서 마음이 아려오는 느낌을 받았다. 그것이 무엇 때문인지는 정확히 알 수 없었지만 어디에서 오는지는 어렴풋하게나마 짐작할 수 있었다. 그의 살아온 이력 때문이었다. 나는 그를 형사

재판부에 근무하던 2009년 7월 이맘때쯤에 처음 만났다. 그는 관리원 (운전원)으로 입사한 지 며칠 되지 않았고 내가 근무하던 재판부가 경주로 현장검증을 나갈 때 동행했다. 그와 나는 가고 오는 동안에 많은 이야기를 나누었다.

그는 특전사(공수부대) 대위 출신이다. 특전사 하면 가장 먼저 떠오르는 게 고된 훈련이다. 그는 상상을 초월하는 훈련을 능히 견딜 만큼 신체가 건장했다. 그러나 훈련 중 다리에 부상을 입고 제대를 했다. 그리고 들어간 곳이 울산에 있는 ○○중공업이었다. 그러나 그곳에서 제대로 적응할 수 없었다. 월급은 많았지만 적성이 맞지 않았다. 그래서 다른 직장을 찾아보다가 우연히 부산고등법원에서 관리원을 뽑는다는 공고를 보게 되고 응시해서 합격을 했다. 그때 경쟁률이 무려 4백 대 1이 넘었다는데 아내가 가장 기뻐했다고 했다.

그는 지난 1월 1일자로 가족이 살고 있는 울산지방법원으로 전근을 갔다. 그동안 그는 가족과 떨어져서 살았었다. 울산지방법원으로 떠나기 전에 내게 고맙다는 메일을 보냈었다. 그런데 연말이고 일정이 너무 바빴던 탓에 그에게 식사 한 끼 대접하지 못했다. 그게 내내 마음에 걸렸었다. 그런데 어제 다시 메일을 받고나니 마음이 또 아프지 않을 수가 없었다. 물론 이번에는 그 아픔의 정도가 이전보다 훨씬 심했다. 그도 그럴 것이 이제는 법원이 아닌 다른 곳으로 떠나기 때문이었다.

그와 나는 창원지방법원에서 6년 6개월을 함께 근무했다. 그러나

한 지붕 아래에 있으면서도 서로 하는 일이 다르다 보니 자주 만나지는 못했다. 그는 다재다능했다. 법원 행사가 있을 때면 일행을 따라다니며 행사 장면을 동영상으로 남겼고, 스쿠버다이빙 동호회 총무도 맡았고, 학구열도 대단해서 야간대학에 진학해서 사서자격증을 따기도 했다. 그는 누구보다도 법원을 사랑했다. 법원을 위해 최선을 다했다. 그는 4백 대 1이 넘는 경쟁률을 뚫고 법원에 들어왔다. 그런 인재가 법원을 떠난다는 사실에 마음이 아프다.

그러나 나는 그의 이직을 진심으로 존중한다. 자신이 가장 잘 하고 좋아하는 일을 찾았다는 점과, 법원보다는 그곳이 그가 할 일이 더 많을 거라는 생각 때문이다. 나는 그의 헌신적이고 예의 바르며 활달한 모습을 오랫동안 잊지 못할 것이다. 그리고 내게 마지막으로 남긴 "창원지법 소수 직렬인 관리 직렬에 대해 앞으로도 많은 관심 부탁드립니다"란 말도 가슴에 새길 것이다.

(2016. 7. 23.)

사법부에 대한 예의

어제저녁에 C 법원장의 부친상으로 동료 두 명과 함께 부산 영도에 있는 장례식장에 다녀왔다. 조화는 물론이고 문상객들이 굉장히 많았는데 그것만으로도 법원장이 얼마나 인복이 많은지를 짐작할 수 있었다. 장례는 C 법원장이 독실한 교인이라서 기독교식으로 치렀다.

문상이 끝나고 C 법원장이 조문객들의 손을 일일이 잡아주는데 얼굴이 몹시 초췌했다. 허연 머리가 더욱 안쓰럽게 보였다. 문상객들이 너무 많아서 대화를 오래 나눌 수는 없었지만 법원장이 "저 하나로 해서 많은 사람들을 고생시킵니다."라고 해서 마음이 숙연했다.

내가 일행들과 식탁에 앉아서 음식을 먹고 있는데 조금 떨어진 곳에서 검은 상복을 입은 대학생으로 보이는 여성이 문상객들과 대화를 나누고 있었다. 나는 문득 그녀가 C 법원장의 둘째 딸이 아닌가, 하는 생각이 들었다. 내가 그렇게 생각한 데에는 그만한 이유가 있었다.

1999년이었다. 나는 당시 거창지원에 근무하고 있었는데 지원장이 새로 부임해왔다. 바로 C 법원장이었는데 그분과의 인연이 그때부터 시작되었던 것이다. 그런 어느 날이었다. 점심식사를 마치고 산책을 하는데 자신이 거창으로 오게 된 이유를 내게 들려주었다. 둘째 아이가 학교에도 가지 않으려 하고, 간다고 하더라도 무단으로 집으로 돌아오고, 친구들과도 잘 어울리지 않아서 고민을 많이 하고 있었는데, 마침 거창에 자율과 참교육을 강조하는 S초등학교라는 곳이 있어서 거창지원으로 자원을 하게 되었다는 것이다.

그 후 C 법원장이 거창을 떠나고 나는 그 아이가 어떻게 되었는지 잊고 지냈다. 내가 2010년도에 부산가정법원에 근무할 때 C 법원장이 고등부장으로 승진하면서 부산고등법원으로 발령받아 오게 되었고, 그분과 나는 두 달에 한 번 정도 저녁식사를 함께했다. 한번은 광안리에서 저녁을 먹게 되었고, 전등불이 오색찬란한 광안대교를 바라보며 이런저런 이야기를 나누다가 문득 그 아이가 생각났다. C 법원장에게 물으니 거창에 있는 S초등학교에 들어가고 나서부터 이전과는 비교할 수 없을 만큼 명랑하고 밝은 아이로 바뀌었고, 그 후 잘 자라서 지금은 서울의 명문대학에 다니고 있다고 말해 주었다. 물론 거창 사람들에게 감사한 마음을 전하는 것도 잊지 않았다.

"거창은 제게 매우 소중하고 고마운 곳입니다. S초등학교 덕분에 둘째 아이가 저렇게 잘 자랐으니까요."

C 법원장은 사회적 약자에게는 관대했지만 가진 자들의 범죄나 권력형 비리 등에는 단호했다. 2004년으로 기억된다. 당시 대통령의 친형인 노건평 씨가 불구속재판을 받았는데 부장판사이던 C 법원장이 재판을 담당하게 되었다. 판결을 선고하면서 이례적으로 훈계를 했는데 "대통령 임기가 아직도 많이 남은 만큼 겸손과 인내로써 다시는

물의가 일어나지 않도록 자중자애하고 올바르게 처신해 달라."고 해서 화제가 된 적도 있었다.

2001년 거창지원에서 있었던 일이다. 당시 거창지원은 지금과는 달리 단독지원이라서 판사가 지원장을 포함해 두 분밖에 없었다. C 법원장은 당시 지원장이었지만 다른 판사와 번갈아 가며 영장실질심사를 담당했다. 그날도 영장실질심사가 있어서 나는 C 법원장과 함께 법정에 들어갔다. 다른 피의자들은 모두 자리에서 일어났는데 한 피의자만 그대로 앉아 있었다. 나는 그 피의자에게 일어나라고 눈짓을 보냈으나 시늉만 할 뿐 일어나지 않았다. C 법원장이 자리에 앉고는 잠시 생각에 잠기더니 말을 꺼냈다.

"판사가 법정에 들어서면 사건당사자는 물론 방청객들도 모두 자리에서 일어납니다. 판사에 대한 예의 때문일까요? 아닙니다. 대한민국 사법부에 예의를 표하기 위해 모두 자리에서 일어나는 겁니다."

법정이 순간 적막에 휩싸였다. 피의자들이나 호송 나온 경찰관들이나 모두 고개를 들지 못했다. 자리에서 일어나지 않은 피의자 역시 고개를 푹 숙이고 있었다. 실질심사가 시작되고 C 법원장이 피의자들을 호명하려고 할 때였다. 그가 안간힘을 써가며 자리에서 일어나려다 힘에 부쳐 다시 주저앉고 말았다. 그는 목발을 짚고 있었던 것이다. 그가 어렵게 입을 열었다.

"죄송합니다. 교통사고로 다리를 크게 다쳐 일어나지 못했습니다."

그는 거창농민회 간부였다. 농민들이 농산물 파동으로 88고속도로를 점거했는데 그가 시위를 주도한 혐의로 영장실질심사를 받고 있었다. 기각이냐, 발부냐. 경찰과 검찰은 촉각을 곤두세웠다. 나하고 같은 아파트에 살고 있는 정보과 형사는 검찰보다 빨리 청와대에 보고해야 한다면서 사무실에 대기하고 있었다. 몇 시간 후에 결과가 나왔는데 기각이었다.

2010년에 있었던 일이다. 그해인 것만은 분명한데 달과 날짜가 기억이 나지 않는다. 어쨌든 그날 저녁을 먹으면서 그분이 내게 한 말이 무척 인상적이었다.

"저같이 부족한 사람을 고등부장으로 승진까지 시켜주었으니 저도 인복이 많나 봅니다. 그런데 말이지요, 박 사무관님. 지금 살고 있는 관사에서 쫓겨나면 저희 가족은 갈 곳이 없습니다. 아파트 한 채 있는 게 애물덩어리에요. 담보대출 이자가 너무 높아서 전세를 주고 그 돈으로 대출금을 다 갚았다 아닙니까. 당분간은 저도 허리띠를 졸라매야 할 것 같습니다. 하, 하, 하!"

내 휴대전화의 카카오톡에는 C 법원장이 '친구'로 뜬다. 그런데 그분의 카카오톡 화면에 새겨진 글귀가 독특했다.

"나는 비천에 처할 줄도 알고 풍부에 처할 줄도 알아…… 모든 일에 자족함을……."

어쩌면 C 법원장의 삶과 저리도 닮았을까, 하는 생각에 저절로 머리가 숙여졌다.

(2014. 11. 13.)

어느 피고인이 남긴 세 마디

살아가면서 가장 많이 만날 수 있는 숫자가 3이라는 숫자가 아닐까 한다. 삼각형은 자연에서 가장 견고한 평면도형으로 알려져 있다. 인생 또한 3이라는 숫자에 익숙하다. 태어나서, 살다가, 죽는 게 인생이기 때문이다. 하루도 그렇다. 아침에 일어나 그날 할 일을 준비하고, 낮에는 일하고, 저녁에는 잠자리에 든다. 그만큼 3이라는 숫자는 우리에게 친숙하다. 네이버 '지식iN'에 들어가 보니 3이라는 숫자를 이렇게 설명하고 있었다.

3은 모든이라는 말이 붙을 수 있는 최초의 숫자이며 처음과 중간과 끝을 포함하기 때문에 전체를 나타내는 숫자다. 3의 힘은 보편적이며 하늘·땅·바다로 이루어지는 세계의 3중성을 나타낸다. 또한 인간의 육체·혼·영, 탄생·삶·죽음, 처음·중간·끝, 과거·현재·미래, 달의 세 가지 상 즉 초승달, 반달, 보름달을 나타낸다. 3에는 모든 것을 포괄하는 신성 즉, 아버지, 어머니, 아들이 있는데 이것은 인간의 가족에게도 반영된다. 또한 3에는 중첩효과라는 권위가 있어서 한 번이나 두 번은 우연의 일치라고 할 수 있지만 세 번이 되면 확실성과 강한 힘을 지닌다.

소설을 쓸 때도 지금은 낡은 방식이라고 해서 기피하는 작가들도 있지만 3막 구조를 많이 활용한다. 무언가를 제시하면서 이야기를 시작하고, 갈등을 유발시키고, 이를 해소하는 것으로 소설을 끝낸다. 소크라테스의 3단 논법도 유명하다. 대전제, 소전제, 결론 순으로 대화를 이끌어 가는데 예를 들자면 이렇다. 대전제에서는 모든 사람은 죽는다, 소전제에서는 소크라테스는 사람이다, 결론에서는 그러므로 소크라테스는 죽는다, 라는 식이다. 공자께서도 3이라는 숫자를 좋아했던 모양이다. "學而時習之 不亦悅乎(학이시습지불역열호 : 때때로 배우고 익히면 즐겁지 아니한가), 有朋而自遠方來 不亦樂乎(유붕이자원방래불역낙호 : 먼 곳에서 벗이 찾아오니 또한 즐겁지 아니한가), 人不知 而不慍 不亦君子乎(인불지이불온불역군자호 : 남이 나를 알아주지 않아도 서운해하지 않으니 이 또한 군자 아니겠는가)라며 군자(君子) 3락(三樂)을 얘기했다.

법원에서도 3이라는 숫자를 심심치 않게 발견할 수 있다. 3심제도 그렇고 합의부가 3인으로 구성된 것도 그렇다. 합의부가 3인으로 구성된 이유에 대해서는 설명이 필요할 것 같다. 살인, 강도 등 중범죄 사건이나 고액의 민사사건 등 중요한 사건일수록 신중하게 판단을 내리기 위해서이다. 법원조직법에 따르면 합의부는 판결 전에 판사들 사이에 의견일치가 되지 않으면 과반수로 결정한다고 되어 있다. 3인은 합의하기에 적당하고 가부동수를 막는데 합리적이기 때문이다. 법률격언에 '여러 개의 눈은 한 눈보다 사물을 잘 본다'는 말이 있는데 합의부를 3인으로 구성하는 이유도 이런 맥락에서 이해하면 될 것 같다.

재판하니까 생각나는 게 있다. 마지막 공판을 마치면 피고인이 최후진술을 한다. 대부분 장황하게 진술하기 마련인데 어떤 피고인은 딱 세 마디만 했다. 잘못했습니다, 반성합니다, 선처를 구합니다, 이렇게 말이다. '잘못했습니다'라고 말한 것은 자신의 범죄를 인정한다는 뜻이고, '반성합니다'라고 말한 것은 다시는 범죄를 저지르지 않겠다는 다짐이고, '선처를 바랍니다'라고 말한 것은 한 번만 더 기회를 달라는 의미다. 사실 이보다 더 명쾌한 최후진술이 또 어디 있을까 싶다.

3이라는 숫자와 관련하여 인터넷을 찾아보니 이런 내용도 있었다. 인간을 감동시키는 세 가지 액체는 땀과 눈물과 피다. 인생을 살아가면서 후회하는 경우가 있는데 참을 걸, 즐길 걸, 베풀 걸 세 가지다. 한번 무너지면 다시 쌓을 수 없는 세 가지가 있는데 존경과 신뢰와 우정이다. 남에게 주어야 할 세 가지로 필요한 이에게 도움, 슬퍼하는 이에게 위안, 가치 있는 이에게 올바른 평가가 있다.

물론 3금도 있다. 사람은 세 가지 금을 좋아한다고 해서 붙여진 이름이다. 황금과 소금과 지금이다. 황금은 돈을 상징한다. 소금은 음식의 간을 맞춘다. 지금은 바로 현재를 말한다. 이 중에서 뭐가 가장 중요할까? 지금이다. 황금이 아무리 많아도 죽으면 가져갈 수 없다. 소금이 음식의 간을 아무리 잘 맞추어도 아프면 맛이 없다. 그래서 지금이 가장 중요하다고 했다.

그런데 이들보다 정말 내 마음을 끄는 3가지가 있었다. 한번 놓치면 돌아오지 않는 세 가지인데 시간과 말과 기회가 그것이다. 그 중 어느 것 하나 중요한 게 없지만 나는 특히 말에 집중했다. 내가 한 말이 남의 마음을 아프게 했다는 걸 깨달았을 때, 그 고통과 부끄러움은 이루 헤아릴 수가 없었다. 오늘도 나는 행여 내가 말을 잘못해서 누군가에게 상처를 주지 않았을까, 하는 반성을 해본다. 여기에서 언급한 '말'에는 글도 포함됨은 물론이다.

(2015. 7. 10.)

이거 또 불심검문에 걸리는 거 아냐?

혹시 불심검문 당해본 경험 있으세요? 있다고요. 기분이 어땠어요? 몹시 불쾌했다고요? 맞아요. 당해보지 않은 사람은 몰라요. 생각해보세요. 그 많은 사람 중에서 나만 딱 잡힐 때 기분이 좋겠어요. 엉망이지요. 그 황당함은 또 어떻고요. 오죽했으면 제가 인간적 굴욕감까지 느낀다고 했겠습니까.

1998년이었습니다. 이른 아침입니다. 아내가 동구 밖까지 따라 나왔습니다. 세 살짜리 큰놈이 아내 손을 잡고 있습니다. 아내가 아랫배를 쓸어내립니다. 배가 볼록합니다. 둘째를 가졌는데 7개월째입니다. 저는 아내더러 그만 들어가라고 합니다. 그래도 마음이 편치 않습니다. 한참을 걷다가 뒤를 돌아봅니다. 아내가 그 자리에 그대로 서 있습니다. 저는 아내를 향해 소리를 지릅니다.

"여보, 이번에는 승진시험에 기필코 합격하겠소!"

서울행 버스에 올랐습니다. 자리에 앉자마자 법전부터 펼치고 민법부터 봅니다. 글씨가 보이지 않을 정도로 새카맣습니다. 한 번 씩 웃습니다. 제가 생각해도 이번에는 공부를 많이 했습니다. 시험 두 달을 남기고는 하루에 네 시간 이상 자본 적이 없습니다. 저는 합격을 자신했습니다.

　버스가 김천을 지나고 있습니다. 시나브로 졸음이 쏟아지기 시작합니다. 저는 깜빡 잠이 들었습니다. 깨어보니 서울입니다. 무척 피곤했던 모양입니다. 저는 허겁지겁 버스에서 내렸습니다. 짐칸에서 가방을 꺼냈습니다. 가방이 묵직합니다. 책을 너무 많이 가져왔나 봅니다. 그래도 책이 있으니 마음이 든든합니다.

　저는 가방을 어깨에 들쳐 멨습니다. 점퍼에 작업복 바지 차림입니다. 시험에 방해가 될까봐 일부러 간편하게 입었습니다. 화장실에서 소변을 보는데 겉모습이 말이 아닙니다. 추레한 건 말할 것도 없고 얼굴마저 볼썽사납습니다. 머리도 길고, 수염이 까칠까칠 솟은 것이 흡사 산적 같습니다.

　저는 승강장을 빠져나옵니다. 사람들이 많기도 합니다. 아무리 둘러봐도 저 같은 몰골은 없습니다. 그런데 이건 또 뭡니까. 이동파출소가 제 앞에 떡 버티고 있습니다. 가슴이 뜨끔합니다. 불심검문에 걸린 기억이 새록새록 떠오릅니다. 죄지은 것도 없는데 공연히 불안합니다. 그때 문득 그런 생각이 듭니다.

　'이거 또 불심검문에 걸리는 거 아냐?'

　불행히도 제 예상은 적중하고 말았습니다. 경찰관이 저를 부릅니다. 눈매가 날카롭습니다. 저는 엉거주춤한 자세로 경찰관 앞에 섰습니다. 사람들이 이상한 듯 저를 바라봅니다. 경찰관이 제게 신분증을 요구합니다. 저는 점퍼 안주머니에서 지갑을 꺼냈습니다. 지갑을 열고 주민등록증을 찾았습니다.

그런데 이게 웬일입니까. 당연히 있어야 할 주민등록증이 없습니다. 호주머니 여기저기를 뒤져도 마찬가지입니다. 정말이지 그 당혹감이란 이루 다 말할 수 없는 것이었습니다. 기다렸다는 듯 경찰관이 제 팔을 잡습니다. 이동파출소까지 같이 가자는 것이었습니다. 초소 창문 너머로 사람들이 기웃거립니다. 제가 무슨 대단한 죄라도 지은 사람처럼 보이는 모양입니다.

경찰관이 제게 가방을 열어도 좋으냐고 묻습니다. 저는 좋다고 했습니다. 가방을 열어봤자 법률서적밖에 달리 없기 때문입니다. 경찰관이 가방을 열었습니다. 순간 경찰관의 표정이 변합니다. 제 얼굴을 쳐다보더니 '고시공부 하십니까?' 하고 묻습니다. 그때서야 저는 제 신분을 밝혔습니다.

"저는 ○○법원에 근무하고 있습니다. 승진시험 때문에 서울에 올라오는 길입니다."

"그러세요. 전화로 신원을 확인해도 좋겠습니까?"

"좋습니다."

저는 전화번호를 알려주었습니다. 경찰관이 전화를 합니다. 몇 번 "예, 예." 하더니 전화를 끊습니다. 경찰관이 미안하다며 제게 거수경례를 합니다. 저는 괜찮다며 이동파출소를 나섰습니다. 하지만 속마음은 그게 아니었습니다. 여간 쓸쓸한 게 아니었습니다.

(2005. 5. 4.)

'사무관 승진시험 합격을 축하합니다'

H 계장님, 밤새 잘 주무셨습니까? 아마 잘 주무시지 못했을 겁니다. 먼발치서 바라만 본 저도 너무 가슴이 설레어 잠을 제대로 이루지 못했는데 당사자인 계장님이야 오죽했겠습니까?

저는 칠전팔기라는 말이 책에서나 나오는 줄 알았습니다. 그런데 그게 아니었습니다. 넘어지면 일어서고, 넘어지면 일어서고……. 무려 8년 만에 계장님께서는 사무관 승진시험에 합격하셨습니다.

계장님께서는 2006년에 처음 사무관 승진시험을 치셨습니다. 첫해는 준비가 되지 않아 불합격했습니다. 그러나 다음해부터는 정말 아깝게 떨어졌습니다. 130명을 뽑을 때는 140 몇 등으로, 백 명을 뽑을 때는 110 몇 등으로, 70명을 뽑을 때는 80 몇 등으로……. 해마다 영점 몇 점 차이로 아깝게 떨어지곤 했습니다.

여섯 번째인가 떨어졌을 때는 심각하게 거취를 고민한다는 소문도 들렸습니다. 고향에서 법무사를 개업할 거라고 했습니다. 계장님보다도 사모님의 의지가 더욱 강하다고 했습니다. 이제 더 이상 시험으로 상처받는 모습을 보기 싫다는 사모님의 모습이 그렇게 처연해 보일 수가 없었다고 누군가가 저에게 전해주었습니다. 그때 정말 저도 마음이 아팠습니다.

계장님은 누구보다도 강직한 성격을 가지셨습니다. 말을 돌려서 하는 법도 없고, 자존심도 무척 강했습니다. 수험생이라면 누구나 업무가 적은 부서를 원하기 마련인데 계장님께서는 그런 부서를 일부러 피했습니다. 여타의 직원들과 똑같이 일하고 남는 시간이나 퇴근 후에 공부를 했습니다.

이번만 해도 그렇습니다. 재판부에 근무하면서 어렵게 공부를 했습니다. 더욱이 세 번 떨어진 사람에게는 근무평정 점수를 낮게 주는 삼진아웃 제도에 걸려 꼴찌 비슷한 등수로 겨우 승진시험에 응시할 수 있었습니다. 그런데도 계장님께서는 합격하셨습니다. 우리 나이로 54세인데도 말이지요. 그래서 계장님의 합격이 더욱 값진 것인지도 모르겠습니다.

계장님께서는 어제 어떻게 지내셨습니까. 가까운 사람들과 합격을 축하하는 술을 드시지 않았을까, 하는 생각을 해봅니다. 어제 우리 종합민원실에서도 K 계장이 합격을 했습니다. 퇴근 후에 합격자 발표가 있었던 터라 저를 포함해서 종합민원실장님과 몇 분만 약소하게 합격을 축하하는 술을 마셨습니다. 세 번 만에 합격해서 그런지 K 계장은 내내 눈시울을 붉히고 있었습니다.

아마 그 때문이었을 겁니다. 집에 돌아오면서도 K 계장의 그런 모습이 자꾸만 눈에 어른거리는 것이었습니다. 저는 집 앞에서 아내를 불러냈습니다. 공터 벤치에 앉아서 계장님과 K 계장의 합격을 알려주었습니다. 아내는 자기 일처럼 좋아했습니다. 두 분과 내가 절친하다는 걸 아내는 잘 알고 있기 때문입니다.

저는 이런저런 이야기를 하다가 눈을 감았습니다. 술에 취해서가 아니었습니다. 저도 한때는 그런 적이 있었습니다. 사무관 승진시험에 떨어졌을 때 바로 이 벤치에서 아내가 저를 위로했습니다. 합격했을 때도 이 벤치에서 축하를 해주었습니다.

눈을 감고 있는 시간이 길어지자 아내는 제가 졸고 있는 것으로 생각한 모양입니다. 그만 집에 들어가자며 자리에서 일어났습니다. 그런 아내를 저는 다시 앉혔습니다. 그리고는 평소 좋아하는 노래를 불렀습니다. 소리꾼 장사익이 불러서 더욱 유명해진 〈봄날은 간다〉였습니다.

연분홍 치마가 봄바람에 휘날리더라
오늘도 옷고름 씹어가며
산 제비 넘나들던 성황당 길에
꽃이 피면 같이 웃고 꽃이 지면 같이 울던
알뜰한 그 맹세에 봄날은 간다

아내는 또 그 노래냐며 눈을 흘겼습니다. 그러나 싫지는 않은 모양입니다. 흥얼흥얼 따라 불렀습니다. 계장님은 어떻게 생각할지 모르겠지만, 저는 노래를 부르는 내내 계장님을 생각했습니다. 기쁘면서도 슬프고, 슬프면서도 기쁘고……. 계장님이 합격해서 기쁘고, 계장님이 그 동안 고생해서 슬프고……. 노래는 계속되었습니다.

> 새파란 풀잎이 물에 떠서 흘러가더라
> 오늘도 꽃 편지 내던지며
> 청노새 짤랑대는 역마차 길에
> 별이 뜨면 서로 웃고 별이 지면 서로 울던
> 얄궂은 그 기약에 봄날은 간다

 H 계장님, 사무관 승진시험 합격을 진심으로 축하합니다. 그 길고
도 어려운 시절을 계장님은 잘 이겨내셨습니다. 사모님의 위로와 격려
가 없었다면 정말 견디기 힘들었을 겁니다. 노래의 가사처럼 '별이 뜨
면 서로 웃고 별이 지면 서로 우는' 그런 마음으로 서로를 위로하고
격려했기에 그 지난한 세월을 이겨내지 않았을까, 하는 생각을 해봅니
다.
 그동안 고생 많이 하셨습니다. 몸과 마음이 회복되면 그때 소주라
도 한잔 했으면 합니다. 앞으로는 좋은 일만 있기를 기대하겠습니다.
건강하시고 행복하십시오.

(2013. 6. 11.)

이것도 성희롱인가요?

퇴근하고 집에 들어오니 아내가 열무에다 밥을 비벼 먹자고 했다. 열무가 싱싱한 것 같아 한 단에 850원을 주고 사왔다 한다. 처음에는 김치를 담가볼까도 생각했는데 양이 너무 적어 비벼 먹기로 했다면서 강된장을 끓이기 시작했다. 커다란 양푼에는 열무가 가득 들어 있었다. 내가 저 많은 것을 어떻게 다 먹을 거냐고 하자, 아내가 웃으면서 숨이 죽으면 얼마 되지 않는다고 했다. 정말 아내의 말대로 열무에 펄펄 끓는 강된장을 몇 숟갈 부으니 양이 기존보다 몇 배로 줄어들었다.

열무비빔밥을 만드는 것은 내 몫이었다. 뜨끈뜨끈한 백미 밥을 열무 위에 몇 그릇 집어넣고는 고추장을 두세 숟갈 섞어 비비기 시작했다. 그런데 열무로 밥을 비빌 때는 주의해야 할 게 한 가지 있다. 반드시 젓가락을 사용해서 비벼야 한다는 것인데, 숟가락으로 비비게 되면 열무가 으깨져서 풀냄새가 날 수 있기 때문이었다. 나는 양손에 젓가락을 하나씩 들고 두루두루 섞기를 반복했는데 마치 자장면을 비비는 듯했다. 아내가 나보고 참기름은 넣었느냐고 물었고 내가 넣지 않았다고 하자, 참기름이 빠져서는 안 된다면서 숟가락이 철철 넘치도록 따라 열무비빔밥에 넣었다.

"열무는 여름에 좋대요. 열이란 말이 더울 열(熱)을 말한대요. 더위를 물리쳐준다고 해서 '열무'라고 했다나 봐요."

"내가 알기로는 그게 아니던데."

"그래요?"

"여름에 좋은 음식이라는 건 맞는 것 같은데…… 백과사전에는 '어린무' 또는 '여린무'라고 나오거든."

"용어가 뭐 그리 중요하겠어요. 맛있게 먹으면 그만이지."

"당신 말이 맞아. 밥이나 맛있게 먹자고."

우리는 밥을 먹기 시작했다. 열무비빔밥은 이번에도 나를 배신하지 않았다. 입에 착착 달라붙는 것이 세상에 이런 맛이 따로 없을 정도였다. 나는 양 볼이 미어터질 정도로 밥을 밀어 넣은 다음 우악스럽게 씹어댔다. 밥풀이 입에서 튀어나오기도 했는데, 그런 나를 보며 아내가 좀 점잖게 먹으라고 했고 나는 비빔밥은 서민 음식이고 나 또한 그에 속하는 사람이라서 어쩔 수 없노라고 했다. 사실 비빔밥이 서민 음식인지는 나도 잘 모른다. 어느 책에 보니 그런 내용이 나온 것 같기도 해서 엉겁결에 그렇게 말했던 것이다. 나는 마침 생각났다는 듯 앞집 아주머니에 대해서 말했다.

"아침에 승강기에서 앞집 아줌마를 만났는데 10년 전하고 얼굴이 똑같더라고."

그러면서 아침에 승강기에서 있었던 이야기를 들려주었다. 승강기 안에는 공교롭게도 나하고 그녀 둘뿐이었다. 여러 명이 타고 있어도 어색할 터인데 둘뿐이라서 그 어색함은 더했다. 나는 뒷짐을 진 채 정면만 응시했다. 출입문에 부착된 거울에 그녀의 얼굴이 비쳤다. 그런데 10년 전과 얼굴이 똑같았다. 자그마한 몸매에 얼굴이 작아서일 것이라고 나는 생각했다. 그런데 나는 작은 실수를 하고 말았다. 그녀를 쳐다보며 "10년 전에 입주할 때와 얼굴이 똑같습니다."라고 했던 것이다. 거기에다 "몸매도 여전하십니다."라는 말까지 했다.

순간 그녀가 당황한 기색을 보였다. 나는 아차 싶었다. 이것도 성희롱이 아닐까, 하는 생각이 머리를 퍼뜩 스쳤다. 그런데 다행스럽게도 그녀는 그렇게 받아들이지 않은 모양이었다. 고개를 살짝 숙여 보이더니 "고맙습니다."라고 했다. 나는 그제야 안심이 되었다. 나의 엉뚱하면서도 다소 무례한 언행을 용서하겠다는 의미가 그 속에 담겨 있을 거라는 나름대로의 판단 때문이었다. 어쨌든 어색한 분위기를 바꿔보려고 몇 마디 던졌다가 하마터면 성희롱범으로 몰릴 뻔했던 경험을 나는 오랫동안 잊지 못할 것이다. 물론 그녀가 내게 했던 "아저씨도 10년 전과 똑같아요."라는 말도 역시 오랫동안 잊지 못할 것이다.

"그러게 왜 남의 집 여자에게 말을 걸어요?"

이야기를 다 듣고 나서 아내가 핀잔을 주었다. 그러자 옆에 있던 큰애가 "어제 뉴스에 공무원이 성희롱했다는 뉴스가 떴던데…… 아빠도 까딱 잘못 했으면 뉴스에 나올 뻔 했네."라고 하자 작은애가 "내가 제목을 정해줄게. '법원 직원, 이웃집 여성을 성희롱하다', 어때요?"라고 해서 모두 웃었다.

사실 어디까지가 성희롱인지 모호할 때가 많다. 그래서 더욱 조심할 수밖에 없는 게 성희롱과 관련된 부분이다. 나는 성희롱을 예방하려면 다음 세 가지를 조심하라고 말하고 싶다. 눈과 입과 손이다. 여성의 특정 부위에 눈길을 고정시키기 말 것이며, 입으로 오해받을 만한 말을 하지 말 것이며, 손으로 만지지 말라는 것이다. 물론 이밖에도 여럿 있겠지만 그래도 이 세 가지만 조심한다면 어느 정도 성희롱은 예방할 수 있지 않을까, 하는 생각이다.

　양푼에 담긴 열무비빔밥이 너무 많아서 언제 다 먹을까 걱정했는데 벌써 바닥을 보았다. 나는 저녁 식사를 마치고 냉장고의 냉동실에서 아이스크림을 꺼냈다. 달착지근한 아이스크림이 후텁지근한 저녁을 어느 정도 시원하게 해주었다.

(2017. 7. 13.)

이번이 마지막이다!

　어제 기우회 송년회가 있었는데 과음을 하고 말았다. 기우회는 법원 직원들이 만든 바둑동호회 이름이다. 어제는 총회도 열렸는데 내가 차기 회장으로 선출되었다. 나는 회원들이 주는 축하주를 모두 받아마셨고, 결국 과음에까지 이르게 되었다.

　아침에 일어나서도 머리가 맑지를 못했다. 가끔씩 헛구역질도 나오는 데 어제의 즐거웠던 시간을 모두 반납하고 말았다는 생각까지 들었다. 술은 사람을 즐겁게 한다. 일시적이긴 하지만 마음의 상처 같은 걸 치유해주기도 한다. 그런데 과하게 마시면 문제가 생긴다. 술에 취해 즐거웠던 시간이 세 시간이라고 가정한다면 술에서 깨어나 겪어야 할 고통은 그보다 갑절은 되기 때문이다.

　나는 숙취를 해소하기 위해 무슨 일이든 하고 싶었다. 그런데 이른 아침에 할 일이란 거의 없었다. 평소 같았으면 글을 쓰거나 책을 읽었을 것이다. 하지만 지금은 머리가 흐릿해서 그럴 수도 없었다. 그때 마침 휴대전화가 눈에 들어왔다. 걸려온 전화나 메시지나 카카오톡은 없었다.

　나는 무심코 카카오톡에 친구로 등록된 이름들을 하나씩 검색했다.

이름 오른 쪽에 자신들이 좋아하는 문구가 새겨져 있다. 그러니까 그런 문구들은 좌우명 같은 것일 수도 있을 것이다. 나는 이름을 클릭해서 프로필 사진에 새겨진 문구들을 들여다보았다.

강○○. 적선지가 필유여경~~ 138억 년의 길이를 헤아리면서. 자신이 지향하고자 하는 삶을 한마디로 잘 표현했다.

김○○. 항상 눈뜨면 생각나는 사람이고 싶다. 내가 알기로 굉장히 활동적인데 그런 이미지와는 사뭇 다르다.

김○○. 한 권의 책을 말하다. 평소의 사색적인 이미지에 잘 들어맞았다.

류○○. 짐을 싸면 길이 되고 짐을 풀면 집이 된다. 여행을 즐겨하는 사람답다.

문○○. 원 싱. 한 가지 생각이라는 의미 같기도 한데 반듯하고 청렴한 판사라는 그의 이미지에 잘 어울렸다.

민○○. 숲으로. 평소의 조용한 성품을 상징하는 것 같다.

박○○. 힘들다고 한숨 짓지 마! 햇살과 바람은 한쪽 편만 들지 않아. 평소의 생각을 잘 나타냈다.

박○○. 지금은…… 생각하다. 뭔가 사연이 있는 거 같다.

박○○. 행복하고 좋은 날 되세요. 나는 깜짝 놀랐다. 그는 법원 직원이 아니다. 30년 전에 내가 고시공부 할 때 나를 도와준 후배다. 나는 잊고 있었는데 그는 나를 기억하고 있다. 부끄럽다.

박○○. 축복해주셔서 감사드립니다. 행복하게 잘 사는 모습으로 보답하겠습니다. 내 여동생인데 얼마 전에 딸을 시집보냈다.

양○○. 이 또한 지나가리니 참자. K 지원에 근무하는 직원인데 퇴직을 했는지 직원연락망에 없다. 법원에 있을 때보다 행복한 삶을 살았으면 좋겠다.

오○○. 비상! 전임 법원노조 본부장으로 업무에만 전념하고 있는 걸로 알았는데 또 다른 어딘가를 향해 비상을 꿈꾸고 있는 모양이다.

이○○. 사람이 하늘처럼 맑아 보일 때가 있다. 그때 나는 그 사람에게서 하늘 냄새를 맡는다. 평소의 행동과 너무 닮아서 빙긋 웃음이 나왔다.

정○○. 조류를 거스르는 배처럼 끊임없이 과거로 떠밀리어 가면서도 앞으로, 앞으로 계속. 정적이고 차분한 이미지와는 사뭇 다르다.

정○○. 흘러가는 대로. 몸이 좋지 않아 휴직 중이다. 고통이 담겨 있는 것 같아 마음이 아팠다.

제○○. 열정! 힘이 넘치는 단어다.

조○○. 마지막이다. 4.25까지 최선을 다하자. 사무관 승진시험을 공부하고 있는 계장인데 비장함이 서려 있다.

나는 카카오톡을 검색하면서 프로필 사진에 새겨진 문구가 바로 그 사람이 처한 현실을 반영하는 게 아닐까, 하는 생각이 들었다. 물론 아무런 문구도 없이 여백으로 남겨둔 사람들도 더러 있긴 했다. 그렇다면 내 카카오톡 프로필 사진에는 무슨 문구가 새겨져 있을까? 처음에는 내 성명 박희우의 앞 글자를 따서 '박해받는 사람들에게 희망의 우산이 되자'라고 적었었다. 그러다가 문구가 너무 길다고 생각되어 지금은 '희망의 우산이 되고 싶다'로 바꾸었다. 그러나 내가 정말 희망의 우산이 되고 있는지는 모르겠다. 남에게 폐를 끼치지 않고 살아가는 것만으로도 다행으로 여길 정도니 말이다.

나는 조금씩 머리가 맑아 옴을 느꼈다. 여러 사람들의 좌우명이 나의 나태함을 일깨우는 것 같았다. 2014년도 며칠 남지 않았다. 올해가 가기 전에 '카카오톡'으로 친구를 맺은 사람들에게 안부 인사라도 전해야겠다. 그리고 마지막이다. 4.25까지 최선을 다하자, 라고 외친 조○○ 계장이 내년에는 사무관 승진시험에 꼭 합격했으면 하는 바람이다.

(2014. 12. 12.)

희망이 없다고 하는 분들에게

희망, 언제나 가슴 설레게 하는 말이다. 우리는 "새야 새야 파랑새야 녹두밭에 앉지 마라, 녹두꽃이 떨어지면 청포장수 울고 간다."라는 민요를 잘 알고 있다. 녹두장군으로 유명한 전봉준의 좌절을 애석해하며 누군가가 만들어낸 노래였을 것이다. 여기에 나오는 파랑새는 희망을 상징한다.

지난주 목요일 법원공무원교육원에 〈무지개원리〉 저자로 유명한 차동엽 신부가 와서 '희망의 귀환'이라는 제목의 강의를 했다. 신부님은 키가 작았고 말이 느렸으나 발음은 정확했다. 누구나 알아들을 수 있도록 강의를 아주 쉽게 잘했다. 신부님은 지난 8개월 동안 전국을 돌아다니면서 희망과 관련된 강의를 많이 했고 여러 언론 매체와 인터뷰를 가졌다고 했다. 그런데 기자들의 질문이 하나같이 똑같았다. 자신들에게는 이 사회가 희망이 보이지 않는데 어떻게 하면 희망을 찾을 수 있느냐는 것이었다. 그때마다 신부님은 밖에서 희망을 찾지 말고 안에서 찾으라며 이렇게 말했다고 한다.

"없는 희망도 만들어서 찾자!"

강의를 하면서 신부님은 암환자 두 명을 예로 들었다. 의사는 암환자에게 3개월밖에 살지 못한다고 했다. 그러자 한 명은 의사의 말에 순응하며 "그렇군요. 이제 인생을 정리해야겠습니다."라며 풀죽은 모습으로 돌아갔다. 하지만 다른 한 명은 "절대 그럴 리가 없습니다. 다른 병원에서 다시 검사를 받겠습니다."라며 자기가 암환자라는 사실을 끝까지 인정하지 않았다. 그런데 3개월 후에 놀라운 일이 발생했다. 의사의 말에 순응한 사람은 3개월 안에 정확히 죽었고, 그렇지 않은 사람은 암을 극복하고 훨씬 오래 살았다는 것이다. 신부님은 절망을 이야기하면 절대 답이 없다고 했다.

"아무거나 붙잡고 희망이라고 우기십시오!"

그렇게 우기고 있으면 그사이에 무슨 좋은 일이 일어날지 모른다고 했다. 한줄기 빛이 비칠 수도 있다고 했다. 진짜 붙잡을 게 없으면 지나가는 개라도 붙잡고 희망이라고 우겨라, 그러면 거기에서 어떤 희망이든 발견할 것이라고 말하기도 했다. 신부님은 희망과 관련된 "1할~2할 오케이"라는 중국 속담을 소개했다.

"1할~2할, 이 정도면 괜찮아."

"1할~2할, 그나마 다행이다."

"1할~2할, 괜찮다, 괜찮다."

신부님은 절망이라는 말은 허상이라고 했다. 희망이 실상이라고 했다. 그러면서 "나도 희망한다, 너도 희망하라."라는 2천 년 전의 서양 속담을 인용했다. 신부님은 노숙자의 예를 들었다. 어떤 노숙자가 출근하는 사람을 보니 어깨가 축 처졌다. 그래서 그를 붙잡고 이렇게 물었다.

"어제 무슨 일이 있었어요? 힘이 하나도 없어 보입니다. 어디서 잤어요? 집에서 잤지요? 나는 시멘트 바닥에서 잤어요. 이불 덮고 잤지요? 나는 신문지 덮고 잤어요. 밥 먹고 나왔지요? 나는 굶었어요. 운 좋으면 먹고 운 나쁘면 굶어요. 직장 있지요? 나는 놈팽이에요. 그래도 나는 희망으로 삽니다. 희망이 없으면 여기 있겠어요? 벌써 죽었지. 인생 뭐 있어요? 희망으로 사는 거지요. 무슨 사연이 있는지 모르겠지만 힘내고, 얼굴 펴고, 어깨 펴고, 희망을 가지고 살아요."

신부님은 "나보다 어려운 사람이 우리에게 희망을 전달하는 일이 많아져서 지금보다 나은 희망사회가 만들어지기를 바랍니다."라는 말을 끝으로 두 시간 여에 걸친 강의를 마쳤다.

우리는 일에 지쳤을 때, 민원인에게 시달릴 때, 내부의 구조적인 모순에 직면했을 때, 법원에 희망이 없다는 말을 한다. 그런데 우리 한번 이렇게 생각해보자. 아무거나 붙잡고 희망이라고 우겨보자. 신부님은 지나가는 개를 붙잡고도 희망이라고 우겨보라고 했는데, 하물며 법원에서 그 어떤 희망인들 찾지 못할까.

(2013. 11. 13.)

"법원직은 배신하지 않습니다"

점심은 여성 인턴직원들과 함께했다. 한 사람은 구○○이었고, 다른 한 사람은 김○○로 모두 K대 법학과 4학년이었다. 나는 그들에게 무슨 공부를 하고 있느냐고 물었고, 모두 법원직을 공부하고 있다고 대답했다. 그러자 참석한 사람들이 박수를 쳤다. 평소에 재치 있는 말로 분위기를 즐겁게 잡아주던 박○○ 서무담당관이 공보계에 근무하는 강○○ 실무관을 가리키며 행정직에 근무하다가 법원직으로 방향을 틀어서 가장 혜택을 많이 받은 사람이라고 소개를 하자 웃음바다가 되었다. 감사계 정○○ 행정관도 한마디 거들었는데 "집사람하고 라이벌이 생겼네."라고 해서 모두들 놀란 눈으로 그를 쳐다봤다. 내가 그에게 "집사람도 법원직 공부를 하고 있나?"라고 묻자 그가 웃으면서 "농담입니다."라고 해서 다시 한 번 웃음바다가 되었다.

"법원직 시험이 굉장히 어렵지 않나요?"

내가 주위 사람들에게 물었고, 지출계 서○○ 실무관이 시험이 너무 어렵게 출제되어 커트라인이 76점밖에 되지 않았다고 말했다. 그때였다. 갑자기 내가 법원 서기보시험 공부할 때가 생각났다. 서른 살에 대학을 졸업한 나는 나이 제한에 걸려서 공기업 말고는 원서를 받아주는 곳이 없었다. 몇 군데의 공기업 시험에 떨어지고 나는 시름에 잠겨 있었다. 그때 우연히도 시립도서관에서 법원서기보를 모집한다는 〈서울신문〉 공고를 보았다. 그런데 시간이 너무 촉박했다. 오래되어 기억이 가물가물한데 시험 날짜가 2월 말인가 3월 초였다. 신문을 보았을 때가 1월이었으니 시험날짜까지는 두 달도 채 남지 않았다. 물론 법원서기보 시험이라는 걸 처음 들었던 터라 그와 관련된 책도 있을 리가 없었다. 그런데 법원에 들어올 운명이었던지 신문 공고를 보고 있던 나에게 누군가 다가와서 이렇게 말하는 것이었다.

"법원직 참 좋습니다. 저는 ○○중공업에 다니는데 밤에는 이곳에서 법원직 공부를 3년째 하고 있습니다. 도움이 될지는 모르겠지만 기출문제집을 한 권 드리겠습니다."

내 기억으로는 한국교육기획에서 나온 문제집이었던 것 같다. 내가 공부한 문제집은 그게 전부였다. 시험은 ○○고등학교에서 치렀는데 감독관이 하는 말이 한 고사장에서 합격자가 많아야 두 명 내지 세 명 나올 것이라고 해서 모두들 놀랐다. 나는 법학을 전공했는데도 오히려 비법학과목에서 좋은 점수를 받았다. 마산에서도 굉장히 많은 사람이 시험을 쳤는데 내려오는 기차 안에서 그들이 떠드는 소리를 듣고 나는 불합격을 예감했다. 왜냐하면, 그들이 주고받는 정답과 내가 생각한 정답이 일치하는 게 많지 않기 때문이었다. 그날 이후 나는 기대를 접고 다른 시험 공부에 매진했다.

그래도 합격자발표 날에는 궁금증이 발동해서 마산지방법원(지금은 창원지방법원으로 바뀌었고 청사도 1992년에 창원으로 옮겼다)을 찾아갔다. 총무과에 가서 합격 여부를 물어보니, 담당 여직원이 수험번호와 이름을 물었고 내가 대답하자 그녀가 확인 후 "합격하셨습니다. 축하합니다."라고 했다. 순간 머리를 스쳐 지나가는 게 두 가지 있었는데, 하나는 이제 더 이상 생계문제로 가족들의 눈치를 보지 않아도 된다는 것과 다른 하나는 나도 어엿한 법원 직원이 되었다는 사실이었다. 나는 기쁨을 이기지 못해 날아갈 듯 집을 향해 뛰어갔다. 어머니와 큰형님이 나를 부둥켜안으며 눈물을 글썽였는데 지금도 그 모습이 눈에 선하다. 이런 생각에 잠겨 있는데 공보계 권○○ 계장이 뜻밖의 말을 꺼내는 것이었다.

"법원직은 배신하지 않습니다."

"배신하지 않다니요?"

내가 물었고 그녀는 다른 시험은 몰라도 법원직은 열심히 1년 정도만 공부하면 합격할 수 있다고 했다. 그런 의미에서 법원직은 절대 배신하지 않는다고 했다는 것이다. 그러자 서○○ 실무관이 지금은 옛날과 달라서 2~3년은 공부해야 된다고 했다. 가만히 듣고만 있던 박○○ 사무관이 올해 합격자 분포도를 설명하면서 40세 이상이 5퍼센트 정도 되고 최고령자는 57세라고 했다. 그러면서 법원직 공부하는 사람들을 세 가지 유형으로 분류했다. 첫째 유형은 비법학 과목에 치중하는 수험생이고, 둘째 유형은 법학 과목에 치중하는 수험생이고, 세 번째 유형은 양자를 절충한 수험생이라고 했다. 나는 그 말에도 일리가 있다고 생각했다. 시험은 어차피 요령이고, 누가 효율적으로 공부하느냐에 따라 당락이 갈린다는 걸 알고 있기 때문이었다. 박 사무관이 시계를 보더니 그만 일어날 때가 되었다며 마지막으로 인턴들에게 힘을 실어주는 말을 했다.

"비록 지금은 인턴이지만 내년에는 당당히 시험에 합격하셔서 법원에서 뵙기를 바랍니다. 비록 한 달간의 짧은 인턴 기간이었지만 법원에서 많은 걸 배워가셨으면 합니다."

인턴직원들은 지금 대학 4학년이다. 그녀들은 법원직 시험에 최선을 다하고 있다는 말을 유독 강조했었다. 우리가 식당에서 나왔을 때 햇살이 눈부시게 쏟아지고 있었다.

(2015. 8. 13.)

법원에 들어올 운명이었던지

오후 4시쯤 되었을 때 사무실로 간식이 배달되었다. 토스트였다. 배가 출출하던 차에 잘 되었다 싶었다. 사실 이 시간대면 배도 고프고 몸도 지쳐있다. 뭔가를 먹고 싶은 욕구가 강하게 일어난다. 그런데 이날은 더욱 그랬던 것 같다. 점심때 먹은 된장찌개가 소화가 잘 되는 음식이라 더 그랬던 모양이다. 나는 토스트를 먹으려다 멈칫했다. 그래도 누가 샀는지는 알아야 할 것 같아서 나를 보조하고 있는 K 실무관에게 물어보았다. 그녀는 키가 크고 눈이 예쁘며 아직 미혼이다. 사귀는 남자도 없는 걸로 알고 있다.

"파산부에 근무하는 ○○○ 실무관이 시보 해제 기념으로 사는 거래요."

"엊그제 발령받아 온 것 같은데…… 벌써 그렇게 되었나?"

그러고 보니 나도 법원에 들어온 지가 꽤나 되었다. 1988년에 입사했으니 내년이면 30년이다. 나는 가끔씩 직원들에게 엉뚱한(?) 질문을 한다. 어떤 연유로 법원에 들어왔습니까? 사연은 각자 달랐다.

어떤 직원은 전직이 경찰관이었는데 구인장을 발부받은 증인을 대동하고 법원에 왔다가 사무실에 편히 앉아서 근무하는 법원 직원들이 부러워서 법원직 공부를 시작하게 되었다고 했다. 어떤 직원은 면접이 수월할 것 같아서, 어떤 직원은 영어시험이 쉽게 출제되어서, 어떤 직원은 외삼촌이 법원 직원이어서 들어왔다고 했다. 사실 아버지나 형이나 삼촌 등이 법원 직원이라 법원에 들어오는 경우도 상당히 많다. 나를 보조하는 K 실무관은 다소 이례적이다. 그녀는 공대를 졸업했는데 회사에 취업한 친구들이 직장에서 차별을 받는 것 같아 법원에 들어왔다고 했다.

지금은 퇴직한 J 법무사의 경우는 차라리 극적이다. 그는 내 동기이기도 한데 법원에 들어오기 전에는 사업을 했다. 사업이란 게 그렇다. 잘 나가다가도 한 번 삐끗하면 굉장한 타격을 받는다. 그도 마찬가지였다. 잘 나가다가 부도를 냈고 그 충격으로 얼마간 산사에서 요양을 했다. 그런데 자기가 거처하게 될 방에 책이 여러 권 뒹굴고 있었다. 주지 스님에게 물어보니 전에 있던 사람이 공부하다가 놓고 간 책이라고 했다. 그는 무료함을 달래기 위해서 그 책을 들여다보게 되었는데 그게 바로 법원서기보 교재였고, 그것이 인연이 되어 법원에 들어올 수 있었다고 했다.

J 법무사는 초임 시절에 나하고 같은 법원에 근무했다. 그는 이미 결혼을 한 상태였다. 어느 날인가 그가 딸아이 돌이라며 자기 집에 초대했다. 그는 삭월세 방에서 살고 있었다. 살림은 궁핍했지만 가정은 화목해 보였다. 나는 아기를 안아보았다. 예쁘고 귀여웠다. 나는 웃으면서 "너도 커서 법원에 들어오거라."라고 말해주었다. 그냥 농담 삼

아 해본 소리였다. 그 후 20년 하고 몇 년이 더 지난 어느 날이었다. 나는 놀랄만한 소식을 들었다. 바로 그 애가 법원에 들어왔다는 것이다. J 법무사는 이때도 절에서 공부할 때 만큼이나 재미난 행동을 보여주었다. 딸이 법원에 들어왔으니 자기는 이제 그만 은퇴를 해야겠다는 것이다. 그는 지금 자신의 고향에서 법무사를 하고 있다.

내가 토스트를 먹으면서 J 법무사 부녀의 이야기를 들려주니 모두들 신기하다고 했다. 사실 나도 J 법무사처럼 내 아이가 법원에 들어오는 걸 보고 퇴직하기를 바랐었다. 하지만 그렇지 못해 아쉽다. 두 딸이 지금 대학생인데 전공이 법학과는 무관하기 때문이다. 아무래도 우리 아이는 법원에 들어올 운명이 아니었던가 보다.

(2017. 11. 22.)

내일이면 법원을 떠납니다

제가 근무하는 창원지방법원 소회의실에는 역대 법원장들의 사진이 걸려 있습니다. 정면을 바라보고 찍은 사진이 있는가 하면, 옆을 바라보며 찍은 사진도 있습니다. 근엄한 표정을 하고 찍은 사진이 있는가 하면 살포시 미소를 지으며 찍은 사진도 있습니다. 그런데 그분들 중에 유독 눈에 들어오는 한 분이 계십니다. 내가 그분을 기억하는 이유는 그분이 L 전 대법원장의 자제라거나 제 글을 즐겨 읽었다는 사실 때문만은 아닐 것입니다. 너무 오래되어 기억이 정확하지는 않지만 그분이 남긴 아주 짧은 이임사 때문입니다.

지난 2월에 취임할 때는 많은 걸 하고 싶었지만 이룬 게 하나도 없습니다. 오히려 폐만 끼치지 않고 떠나게 되었음을 다행으로 생각합니다. 저는 이제 물러갑니다. 안녕히 계십시오.

오늘 아침에 아내는 저를 법원까지 태워다주었습니다. 버스를 타고 출근하면 되는데도 "이제 출근할 날도 이틀밖에 남지 않았잖아요. 내일도 태워다 드릴게요."라며 막무가내로 저를 승용차에 태우는 것이었습니다. 저는 어쩔 수 없이 아내가 하자는 대로 했지만 마음이 복잡하고 심란한 것만은 사실이었습니다. 한편으로는 이제 정말 떠나는구나, 라는 생각이 들기도 했습니다. 아내가 저의 마음을 읽었는지 위로의 말을 건넸습니다.

"노사연이 부른 〈바램〉이라는 노래가 있어요. 거기에 이런 가사가 나와요. 우린 늙어가는 것이 아니라 조금씩 익어가는 겁니다, 라고 말이지요. 당신은 늙지 않았어요. 늙어서 공로연수를 가는 것도 아니고요. 아주 잘 익어서 아름답게 퇴장하고 있는 것뿐이에요."

"정말 그럴까? 며칠 전에 사무실에서 내게 감사장을 주었어. 너무 고마워서 항상 가지고 다니지. 한번 들어봐."

저는 가방에서 감사장을 꺼내어 읽었습니다.

감사장

창원지방법원

법원사무관 박희우

우리가 함께한 시간 : 2016. 1. 11. ~ 2017. 12. 31.

귀하는 창원지방법원 개인회생실 상호간의 친목과 화합에 기여한 공로가 지대하여 회생실무관들의 진심어린 감사의 마음을 전합니다. 매일 점심시간이 다가오면 메아리처럼 들려오던, "고은아, 밥 먹고 하자.", 그리고 점심시간 후 두둑한 배를 두들기고 있노라면 어김없이 들려오던, "고은아,

밥 먹었니?"라는 다정한 목소리가 귓가에 맴돕니다. 아울러, 업무시간에는 빗발치는 민원인 전화를 받으시며, "집회를 했나요? 인가가 났나요? 그러면 239-2077로 하시죠."라고 하시거나, "고은아, 이거 한번 받아봐라."라며, 실무관들의 과중한 업무를 조금이라도 덜어주시고자 하던 그 마음! 희로애락을 함께 하려고 노력하셨던 그 따뜻한 마음을 잊지 않겠습니다. 또한, 틈틈이 들려오던 "짱구, 이리 오너라.", "촐랑이, 가자."라며 다른 회생위원님들의 별명을 다정히 부르던 목소리도 잊지 못할 것 같습니다. 매일 매일 하루를 같이 숨 쉬었던, 개인회생실 저희들을 마음 깊이 새기시어, 이 두터운 정을 담아 석별의 정표로 이 감사장을 드리오니, 앞날에 무궁한 발전과 영광이 함께하시길 기원합니다.

2017. 12. 31.

창원지방법원 개인회생실무관 일동

법원가족 여러분!

저는 내일까지만 출근하고 공로연수를 떠납니다. 그냥 떠날까도 했는데 예의가 아닌 것 같아 이렇게 마지막으로 인사를 드립니다. 법원은 저에게 가족을 부양하는 힘의 원천이 되었고, 기쁨과 슬픔을 함께 나눌 수 있는 여러 훌륭한 사람들을 만나게 해주었습니다. 항상 고마운 마음을 가지고 살아가겠습니다. 안녕히 계십시오.

작가 만들기 프로젝트, 대법관부터 속기사까지 참여

　법원이라는 일터는 연말만 되면 곳곳에서 아쉬움이 진하게 배어온다. 그때쯤이면 이런저런 이유로 법원을 떠나는 판사나 직원들이 제법 되기 때문이다. 특히나 함께 일하며 종종 술잔을 기울였던 이들과의 이별은 여간 서운한 일이 아니다. 법원에 들어온 지 20년이 되었는데도 이런 감정은 쉽게 무뎌지지 않는다.

　박희우 사무관도 떠나보내기 싫은 사람이었다. 그를 알게 된 지도 벌써 15년이 넘었다. 그는 본업을 하는 시간 외에는 글쓰기로 세상과 소통한다는 점에서 나와 닮았다. 그 점 때문에 우리는 가까워졌고 열 살 이상의 나이차에도 불구하고 호형호제하는 가까운 사이가 되었다. 다만 불규칙적으로 벼락치기 하듯 이런저런 매체에 주장이 강한 글을 주로 쓰는 나와 달리, 박희우는 매우 침착하고 부드러운, 그리고 무엇보다 부지런한 글쟁이였다. 그는 법원 내부게시판인 '코트넷'을 주 무대로 거의 매일이다시피 글을 썼다.

상당수 법원 사람들은 출근해서 사무실 컴퓨터를 켜고 그가 새벽에 올린 글을 읽으면서 하루를 시작했다. 시시콜콜한 법원 이야기부터 지난밤 은밀한 가정사까지 그의 손을 거치면 훌륭한 작품이 되었다. 그의 글은 자잘한 일상을 소재로 했지만 잔잔한 감동을 주기에 충분했다. 그는 소설가를 꿈꿨지만 코트넷엔 주로 에세이를 올렸다. 글에 등장하는 장소도 법정, 사무실, 술자리, 심지어는 안방까지 가리지 않았다. 마치 마르지 않는 샘물에서 물을 길어 올리듯 그는 끊임없이 글을 길어 올려 우리들의 가슴을 촉촉이 적셔주었다.

그랬던 그가 30년 법원 생활을 마치고 떠나게 된다니. '멘붕'이었다. 매일 아침, 조간신문보다 먼저 챙겨보던 박희우의 글을 볼 수 없다니. 나만 그런 게 아니었다. 주변에선 '이제 무슨 재미로 코트넷을 보느냐'는 웅성거림이 들렸다. 일을 저지른 건 2017년 12월 어느 날. 퇴직을 눈앞에 둔 코트넷의 작가 박희우에게 책을 선물하기로 결심한 것이다(동료 직원들은 박희우 사무관을 작가라 부르기도 했다). 그는 자비출판을 할 여력이 없는 상황이었다. 고심하던 나는 '사고'를 치기로 했다. 박희우가 글을 쓰던 공간인 코트넷을 통해 법원 독자들의 도움을 청했다.

코트넷의 스타, 법원의 작가 박희우 사무관이 법원을 떠납니다. 올해가 저물면 법원에서 더 이상 만날 수 없습니다. 내년(2018년) 상반기 공로연수를 마치면 여름 무렵엔 공무원 신분마저 사라집니다.

이제 우리를 매일 웃고 울게 하던 그의 글을 더 이상 볼 수가 없습니다.

비단 저 혼자만의 아쉬움은 아닐 겁니다. 우리는 그동안 아무 대가 없이 박희우의 좋은 글을 보았습니다. 이제 떠나는 그를 위해 우리가 선물을 할 차례입니다. 그래서 〈박희우 작가 만들기 프로젝트〉를 시작합니다. 그의 글에 공감하고 맞장구치던 법원 가족들이 십시일반 보태서 박희우의 글을 엮어 책으로 만들고, 그 책을 다시 나누면 어떨까요. 여러분이 박희우를 작가로 만들어 주십시오.

반응은 뜨겁고 놀라웠다. 글이 올라가고 불과 열흘 만에 애초 예상 목표액인 천만 원이 모였다. 〈박희우 작가 만들기 프로젝트〉의 추진위원들이 보여준 노력도 감동적이었다. 그 결과 20일의 모금기간 동안 대법관부터 속기사까지 적게는 만 원에서 많게는 수십만 원까지 2백여 명이 동참했다. 이 책은 그 종잣돈을 바탕으로 탄생했으며, 박희우 작가의 글에 법원 가족들의 마음이 보태져서 나오게 된 특별한 작품집인 셈이다. 《자넨 언제 판사되나?》는 그동안 알려지지 않았던 법원 사람들의 진솔한 이야기를 특유의 감수성으로 담아냈다고 평가하고 싶다.

아름다운 마음이 모인 이 책이 법원을 넘어서 세상 사람들과 널리 소통할 수 있다면 더없는 기쁨이겠다.

2018년 2월
〈박희우 작가 만들기 프로젝트〉 총괄
김용국(법원 공무원 겸 법조칼럼니스트, 《생활법률상식사전》,《판결 대 판결》 저자)

법원 코트넷 작가의 비오는 날 우산과도 같은 글

2014년 창원지방법원에서 그를 처음 만났습니다. 특유의 감성과 이성으로 잔잔하게 글을 풀어나가는 모습이 바라보는 이들의 입가에 웃음을 짓게 하곤 했지요. 이제 그 글들이 엮어져서 한 권의 책으로 나오게 되니 이 시대를 사는 지식인으로서 박희우 작가는 그 의무를 어느 정도 한 셈입니다.

산적한 업무가 파도처럼 밀려오는 법원 업무의 중압감 속에서도 '주경야독'의 정신으로 꾸준히 '글 보시'를 한 저자의 행위는 인간에 대한 '사랑과 정성'이 그 기초로 작용했으리라 판단합니다.

삶의 여정에서 살다 보면 누구라도 기쁜 일, 슬픈 일, 아쉬운 일, 안타까운 일을 부지기수로 당합니다. 저자의 글보시는 바로 비오는 날 우산과도 같은 역할을 한 것이기에 망설이지 않고 독자 여러분께 감히 추천합니다.

• 강민구 (법원도서관장)

그의 글은 지극히 일상적이고 평온합니다. 자신과 가족의 일상과 법원, 그리고 재판에 관한 대화가 가볍고도 자연스럽게 묘사합니다. 그런데 길지도 않은 그의 글을 읽고 나면 큰 울림이 남습니다. 일상을 얘기하되 일상에 갇히지 않고, 그 속에 투영된 시대의 아픔과 인생의 진리를 웅숭깊게 품고 있기 때문입니다.

창원에 사는 그의 어린 시절과 성장기에 관한 얘기와 은근하면서도 결기가 느껴지는 그의 문투에서 문득 내 고향 충청도의 문화와 향기가 느껴진다 했더니 역시나 충남이 그의 고향이라 합니다. 덤을 얻은 기분입니다.

치열한 다툼과 이전투구, 부끄러운 민낯이 드러나기 쉬운 법원이라는 현장에서 보석같이 아름다운 글을 빚어낸 박희우. 그는 법원의 자랑이자 희망입니다.

• 김용덕 (홍성지원장, 법원국제봉사단 〈희망여행〉 대표)

그와는 30명 남짓한 작은 법원에서 함께 근무한 적이 있어 딸들의 이름까지 내가 잘 압니다. 세월이 흘러서 피차 낯선 곳에서 만나면 옛이야기도 많이 하고 참 반가웠습니다. 그런데 함께 밥을 먹기가 좀 겁이 납니다. 왜냐하면, 함께 밥 먹고 나면 그것이 소재가 되어 글 한 편이 게시판에 올라오기 때문입니다. 소소한 이야기를 이렇게 맛깔스럽게 써낼 수 있는 사람이 얼마나 될까요? 따스한 가슴으로 깊이 생각하고 끊임없이 갈고 다듬기 때문일 것입니다.

이 기회에 나도 '팩트 폭력' 하나 보탭니다. 어느 자리에서 그는 새벽형 인간으로 초저녁에 잠자리에 들어 새벽에 일어나 글을 쓴다고 했습니다. 그 부인은 올빼미형이라서 12시 넘어야 잠자리에 든다고 합니다. 어떤 분이 예리하고 짓궂은 질문을 던졌습니다. 그러면 부부관계는 언제 하느냐고, 망설이다 수줍게 돌아온 그의 대답, 아이들이 일요일에는 교회 주일학교에 가는데 그 시간을 이용한다고, 좌중은 한동안 뒤집어졌습니다. 그때부터도 세월이 많이 흘렀습니다. 요즘은 어떻게들 사시는지 모르겠습니다. 이제 아이들은 다 컸을 텐데…….

• 최인석 (제주지방법원장)

박희우 님의 글을 처음 본 것은 10여 년 전입니다. 법원게시판(코트넷)을 훑어보다 호기심을 불러일으키는 신선한 제목에 이끌렸고, 그 후로는 사람의 향기를 느끼게 하는 소소한 이야기들 속의 울림이 좋아 기회가 있을 때마다 찾아보곤 하였습니다.

우리의 삶에서 누구나 겪을 법한 일들을 소재로 하여 진솔하고 담담하게 써 내려간 그의 글을 앞으로 자유게시판에서는 더 이상 찾아볼 수 없을 것입니다. 하지만 바쁜 업무 속에서도 짧은 휴식과 힐링의 시간이 되어주었던 박희우 님의 정감 있는 글이 한 권의 책으로 묶여 나온다는 소식이 반갑습니다. 법원에 계신 독자라면 함께 일하는 직장 동료의 어려움에 공감하고 보람과 성취에는 고개를 끄덕이며 미소 지을 수 있을 것입니다. 법원을 모르는 독자라면 법원도 다른 직장처럼 감성을 가진 많은 사람이 서로 부대끼면서 지내는 곳임을 엿볼 수 있을 것입니다.

아무쪼록 법원 가족들이 십시일반 힘을 모아 펴내는 귀한 책을 많은 분들이 접하여 법원 사람들의 정서를 함께 나누는 계기가 되기를 기대합니다.

• 이범균 (서울고등법원 부장판사)

이 책은 일반 시민들이 들여다볼 수 없는 법원 내부의 일상과 법정의 법대 아래에서 사건 당사자의 눈높이로 바라보는 재판의 실태를 가감 없이 사실대로 기록하고 있습니다. 어떤 글은 저자가 몸담고 있는 법원 조직을 날카롭게 바라보기도 합니다. 억울한 상황에서 법원을 찾아온 민원인의 안타까운 심정을 헤아리려 고뇌하는 흔적을 발견하기도 합니다. 일반 독자들은 법원의 또 다른 모습을 발견하는 계기가 될 것입니다. 만일 공무원을 지망하는 수험생이 이 책을 읽는다면 법원 공무원이 되고 싶은 생각이 불현듯 일어나리라 생각합니다.

• 곽승주 (법원노조 초대위원장)

따뜻한 법원 사람 박희우 선배의 출간에 함께 하게 되어 영광입니다. 제가 노동조합 중책을 맡던 시절(2000년대 초반)부터 법원을 퇴직한 이후까지 항상 감사하는 마음을 갖고 있습니다. 그의 글은 하위직을 대변하는 노동조합에도 큰 힘이 되었습니다. 진솔한 이야기가 담겨있는 박희우 선배의 글이 책으로 나오게 된다니 감격스럽습니다. 박희우 선배는 힘있고 권력 있는 사람보다 힘없고 소외된 사람들을 대변하는 글을 써왔습니다. 이제 법원 바깥의 넓은 세상에서 더 좋은 글, 감동적인 이야기로 사람들과 소통하시기를 소망합니다.

• 이강천 (법무사, 전 법원노조 위원장)

　박희우 사무관은 입사 동기이자 동년배이며 각별한 친구다. 그의 정년퇴직에 즈음하여 법원 후배들이 주축이 되어 에세이집을 출간한다니 큰 기쁨이 아닐 수 없다.

　사실 박 사무관이 잘 나갈 때는 대단했다. 코트넷에서 필력이 수직 상승할 때는 사무국장이 부럽지 않았다. 가까이서 본 그는 매사에 시원 털털하고 인간적이다. 게다가 항상 아침 일찍 출근하여 코트넷에 글을 올리고, 근무 중에는 업무에 집중한다. 순발력도 뛰어나다. 오늘 발생한 일을 내일 출근하면 근사하게 묘사해서 올리니 탄복할 지경이다.

　그렇게 각별했던 친구가 드디어 정든 법원 문을 나선다. 그래서 한마디 덕담을 보내고 싶다. 사랑하는 동료들의 정성에 화답하듯 인생의 후반부가 더 아름답길 소망한다고 말이다.

　친구여! 살아가며 가끔씩 돌아볼 것이라네. 청춘을 법원에서 보낸 것이야말로 그대가 누릴 수 있는 최고의 기쁨이었다고 말일세. 게다가 법원에 남겨진 그대의 흔적은 법원의 자랑이자 그대 인생의 아름다움이었다고 말일세.

• 옥동건 (마산지원 집행관)

　언제 처음 박희우 작가의 글을 읽게 되었는지 기억나지 않습니다. 그런데 언제부턴가 그의 글을 기다리게 되었고, 위안을 얻었습니다. 법원을 떠난다는 소식 역시 그의 글을 통해 접했죠. 아쉬웠습니다. 다행히 얼마 후, 책을 내기로 했다는 반가운 소식을 들었습니다.

　독자들은 아마도 느낄 수 있을 것입니다. 위안, 통찰, 따뜻함, 부드러움, 때론 고통과 슬픔까지도. 가족, 재판, 법원 사람들 이야기 속에서 손을 내밀며 안아주고 싶은 우리네 이웃들, 그리고 그들과 어울리며 때론 고군분투해온 나의 모습을 마주하게 될 것이기 때문입니다. 법원의 울타리를 넘어 이제 수많은 독자들과 함께 그를 '공유' 할 수 있어서 참 다행스럽습니다.

• 허 회 (전주지법 종합민원실장)

　법원게시판에서만 접했던 박희우 사무관의 글을 책으로 만나게 되니 감회가 새롭습니다. 우리네 일상은 매일매일 특별한 것 없는 날들의 연속이라고 생각했습니다. 그런데 하루하루에 활력을 불어넣고 의미를 부여하는 박희우 사무관의 글을 통해 조금 더 자세히, 찬찬히 일상을 들여다보게 되었습니다. 그 감동을 다시 느낄 수 있어서, 출간에 함께 할 수 있어서 행복합니다.

• 송연숙 (고양지원 도서관 사서)

퇴직하시는 박희우 사무관님께 노동조합 대표로서 '명예 조합원'이라는 칭호를 드리고 싶습니다. 십 년이 넘는 세월 동안 선배님은 코트넷을 통해 우리 법원 구성원들에게 많은 감동과 웃음을 선사했고, 비록 사무관으로 승진하면서 조합원 자격은 상실했지만 노동조합을 향한 애정 어린 글을 써서 조합원들이 엄혹한 시기를 견디고 이겨낼 힘을 주셨기 때문입니다.

따뜻한 시선과 섬세한 문장으로 법원 직원들의 애환을 어루만져 준 선배님의 작품을 책으로 만들었습니다. 책 한 권으로 선배님의 그 많은 노고에 어떻게 다 보답할 수 있겠습니까마는 선배님의 작품을 활자화해서 옆에 둘 수 있다는 데 큰 의미가 있다고 생각합니다.

법원의 울타리를 나가시더라도 부디 보통 사람들의 소소한 이야기를 글로 표현하는 작업을 계속하셨으면 좋겠습니다. 법원본부 1만 조합원의 마음을 담아 박희우 명예 조합원님의 인생 2막과 '박희우의 인생 이야기' 시즌 2의 성공을 기원합니다. 강건하십시오.

• 조석제 (전국공무원노조 법원본부장)

일반인은 법원을 다소 무겁게 느끼고 친근하게 여기지 않습니다. 그런데 누가 읽어도 쉽고 공감이 가는 법원 이야기가 책으로 나와 다행입니다. 작가가 되겠다는 꿈을 이루기 위해 30여 년 동안 꾸준히 노력해온 모습을 옆에서 지켜본 동료로서 큰 박수 보냅니다. 이제는 애독자가 되어 작가 박희우를 계속 만나고 싶습니다.

• 정출화 (창원지법 사무관)

우윳빛 같이 부드럽고 감미로운 수많은 글귀들을 장식했던 법원 내부 게시판의 한 켠이 이제 비워지게 되겠군요. 우리는 그동안 업무의 고단함과 스트레스가 쌓이면 잠시 짬을 내어 박희우 작가의 글을 한 구절 한 구절 읽으며 여유를 되찾았습니다. 비록 박희우 작가는 법원을 떠나지만 우리들 마음속에는 영원히 남아 있습니다. 어디서나 건강하시고 좋은 글을 집필하면서 행복하시기 바랍니다.

• 정용만 (광주지법 참여관)

늘 아침에 출근하면서 사무관님 글을 기다렸는데 이젠 볼 수 없어 아쉽습니다. 이 책으로나마 위안을 삼고, 또 다른 삶 속에서 쓰실 좋은 글을 기다리겠습니다.

• 김범용 (서울중앙지법 참여관)

이 책을 만드는 데 함께 하신 분들

(명단의 소속은 2018년 1월 기준이며 게재된 순서는 특별한 의미가 없음을 알려드립니다. 익명을 요청하신 분은 성(姓)과 소속 법원만 표기했습니다.)

[박희우 작가 만들기 추진위원회]

공동대표 곽승주(법원노조 초대위원장) 이강천(전 법원노조 위원장)

추진위원 이중한 김대열 권기우 최송립 유기돈 김명수 이상원 서영국 김용국 김영각

[특별 후원]

홍지영(서울고법 판사) 김성훈(통영지원 집행관) 이승곤(창원지법 집행관) 옥동건(마산지원 집행관) 이현렬(서울행정법원 참여관)

[펀드 참여자]

판사

권순일(대법관) 강민구(법원도서관장) 최인석(제주지방법원장) 문형배(부산가정법원장) 김형태(의성지원장) 이강원 윤종구(서울고법 부장판사) 김용덕(홍성지원장) 박영호(서울중앙지법 부장) 나경선(광주지법 부장) 오상진 박재억(이상 대법원 재판연구관) 이범균(서울고법 부장) 이주영(인천지법 부장) 김성식(부산고법) 차동경(창원지법) 장성욱(인천지법) 류기인(대구지법) 이봉수

(대구서부) 김○○(목포지원) 조○○(서울북부)

법원 공무원

곽용현 황성광 이미진(이상 서울중앙) 안선환(논산지원) 박미라 이현배(이상 회생법원) 조영수(부산동부) 민병철 이미자 이근호(이상 의정부) 김금남 정경희(이상 행정법원) 허회 김명기(이상 전주지법) 정병화(부산지법) 임병옥(김천지원) 차종석 이철운 박경규(이상 진주지원) 박현태(홍성지원) 송성범(공주지원) 박성민(서울북부) 심상도 권태형 채신기(이상 서울동부) 고석진(정읍지원) 이형호(거창지원) 임희선(인천지법) 강행곤(춘천지법) 상덕규(금산군법원) 이희복 안상우 박지영(32기) 최지민(이상 서울고등) 고광영(광주지법) 박혜경 김양훈(이상 제주지법) 안희철(마산지원) 윤효권(대전지법) 고옥기(성남지원) 이동기(서울남부) 김우진(순천지원) 김준일 김정호 송영훈 제용환 황성준(이상 서울서부) 손연순(인천가정) 조향아(인천지법) 오철안(부산가정) 김경오, 최현실, 최종덕 이은아(이상 수원지법) 정선택 정용만 김월선(이상 광주지법) 신미자(인천가정) 김연석(거창지원) 서홍석 장훈(이상 목포지원) 강기영(안산지원) 박완식(광주고등) 송연숙 이연화(이상 고양지원) 한성수 박민주 홍희자 한상훈 김수한 탁윤수 정출화 이도성(이상 창원지법) 유해상 김영철 서보홍 김미희 송명환 양재식(이상 법원행정처)

법무사

이학룡 조영철 허남우 김○○

일반인

임성미 박혜본 김○○

[단체 참여]

<창원지방법원 회생위원>

지병철 김한섭 허성은 정인화 오삼택 김종찬(2017년 12월 기준)

<창원지방법원 회생위원실>

이광현 김현정 전혁수 김고은 김장미 김은경 박태국 김민주 배효영 조혜주 구양진(2017년 12월 기준)

<창원지방법원 사무관회>

<전국공무원노조 법원본부>

조석제(법원본부장) 정진두(사무처장) 김창호(전 본부장) 박정열(서울중앙지 부장) 유경수(안산지부장) 황건하(전 서부지부장) 복소연(서부지부장) 수원지 부 부산지부

[사전구매 참여자] (판사, 법원 공무원 포함)

안성희 김윤미 고만준 서수미(이상 고양지원) 이상훈 공진일 홍현정 박재길 안경록 한정일(이상 창원지법) 김수진(여주지원) 오민우 한재경 박주연(이상

수원지법) 강승호(목포지원) 박재근(김해등기소) 박점수(안산지원) 제해평(서울서부) 김기호 박찬석(이상 부산지법) 김은희(전주지법) 이은실(홍성지원) 이윤숙(서울고등) 윤종렬(의정부지법) 황재호(서울회생) 류은애(서울북부) 이경훈 정공자(이상 제주지법) 양영환(거창지원) 이계홍(부산동부) 김민연(마산지원) 박은주(충주지원) 최환호(부산고법) 정욱진(성남지원) 김형수(서울남부) 김남일 전형민(이상 안산지원) 윤성자 양미정(이상 광주지법) 김해경(대구지법) 김현식(법원도서관) 이성민(서울동부) 김정희(김천지원) 박임순(여수시법원) 김종덕(옥천군법원) 정태일(인천지법) 신영숙(서산지원) 이용관(울산) 임동언(광명시법원) 임정헌(전주지법) 정종섭 채수홍 제상임 김진희 안병준(이상 법원행정처) 나수연 이지은 장지용 이석 허경호 김범용 박혜진 박동경 김수인 박영식 이학용 전재훈(이상 서울중앙) 강○○(서울행정) 이○○(대구지법)

자넨 언제 판사 되나?

-30년 차 법원 공무원이 쓰는 법정 이야기

발행일 | 2018년 2월 27일
지은이 | 박희우
펴낸이 | 최진섭
편   집 | 플랜디자인
펴낸곳 | 도서출판 말

출판신고 | 2012년 3월 22일 제 2013-000403호
주소 | 서울시 마포구 토정로 222(신수동 448-6) 한국출판콘텐츠센터 316호
전화 | 070-7165-7510
전자우편 | dream4star@hanmail.net
ISBN | 979-11-87342-07-6